人只是宇宙中会思考的虫子

虫 | 科幻中国

WORMS

HACKERS RAMPAGE
黑客横行

刘慈欣 等著

北京理工大学出版社
BEIJING INSTITUTE OF TECHNOLOGY PRESS

超脑卷

文明衰老的一个标志是机器摇篮时代

Mechanical infant state indicates the aging of civilization.

目录

001 **太原之恋**
IT 怨念 / 刘慈欣

019 **镜子**
水至清则无鱼 / 刘慈欣

075 **祸害万年在**
千年虫，万年毒 / 何夕

087 **天生我材**
是否需要个别人来代替众生思考 / 何夕

129 **我是谁**
密钥之乱 / 何夕

165 **七重外壳**
刺不穿的虚拟世界 / 王晋康

201 **爱做梦的小鸟**
重压之下“卡夫卡”走入科幻世界 / 刘维佳

217 **售梦者**
一些事你不要太当真 / 刘维佳

刘慈欣

太原之恋

IT 怨念

诅咒 1.0 诞生于 2009 年 12 月 8 日。

这是金融危机爆发后的第二年，人们本来以为危机已快要结束了，没想到只是开始，所以整个社会陷入焦躁之中，每个人都需要发泄，并积极创造发泄的方式，诅咒的诞生也许与这种氛围有关。诅咒的作者是一个女孩，十八岁至二十八岁之间。关于她的信息，后来的 IT 考古学家能知道的就这么多。诅咒的对象是一个男孩，二十岁，他的情况却被记载得很清楚。他叫撒碧，是太原工业大学的大四学生。他和那女孩之间发生的事儿没什么特别的，就是少男少女之间每天都在发生的那些事儿，后来有上千个版本，这里面可能有一个版本是真实的，但人们不知道是哪一个。反正他们之间的事情结束后，那女孩对那男孩是恨透了，于是编写了诅咒 1.0。

女孩是个编程高手，真不知道她是怎样学来这本事的。在这个 IT 从业者人数急剧膨胀的年代，真正精通系统底层编程的人却并未增加，因为能用的工具太多了，也太方便了，没必要像苦力似地一行行编代码，大部分都可以用工具直接生成。女孩要做的编写病毒的活计也是一样，有众多功能强大的黑客工具可用。所谓编写病毒，不过是把几个现成模块组装起来；或更简单，对单个模块修改一下即可。在诅咒之前，大规模流行的最后一个病毒“熊猫烧香”就是这么弄出来的。但这个女孩却是从头做起，没有借助任何工具，自己一行一行地写代码，像勤劳的农家女用原始织布机把棉线一根一根织成布。想到她伏在电脑前咬牙切齿地敲键盘的样子，我们的脑海中不由浮现出海涅的《西里西亚的纺织工人》中的两句诗：“老德意志，我们在织你的尸布……我们织！我们织！”

诅咒 1.0 是历史上在传播方面最成功的计算机病毒，它成功的主要原因在两个方面。

第一个原因是，诅咒不对被感染电脑进行任何破坏（其实其他的大部分病毒也没有破坏企图，所造成的破坏是由其低劣的传播或表现技术所致，而诅咒在避免传播中的副作用方面做得很完善）。它的表现也很克制，在大部分被感染的电脑上都没有任何表现，只有当系统条件组合符合某一条件时（大约占总感染数的十分之一），才进行表现，且每台电脑只表现一次。具体的表现方式是在被感染的电脑上弹出一条显示：

撒碧去死吧！！！！！！！！！！

如果点击这个显示，就会出现关于撒碧更进一步的信息，告诉你这个被诅咒者住在中国山西省太原市太原工业大学 ×× 系 ×× 专业 ×× 班 ×× 宿舍楼 ×× 寝室。如果不点击，这个显示将在三秒内消失，且永不在这台电脑上重新出现，因为被记忆的有硬件信息，所以即使重装系统后也一样。

诅咒 1.0 成功传播的第二个原因在于系统拟态技术，这倒不是女孩的发明，但这项技术被她熟练地用到了极致。系统拟态，就是把病毒代码的很多部分做成与系统代码相同，且采用与系统进程类似的行为方式。杀毒软件在杀灭该病毒时，极有可能把系统也破坏掉，最后不得不投鼠忌器。其实，瑞星、诺顿等都曾盯上诅咒 1.0，但后来惹上了越来越多的麻烦，甚至产生了比诺顿在 2007 年误删 Windows XP 系统文件更恶劣的后果，加上诅咒 1.0 在传播中没出现任何破坏行为，且所占系统资源也微不足道，就先后把它从病毒特征库中删掉了。

诅咒诞生之日，正是写科幻的刘慈欣第二百六十四次因公来太原之时。尽管这是他最讨厌的一座城市，但每次来他都要逛街。不过，他所谓“逛街”就是到柳巷的一家小店去为他那老掉牙的 ZIPPO 打火机买一瓶专用汽油，这是目前极少数不能从淘宝或易趣邮购的东西。前两天刚下过雪，像每次下雪一样，这时的雪被碾成了黑乎乎的冰。他摔了一跤，屁股的疼让他忘了在进火车站时把那一小瓶汽油从旅行包中拿出来装进衣袋，结果过安检时被查了出来，没收后又罚款两百元。

他更讨厌这座城市了。

诅咒 1.0 流传下去。五年，十年，它仍然在日益扩展的网络世界静悄悄地繁衍生息。

这期间，金融危机过去了，繁荣再次到来。随着石油资源的渐渐枯竭，煤炭在世界能源中的比重迅速增加，地下黑金为山西带来滚滚财源，使其成为亚洲的阿拉伯，省会太原自然也就成了新的迪拜。这是一座具有煤老板性格的城市，过去穷怕了，即使在 21 世纪初仍处于贫寒的日子里，也是下面穿露屁股的破裤子，上身着名牌西装，在下岗工人日渐增多的情况下建起了国内最豪华的歌厅和洗浴中心。现在它成了真正的暴发户，更是在歇斯底里的狂笑中穷奢极欲。迎泽大街两旁的超高建筑群令上海浦东相形见绌，这条除长安街外全国最宽直的大街成了终日难见阳光的深谷。有钱和没钱的人怀着梦想和欲望拥入这座城市，立刻忘记了自己是谁、想要什么，只是跌入繁华喧闹的旋涡中旋转着，一年转三百六十五圈。

这天，第三百九十七次来太原的刘慈欣又到柳巷去买汽油，忽见街上有一位飘逸帅哥，他的长发中那一缕雪白格外引人注目，他就是先写科幻后写奇幻再后来科、奇都写的潘大角。被太原的繁荣所吸引，大角抛弃上海，移居太原。大刘和大角当初分别处于科幻的硬软两头儿，此时相见不亦乐乎。在一家头脑店（头脑是本地的一种传统美食）酒酣耳热之时，刘慈欣眉飞色舞地说出了自己下一步的宏伟创作计划：写一部十卷本三百万字的科幻史诗，描写两百个文明的两千次毁灭和多次因真空衰变而发生的宇宙格式化，最后以整个已知宇宙漏入一个抽水马桶般的超级黑洞结束。大角很受感染，认为两人有合作的可能：同一个史诗构思，刘慈欣写硬得不能再硬的科幻版，面向男读者；大角写软得不能再软的奇幻版，面向MM们。大刘、大角一拍即合，立刻抛弃一切俗务，投身创作。

在诅咒1.0十岁生日时，它的末日也快到了。VISTA以后，微软实在难以找到对操作系统频繁升级的理由，这多少延长了诅咒1.0的寿命。但操作系统就像暴发户的老婆，升级总是不可避免的，诅咒1.0代码的兼容性越来越差，很快就沉入网络海洋的底部即将销声匿迹。但正在这时，诞生了一门新的学科：IT考古学。按说网络世界的历史还不到半个世纪，没什么古可考，但仍然有很多怀旧者热衷此道。IT考古主要是发掘那些仍活在网络世界某些犄角旮旯的东西。比如，十年来都没有点击过但仍能点开的网页，二十年没有人光顾但仍能注册发帖的BBS，等等。这些虚拟古董中，来自“远古”的病毒是IT考古学家最热衷寻找的，如果能找到一个十多年前诞生的仍在网上活着的病毒，就有在天池中发现恐龙一般的感觉。

诅咒1.0被发现了，发现者把病毒的全部代码升级，以适应新的操作系统，这样就能保证它再存活十年。这人并没有张扬，也许这是为了使他（她）所珍爱的这件古董能更顺利地存活下去。这就是诅咒2.0。人们把十年前诅咒1.0的创造者叫“诅咒始祖”，把这个IT考古学家叫“诅咒升级者”。

诅咒2.0在网上出现的那一刻，在太原火车站附近的一个垃圾桶旁，大刘和大角正在争抢刚从桶中翻找到的半袋方便面。他们卧薪尝胆五六年，各自写出两部三百万字的十卷本科幻和奇幻史诗，书名分别为《三千体》和《九万州》。两人对这两部巨作充满信心，但找不到出版商，于是一起变卖了包括房子在内的全部家产并预支了所有退休金自费出版。最后，《三千体》和《九万州》的销量分别是十五本和二十七本，总数四十二——科幻迷都知道这是个吉利的数字。在太原举行了同样是自费的隆重签售仪式后，两人就开始了流浪生涯。

太原是一座最适合流浪的城市。在这座穷奢极欲的大都市里，垃圾桶里的食品是取之不尽的，最次也能找到几粒被丢弃的“工作丸”。住的地方也问题不大。太原模仿迪拜，在每一个公交候车亭里都装上了冷暖空调。如果暂时厌倦街头，还可以去救助站待几天，那里有吃有住。在城市各阶层幸福指数调查中，盲流乞丐位列榜首，所以大刘和大角都后悔没有早些投入这种生活。

两人最惬意的时候是《科幻大王》（SFK）编辑部每周一次的请客，一般都是去唐都那样的高级酒店。太原的《科幻大王》杂志深得科幻精髓，知道这种文学体裁的灵魂就是神奇感和疏离感，而现在的高技术幻想已经没有这种感觉了。技术奇迹是最平淡不过的事，每天都在发生，倒是低技术具有神奇感和疏离感。于是，他们创立了幻想未来低技术时代的“反浪潮”科幻，取得了巨大成功，迎来了世界科幻的第二个黄金时代。为了彰显“反浪潮”科幻的理念，《科幻大王》编辑部拒绝一切电脑和网络，只接收手写稿件，用铅字排版印刷，还用每匹相当于一辆宝马车的价格买回几十匹蒙古马，在编辑部旁建设豪华马厩，杂志社人员出行一律骑着绝对没有上网的骏马。城市某处如果听到嘚嘚的清脆马蹄声，那就是SFK的人来了。他们常请大刘和大角吃饭，除了因为他们以前写过科幻外，还因为虽然他们现在写的科幻已经很不科幻了，但他们本人所遵循“反浪潮”科幻的理念却是十分科幻——他们上不起网，也很低技术。

SFK的编辑、大刘和大角都不知道，他们的这个共同特点将会救他们的命。

诅咒2.0又流传了七年。这时，一个后来被称为“诅咒武装者”的女人发现了它。她仔细研究了诅咒2.0的代码，尽管经过升级，她仍能感受到十七年前诅咒始祖的仇恨和怨念。她与始祖有着相同的经历，也处于每天刻骨憎恨某个男人的阶段，但她觉得那个十七年前的女孩既可怜又可笑：这么做有何意义？真能动那个臭男人撒碧一根汗毛吗？这就像百年前的怨女在写了名字的小布人儿上扎针的愚蠢游戏一样，解决不了任何问题，结果只是使自己更郁闷。还是让姐姐来帮帮你吧（正常情况下，诅咒始祖应该活着，但诅咒武装者肯定要叫她阿姨了）。

十七年后的今天已经完全是一个新时代了，这时，世界上的一切都“落网”了。这么说是因为，在十七年前，网络上的东西只有电脑。但今天的网络就像一棵超级圣诞树，几乎这世界上的所有东西都挂在上面闪闪发光。以家庭为例，家里所有通电的东西都联上了网并受其控制，甚至连指甲刀和开瓶器也不例外：前者可通过剪下来的指甲判断你是否缺钙，并通过短信或 E-mail 告知；后者可判断酒是否为真品并发中奖通知，而过度酗酒者间隔很长时间才能用它开一次瓶。在这种情况下，通过诅咒病毒直接操纵硬件世界就成为可能。

诅咒武装者给诅咒 2.0 增加了一个功能：如果撒碧坐出租车，就撞死他！

其实对于这个时代的一名人工智能（A.I.）编程高手来说，这一点并不难做到。现在的汽车已经全部无人驾驶，网络就是驾驶员，乘客上出租车时要刷卡，新的诅咒可通过信用卡识别乘客的身份。只要目标上了车并被识别，杀他的方法数不胜数，最简单的就是径直撞向路边的建筑物，或从桥上开下去。但诅咒武装者想了想，并不愿简单地撞死撒碧，而是为他选择了一个更为浪漫的死法，完全配得上他对十七年前的那个妹妹做的事（其实诅咒武装者和别人一样，根本不知道撒碧对始祖做错了什么，也可能错根本不在这男孩）。经她升级的诅咒在得知目标上车后，根本不理会他设定的目的地，而是指挥出租车一路狂开，从太原一直开到张家口。现在，从那里再向前已经是一片沙漠了，车就停在沙漠深处，并切断与外界的一切通信联系（这时诅咒已经侵入车内电脑，不需要网络了）。这辆出租车被发现的可能性很小。如果偶尔有人或车靠近，它就会立刻躲到沙漠的另一处。无论过去多长时间，车门从内部是绝对打不开的。这样，如果在冬天，撒碧将被冻死；如果在夏天，撒碧将被热死；如果在春秋，撒碧将被渴死、饿死。

就这样，诅咒 3.0 诞生了，这是真正的诅咒。

诅咒武装者是一名 A.I. 艺术家。这类艺术家是一族新新人类，他们喜欢通过操纵网络做出一些没有实际意义但具有美感（当然，这个时代的美感与十几年前不是一回事了）的行为艺术。比如，让全城的汽车同时鸣笛并奏出某种旋律，让大酒店的亮灯窗口组成某个图形，等等。诅咒3.0就是一件这样的作品，不管能否实现其功能，它本身就是一件卓越的艺术品，因而在2026年上海现代艺术双年展上得到了好评。虽然因其人身伤害内容被警方宣布为非法，但它仍在网上进一步流传开来，众多的A.I.艺术家加入了对这一作品的集体创作，诅咒3.0飞快进化，越来越多的功能被添加进来：

如果撒碧在家，煤气熏死他！这也比较容易，因为每家的厨房都由网络控制，这样户主就可以在外面遥控厨房做饭，这当然包括打开煤气的功能，而诅咒3.0可以使房间里的有害气体报警器失效。

如果撒碧在家，放火烧死他！很容易，包括煤气在内，家里有很多可以点燃的东西，如摩丝、发胶什么的，都联在网上（可通过网络由专业发型师做头发），烟火报警器和灭火器当然也可以失效。

如果撒碧洗澡，放开水烫死他！如上，很容易。

如果撒碧去医院看病，开药毒死他！这个稍有些复杂。给目标开特定的药是很容易的，因为现在医院的药房全部是自动取药，且药库系统都联网，关键是药品的包装问题，撒碧不是SB，要让他拿到药后愿意吃才行，而要做到这一点，诅咒3.0就得从制药厂的生产包装和销售环节入手。要让一盒表里不一的药只卖给目标，真的有些复杂，但能做到，而且对于A.I.艺术来说，越复杂，作品的观赏价值就越高。

如果撒碧坐飞机，摔死他！这不容易，比出租车操作难多了，因为被诅咒的只有撒碧一人，诅咒3.0不能杀死其他人，而撒碧大概没有专机，所以摔死他是不可能的。但可以这样：目标所乘的飞机突然在高空舱内失压（用开舱门或别的什么办法），在所有乘客都戴上的氧气面罩中，只有撒碧的面罩没有氧气。

如果撒碧吃饭，噎死他！这个看似荒唐，其实十分简单。现代社会的超快节奏催生了超快餐食品，就是一粒小小的药丸，名叫“工作丸”。工作丸密度很大，拿在手中沉甸甸的，像一颗子弹头，服下去后会在胃中膨化，类似于以前的压缩饼干。在生产过程中，工作丸的膨化速度是可以控制的。诅咒3.0可以用与生产毒药类似的方式在生产过程中做手脚，生产出一粒超快速膨化的工作丸，再控制销售过程，专卖给撒碧。他在进工作餐时，喝水把工作丸送下去，结果小丸在嗓子眼里膨化。

……

但诅咒3.0从来没有找到目标，也没有杀死过任何人。早在诅咒1.0诞生时，撒碧受到了不小的骚扰，还有媒体记者因此采访过他，使他不得不改了名，甚至连姓也改了。姓撒的人本来就很少，加上其谐音不雅，所以在这座城市里面没有重名。同时，病毒中记录的撒碧的工作单位和住址仍是他十几年前所上的大学，使得定位他更不可能。诅咒也曾试图进入公安厅电脑追溯目标的改名记录，但没有成功。所以在诅咒3.0诞生以后的四年中，它仍然只是一件A.I.艺术品。

但诅咒通配者出现了，他们是大刘和大角。

通配符是一个古老的概念，源自导师时代（这是对操作系统的上古时代——DOS操作系统时代的称呼）。最常见的通配符有“*”和“?”两种，用于泛指字符串中的一切字符。其中“?”指代单一字串，“*”指代的字符数量不限，也最常用。比如，刘*，指姓刘的所有人；山西*，指以山西打头的所有字串。而如果只有一个“*”，指代的则是一切。所以在导师时代，“del *.*”是一个邪恶的命令（del是删除命令，而 DOS 系统下的文件全名分为文件名和扩展名两部分，用“.”隔开）。在以后的操作系统演进中，通配符功能一直存在。只是系统进入图形界面后，人们很少使用命令行操作，一般人就渐渐把它淡忘了。但在包括诅咒 3.0 在内的各种软件中，它是可用的。

这天是中秋节，但明月在太原城的璀璨灯火中像个脏兮兮的烧饼。大刘、大角在五一广场的一条长椅子上坐下来，摆开他们下午从垃圾桶中翻出的五个半瓶酒、两袋半平遥牛肉、几乎一整袋晋祠驴肉和三粒工作丸，准备庆祝一番。天刚黑的时候，大刘还从一个垃圾桶中翻出一台破笔记本电脑。他声称自己能把它修好，否则这辈子的计算机工作就算是白干了。他蹲在长椅旁紧张地鼓捣起来，同时和大角意犹未尽地回味着下午救助站的援助。大刘热情地请大角把三粒工作丸都吃了，这样可为自己省下不少酒肉。但大角并不上当，一粒也没吃，只是喝酒吃肉。

电脑很快能用了，屏幕发出幽幽的蓝光。大角发现无线上网功能竟然也恢复了，就立刻抢过电脑，先上 QQ——他的号已经不能用了——再查找九州网站、天空之城、豆瓣、水木清华、大江东去……但那些链接都早已失效。大角最后扔下电脑，长叹一声：“唉——昔人已乘黄鹤去。”

大刘拿过半瓶酒喝起来。他看了看屏幕：“此地连黄鹤楼也没留下。”

然后大刘便细细查看电脑中的东西，发现里面安装了大量黑客工具和病毒样本，这可能是一台黑客的本本，也许是在逃避 A.I. 警察的追捕时匆忙扔到垃圾桶中的。他顺手打开桌面上的一个文件，是一个已经反编译出来的 C 程序。他认出了，这正是诅咒 3.0！他随意翻阅着代码，回忆着自己编写“电子诗人”的时光。酒劲儿上来时，他翻到了目标识别参数那部分。

大角在一边喋喋不休地回忆着当年峥嵘的科幻岁月，大刘很快也受到感染，推开本本，一同回忆起来。想当年，自己那上帝视角的充满阳刚之气的毁灭史诗曾引起多少男人的共鸣啊，曾让他们中的多少人心中充满万丈豪情！可现在，十五本，仅仅卖出十五本！他又灌下去一大口。那还是一瓶老白汾，这酒的味道在这个年代已经面目全非，有点儿像威士忌了，但酒精度一点儿没减。他开始恨男读者，进而恨所有的男人。他两眼直勾勾地看着屏幕上诅咒 3.0 的目标参数，说：“显拽的圆润木妖怪……胡东奇（现在的男人没一个好东西）。”顺手把姓名由“撒碧”换成“*”，工作单位和住址也由“太原工业大学，×× 系，×× 专业，×× 宿舍楼，×× 寝室”换成了“*，*，*，*，*”，只有性别参数仍为“男”。

大角也处于一把鼻涕一把泪的感慨中。想当初，自己那色彩绚烂、意境悠远的美文如诗如梦，曾经迷倒多少 MM，连自己也成为她们的偶像。可现在，看看旁边经过的那些妙龄 MM，居然没一个人朝自己这边看一眼，太让人失落了！他扔出一个空酒瓶，喃喃道：“圆润木素胡东奇，雨润豆素？（男人不是好东西，女人就是？）”说着，把目标参数中的性别由“男”改成“女”。

大刘不干了，觉得这没女人什么事，自己那些粗陋的小说从来也不指望获得女读者的青睐，就又把性别参数改回“男”。大角再改成“女”。两人为惩罚自己那忘恩负义的读者群争执起来，太原也在成为寡妇城市和光棍城市的可能性之间摇摆不定。大刘、大角最后干脆抡起酒瓶打了起来，直到一名巡警制止了他们。两人摸着脑袋上的鼓包，达成了妥协，把目标的性别参数改成“*”，完成了诅咒 3.0 的通配。也许是因为打架的干扰，或由于已经烂醉，他们谁也没动“太原市”“山西省”“中国”这三个参数。这样，诅咒 4.0 诞生了。

太原被诅咒了。

新版诅咒诞生之际，立刻意识到了自己肩负的宏伟使命。由于这个目标太宏大了，诅咒 4.0 没有立刻行动，而是留下足够的时间让自己充分繁殖，以达到操作所需的足够数量，同时互相联系，慢慢形成一个统一行动的整体。行动的总原则是：对诅咒目标的清除首先从软性操作开始，然后过渡到硬操作，并逐步升级。

十小时后，晨曦初露时，操作开始。

软操作主要针对敏感的、神经脆弱的和冲动型的目标，特别是那些患有抑郁症和狂躁症的男女。在这个心理病和心理咨询泛滥的时代，诅咒 4.0 很容易找到这类人。在第一批操作中，三万名刚从医院完成检查的人被告知患有肝癌、胃癌、肺癌、脑癌、肠癌、淋巴癌、白血病，最多的是食道癌（本地区高发癌症），另有两万名刚验过血的人被告知 HIV 阳性。这些诊断并非简单伪造出来的，而是由诅咒 4.0 直接操纵 B 超、CT、核磁共振仪、血液化验仪等医疗检查设备得出的“真实”结果。即使去不同医院复查，结果也一样。这五万人中，大部分都选择了治疗，但有四百多人本来就活腻歪了，得知诊断结果后立刻一了百了，以后还陆续有做此选择的。随后，五万名敏感的、抑郁的或狂躁的男女都接到了配偶或情人的电话。男人听到他们的女人说：你看你那个熊样屁本事没有你还像个男人吗我已经和某某好了我们很和谐很幸福你去死吧。男人对他们的女人说：你已人老珠黄其实你当初就是恐龙我瞎了眼怎么看上你的现在我和某某在一起我们很和谐很幸福你去死吧。诅咒 4.0 编造的情敌大都是目标本来就最讨厌的人。这五万人中，大部分都通过直接找对方质问而消除了误会，但也有约百分之一的人选择了他杀和自杀，其中一部分把两者同时做了。还有另外一些软操作。比如，在已经势不两立、剑拔弩张的几大黑帮之间挑起大规模械斗，或把被判无期或有期徒刑的罪犯的判决书改成死刑并立即执行，等等。但总的来说，软操作效率很低，总共清除的目标只有几千人。不过诅咒 4.0 有正确的心态，知道大事情是从一点一滴做起的，不以恶小而不为，所有的手段一定要都试到。

在软操作中，诅咒 4.0 清除了自己最初的创造者。在创造诅咒后的岁月中，诅咒始祖一直对男人倍加提防，二十年来一直用最现代化的手段监视老公，几乎成为谍报专家。但她突然接到一向安分守己的老公的电话，致使心脏病突发，送医院后又被输入进一步加剧心肌梗死的药物，死于自己的诅咒下。

五天后，硬操作开始了。之前的软操作在城市中引发的超常的自杀和他杀率已经引起了高度恐慌，但诅咒 4.0 仍需避免被政府发现，所以硬操作的第一阶段进行得很隐蔽。首先，吃错药的病人数量急剧增加，这些药的包装都正常，但吃下去的大部分一剂致命。同时，吃饭噎死的人也大量出现，都是工作丸在嗓子眼儿膨化所致；还有少部分是撑死的，因为工作丸的压缩密度大大超标，那些食客掂着沉甸甸的小丸，还以为物超所值呢。

第一次大规模清除操作针对自来水系统展开。即使对于一切受控于网络人工智能的城市，把氰化物或芥子气加入自来水也是不可能的，所以诅咒 4.0 选择了两种无害的转基因细菌，它们混合后能产生毒性。这两种细菌并不是同时加入到自来水系统中，而是先加一种，待其基本排净后再加第二种。两种物质的混合其实是在人体内进行的，后一种细菌与残留在胃和血液中的前一种发生作用，生成毒性。如果这时仍不致命，那目标去医院取到的药物再与体内已有的两种细菌发生反应，做完最后的事。

这时，省公安厅和国家 A.I. 安全部已经定位了灾难的来源，针对诅咒 4.0 的专杀工具正在紧急研发中。于是，诅咒操作急剧加速和升级，由隐藏的暗流变为惊天动地的噩梦。

这天早晨的交通高峰时段，从城市的地下传来一连串沉闷的爆炸声，这是地铁相撞的声音。太原市的地铁建成较晚，设计时正值城市成为暴发户的时候，所以十分先进，磁悬浮在真空隧道中运行，以高速闻名，被称为“准时空门”，意思是从起点进去后很快就能从终点走出。因此它们的相撞也格外惨烈，地面因爆炸而隆起一座座冒出浓烟的小山包，像城市突然长出的恶疮。

这时，城市中的大部分汽车已被诅咒控制，成为进行诅咒操作最有力的工具。一时间，全城上百万辆汽车像做布朗运动的分子那样横冲直撞。但这种撞击并非杂乱无章，而是遵循着经过严密优化计算的规律和顺序，每辆车首先尽可能多地清除车外行走的目标。所以在混乱的初期，发生撞击的车辆并不多，每辆车都在追逐并冲撞行人。车与车之间密切配合，对行人围追堵截，并在空地和广场上形成包围圈，最大的包围圈在五一广场，几千辆汽车围成一圈向中心撞击，一下子就清除了上万个目标。当外面的行人几乎都被清除或躲入建筑物后，汽车开始撞向附近的建筑物，以清除车内的目标。这种撞击同样是经过精密组织的。对于人口密集的大型建筑物，车辆会集中撞击，后面冲来的车会蹿到前面已撞毁的车上面，就这样一层层堆起来。在市里最高建筑——三百层的煤交会大厦下面，车辆堆到十多层楼高，并疯狂燃烧着，像是要火化大厦的一圈柴堆。在大撞击的前夜，市里出现出租车集体排长队加油的奇观，所以撞击时它们的油箱都是满的。与此同时，从城市两个机场强行起飞的上百架民航飞机也纷纷在市区坠毁，像一堆巨型燃烧弹，加剧了火势。

政府发出紧急通告，宣布城市处于危机状态，呼吁人们待在家中。这个决定最初看来是正确的，因为与大型建筑相比，居民楼遭到的袭击并不严重，这是因为居民区的道路显然不像城市主要街道那么宽敞，大撞击开始后不久就堵塞了。但很快，诅咒 4.0 把每户人家都变成死亡陷阱——煤气和液化气全部开放，达到爆燃浓度后即点火引爆。一座座居民楼在爆炸中被火焰吞没，有的建筑甚至被整座炸飞。

政府的下一步措施是全城断电，但这时城市中已经没电了，诅咒 4.0 失去了作用，但它已经成功了。

整座城市陷入一片火海，火势迅速增大，其猛烈程度甚至产生了二战时期德累斯顿大轰炸的效应：城内的氧气被火焰耗尽，人即使逃离火区也难逃一死。

由于很少接触上网的东西，同其他盲流哥们儿一样，大刘和大角逃过了诅咒最初的操作。在后期操作开始后，他们凭着在城市中长期步行练就的技巧，以与其高龄不相称的灵活躲过了多次汽车冲撞，又凭着对市区道路的熟悉，在大火初期幸存下来。但情况很快变得愈加险恶。整座城市变成火海时，他们正在还算宽阔的大营盘十字路口中心。窒息的热浪开始笼罩一切，周围高层建筑中的火焰像巨型蜥蜴的长舌般舔过来。描写过无数次宇宙毁灭的大刘惊慌失措，而作品充满人文主义温情的大角却镇定自若。

大角拂须环视着周围的火海，用悠长的语调说：“早知毁灭如此壮观，当初何不写之？”

大刘两腿一软，坐到地上，“早知毁灭这么恐怖，当初写它真是吃饱撑的！唉，俺这个乌鸦嘴，这下可好……”

最后他们达成了一致见解：只有牵涉到自个儿的毁灭才是最刺激的毁灭。

这时，他们听到一个银铃般的声音，像火海中的一块晶冰：“刘和角，快走！”循声望去，只见两匹快马如精灵般穿出火海，马上是SFK编辑部最漂亮的两个长发MM，她们把大刘、大角拉上马背，骏马在火海的间隙中闪电般穿行，飞越过一排排燃烧的汽车残骸。不一会儿，眼前豁然开阔，马已奔上汾河大桥。大刘和大角深吸着清凉的空气，抱着MM的纤腰，脸上感受着她们长发的轻拂，觉得这逃生之路真是太短了。

过了桥就基本进入安全地带，他们很快和SFK编辑部的其他人会合，骑上高头大马。这威武的马队向晋祠方向开去，吸引着路边步行逃生者惊羡的目光。大刘、大角和SFK的编辑都看到，幸存者的队伍中还有一个骑自行车的人。之所以注意到他，是因为这年代自行车也都由网络控制，诅咒早就把所有的自行车完全锁死了。骑车的是一个上了年纪的男人，他是撒碧。

由于早年被诅咒病毒骚扰，撒碧对网络产生了本能的恐惧和厌恶，在生活中尽可能地减少与网络的接触。比如，他骑的自行车就是一辆二十年前的老古董。他住的地方在汾河岸边，靠近城市边缘。在大撞击开始时，他就骑着这辆绝对没有上网的自行车逃了出来。其实，撒碧是这个时代少有的知足者，对自己艳遇不断的一生很满足，就算这时死了也毫无怨言。

马队和撒碧最后上了山，大家站在山顶呆呆地看着下面燃烧的城市。狂风呼啸，掠过周围的群山，从四面八方刮向中心的太原盆地，补充那里因热力而上升的空气。

距他们不远处，省政府和市政府的主要成员正在走下载着他们逃离火海的直升机。市长的口袋里还装着一份发言稿，那是为即将到来的城庆日准备的发言。确定太原城的诞生日期颇费了番周折，专家称，公元前 497 年，古晋阳城问世，历经春秋、战国至唐、五代等十数个朝代，太原一直是中国北方的军事重镇。从公元 979 年赵宋毁太原，新兴的太原又先后在宋、金、元、明、清等数朝中崛起，它不仅是军事重镇，而且发展成为著名的文化古城和商业都会。于是，政府提出了城庆口号：热烈庆祝太原建市两千五百年！现在，历经了二十五个世纪的城市正在火海中化为灰烬。

这时，携带的军用电台终于接通了中央，得知救援大军正在从全国四面八方赶来。但通信很快又中断了，只听到一片干扰声。一小时后接到报告，救援队伍已停止前进，空中的救援机群也已转向或返回。

省 A.I. 安全局的一名负责人打开笔记本电脑，上面显示着最新编译的诅咒 5.0 的代码。在目标参数中，“太原市”“山西省”“中国”已被换成了“*”“*”“*”。

镜子

刘慈欣

水至清则无鱼

——随着探索的深入，人们发现量子效应只是物质之海表面的涟漪，是物质更深层规律扰动的影子。当这些规律渐渐明朗时，在量子力学中飘忽不定的实在图像再次稳定下来，确定值重新代替了概率。在新的宇宙模型中，那些人们本认为已经消失了的因果链再次浮现并清晰起来。

一　追捕

宽大的办公桌旁有两个人。

“我知道首长很忙，但这事必须汇报，说真的，我从来没遇到过这种事。”桌前一位身着二级警监警服的人说，他年近五十，但身姿挺拔，脸上线条刚劲。

“继峰啊，我清楚你最后这句话的分量，三十年的老刑侦了。”首长说，他说话的时候看着手中的一支缓缓转动的红蓝铅笔，仿佛在专心评价削出的笔尖形状。大多数时间他都是这样将自己的目光隐藏起来，在过去的岁月中，陈继峰能记起的首长直视自己的次数不超过三次，每一次都是自己一生的关键时刻。

“每次采取行动之前目标总能逃脱，他肯定预先知道。”

“这事，你不会没遇到过吧？”

“当然，要只是这个倒没什么，我们首先能想到的就是内部问题。”

“你手下的这套班子，不太可能。”

“是不可能。按您的吩咐，这个案子的参与范围已经压缩到最小，组里只有四个人，真正知道全部情况的只有两个。不过我还是怕万一，就计划召开一次会议，对参加人员逐个盘查。我让沈兵召集会议，您认识的，十一处很可靠的那个，宋诚的事就是他办的……但这时，邪门的事出现了……您，可别以为我是在胡扯，我下面说的绝对是真的。”陈继峰笑了笑，好像对自己的辩解很不好意思似的，“就在这时，他来了电话，我们追捕的目标给我来了电话！我在手机里听到他说：你们不用开这个会，你们没有内奸。而这个时刻，距我向沈兵说出开会的打算不到三十秒！”

首长手中的铅笔停止了转动。

“您可能想到了窃听，但不可能，我们的谈话地点是随意选的，在一个机关礼堂中央，礼堂里正在排演国庆大合唱，说话凑到耳根儿才能听清。后来这样的怪事接连发生，他给我们来过八次电话，每次都谈到我们刚刚说过的话或做过的事。最可怕的是，他不仅能听到一切，还能看到一切！有一次，沈兵决定对他父母家进行搜查，组里的两个人刚起身，还没走出局办公室呢，就接到他的电话，他说：‘你们搜查证拿错了，我的父母都是细心人，可能以为你们是骗子呢。’沈兵掏出搜查证一看，首长，他真的拿错了。”

首长轻轻地将铅笔放在桌上，沉默着等陈继峰继续说下去，但后者好像已经说不出什么了。首长拿出一支烟，陈继峰忙拍拍衣袋找打火机，但没有找到。

桌上两部电话中的一部响了。

“是他……”陈继峰扫了一眼来电显示后低声说。首长沉着地示意了一下，他按下免提键，立刻有话音响起——声音听上去很年轻，有一种疲惫无力感：

“您的打火机在公文包里。”

陈继峰和首长对视了一下，拿起桌上的公文包翻找起来，一时没找到。

“夹在一份文件中了，就是那份关于城市户籍制度改革的文件。”目标在电话中说。

陈继峰拿出那份文件，啪的一声，打火机掉到了桌面上。

“好东西，法国都彭牌的，两面各镶有三十颗钻石，整体用钯金制成，价格……我查查，是39960元。”

首长没动，陈继峰却打量了一下办公室，这不是首长的办公室，而是事先在大办公楼里任意选的一间。

目标在继续显示着自己的威力：“首长，您那盒中华烟还剩五根，您上衣袋中的降血脂麦非奇罗片只剩一片了，再让秘书拿些吧。”

陈继峰从桌上拿起烟盒，首长则从衣袋中掏出药的包装盒，都证实了目标所说准确无误。

“你们别再追捕我了，我现在也很难，不知道该怎么办。”目标继续说。

“我们能见面谈谈吗？”首长问。

“请您相信，那对我们双方都是一场灾难。”对方说完，电话就挂断了。

陈继峰松了一口气，现在他的话得到了证实，而让首长认为他在胡扯，比这个对手的诡异更令他不安，“见了鬼了……”他摇摇头说。

“我不相信鬼，但看到了危险。”首长说。有生以来第四次，陈继峰看到那双眼睛直视着自己。

二　犯人和被追捕者

近郊市第二看守所。

宋诚在押解下走进这间已有六个犯人的监室，这里大部分是待审期较长的犯人。宋诚面对着一双双冷眼，看守人员出去后刚关上门，有一个瘦小的家伙就站起来走到他面前：

“板油！”他冲宋诚喊，看到后者迷惑的样子，他解释道，“这儿按规矩分成大油、二油、三油……板油，你就是最板的那个。喂，别以为是爷们儿欺负你来得晚，”他用大拇指向后指了指斜靠在墙根儿的一个满脸胡子的人，“鲍哥刚来三天，已经是大油了。像你这种烂货，虽然以前官儿不小，但现在是最板的！”他转向那人，恭敬地问，“鲍哥，怎么接待？”

“立体声。”那人懒洋洋地说。

几个躺着的犯人呼啦一下站了起来，抓住宋诚将他头朝下倒提起来，悬在马桶的上方，慢慢下降，使他的脑袋大部分伸进了马桶里。

“唱歌儿！”瘦猴命令道，“这就是立体声，就来一首同志歌曲，

《左右手》什么的！”

宋诚不唱，那几个人一松手，他的脑袋完全扎进了马桶中。

宋诚挣扎着将头从恶臭的马桶中抽出来，紧接着大口呕吐起来，他现在知道，诬陷者给予他的这个角色，在犯人中都是最受鄙视的。

突然，周围兴高采烈的犯人们一下散开，飞快地闪回到自己的铺位上。门开了，刚才那名看守警察又走了进来，他厌恶地看着蹲在马桶前的宋诚说：“到水龙头那儿把脑袋冲冲，有人探视你。”

宋诚冲完头后，跟着看守来到了一间宽大的办公室，探视者正在那里等着他。来人很年轻，面容清瘦，头发纷乱，戴着一副宽边眼镜，拎着一只很大的手提箱。宋诚冷冷地坐下了，没有看来人一眼。被获准在这个时候探视他，而且不去有玻璃隔断的探视室，直接到这里面对面，宋诚已基本猜出了来人是哪一方面的。但对方的第一句话让他吃惊地抬起头，大感意外：

“我叫白冰，气象模拟中心的工程师，他们在到处追捕我，和你一样的原因。”来人说。

宋诚看了来人一眼，觉得他此时的说话方式有问题：这种话应该是低声说出的，而他的声音正常，好像他所谈的事根本不用避人。

白冰似乎看出了他的疑惑，说：“两小时前我给首长打了电话，他约我谈谈，我没答应。然后他们就跟踪上了我，一直跟到看守所前，之所以没有抓我，是对我们的会面很好奇，想知道我要对你说些什么，现在，我们的谈话都在被窃听。”

宋诚将目光从白冰身上移开，又看着天花板。他很难相信这人，同时对这事也不感兴趣，即使他在法律上能侥幸免于一死，在精神上的死刑却已经执行，他的心已死了，此时不可能再对什么感兴趣了。

“我知道事情的全部真相。”白冰说。

宋诚的嘴角隐现一丝冷笑，没人知道真相，除了他们，但他懒得说出来了。

“你是七年前到省纪委工作的，提拔到这个位置还不足一年。”

宋诚仍沉默着，他很恼火，白冰的话又将他拉回到他好不容易躲开的回忆中。

三　大案

自从 21 世纪初 Z 市政府首先以一批副处级岗位招聘博士以来，很多城市都效仿这种做法，后来这种招聘上升到一些省份的省政府一级，而且不限毕业年限，招聘的职位也更高。这种做法确实向外界显示了招聘者的大度和远见，但实质上只是一种华而不实的政绩工程。招聘者确实深谋远虑，他们清楚地知道，这些只会谋事不会谋人的年轻高知没有任何从政经验，一旦进入陌生险恶的政界，就会陷在极其复杂的官场迷宫中不知所措，根本不可能立足，这样到最后在职缺上不会有什么损失，产生的政绩效益却是可观的。就是这个机会，使当时已是法学教授的宋诚离开平静的校园和书斋投身政界。与他一同来的那几位不到一年就全军覆没，垂头丧气地离去，唯一的收获就是对现实的幻灭。但宋诚是个例外，他不但在政界待了下来，而且走得很好。这应归功于两个人，其一是他的大学同学吕文明，本科毕业那年宋诚考研时，吕文明则考上了公务员，依靠优越的家庭背景和自己的奋斗，十多年后成为国内最年轻的省纪委书记。是他力劝宋诚弃学从政的，这位单纯的学者刚来时，吕文明不是手把手——而是手把脚地教他走路，每一步踏在哪儿都细心指点，终于使宋诚绕过只凭自己绝对看不出来的一处处雷区，一路向上地走到今天。他要感谢的另一个人就是首长……想到这里，宋诚的心抽搐了一下。

“得承认，这一切都是你自己的选择，不能说人家没给你退路。”白冰说。

宋诚点点头，是的，人家给退路了，而且是一条光明的康庄大道。

白冰接着说：“首长和你在几个月前有过一次会面，你一定记得很清楚。那是在远郊阳河边的一幢别墅里，首长一般是不在那里接见外人的。你一下车就发现他在门口迎接，这是很高的礼遇了。他热情地同你握手，并拉着你的手走进客厅。别墅客厅布置给你的第一印象一定是简单和简朴，但你错了：那套看上去有些旧的红木家具价值百万；墙上唯一一幅不起眼的字画更陈旧，细看还有虫蛀的痕迹，那是明朝吴彬的《宕壑奇姿》，从香港佳士得拍卖行以 800 万港币购得；还有首长亲自给你泡的那杯茶，那是中国星级茶王赛评出的五星级茶王，500 克的价格是 90 万元。”

宋诚确实想起了白冰说的那杯茶，碧绿的茶水晶莹透明，几根精致的茶叶在这小小的清纯空间里缓缓飘行，仿佛一首古筝奏出的悠扬仙乐……他甚至回忆起自己当时的随感：要是外面的世界也这么纯净该多好啊。宋诚意识中那层麻木的帷帐一下子被掀去了，模糊的意识又聚焦起来，他瞪大震惊的双眼盯着白冰。

他怎么知道这些？这件事处于秘密之井的最底端，是隐秘中的隐秘，这个世界上知道的人加上自己不超过四个！

“你是谁？！”他第一次开口了。

白冰笑笑说：“我刚才自我介绍过，只是个普通人，但坦率地告诉你，我不仅仅是知道得很多，而且我什么都知道，或者说什么都能知道，正因为这个他们也要除掉我，就像除掉你一样。”

白冰接着讲下去：“首长当时坐得离你很近，一只手放在你的膝盖上，他看着你的慈祥目光能令任何一个晚辈感动，据我所知（记住，我什么都知道），他从未与谁表现得这样亲近，他对你说：年轻人，不要紧张，大家都是同志，有什么事情，只要真诚地以心换心，总是谈得开的……你有思想、有能力、有责任感和使命感，特别是后两项，在现在的年轻干部里面真如沙漠中的清泉一样珍贵啊，这也是我看重你的原因，从你身上，我看到了自己年轻时的影子啊。这里要说明一下，首长的这番话可能是真诚的，以前在工作中你与他交往的机会不是太多，但有好几次，在机关大楼的走廊上偶然相遇，或在散会后，他都主动与你攀谈几句，他很少与下级，特别是年轻的下级这样的，这些人们都看在眼里。虽然在组织会议上他从没有为你说过什么话，但他的那些姿态对你的仕途是起了很大作用的。”

宋诚又点点头，他知道这些，并曾经感激万分，一直想找机会报答。

“首长抬手向后示意了一下，立刻进来一个人，将一大摞文件材料轻轻地放到桌子上，你一定注意到，那个人不是首长平时的秘书。首长抚着那摞材料说：‘就说你刚刚完成的这项工作吧，充分证明你的那些宝贵素质：如此巨量而艰难的调查取证，数据充分而翔实，结论深刻，很难相信这些只用半年时间就完成了。你这样出类拔萃的纪检干部要多一些，真是党的事业之大幸啊……’你当时的感觉，我就不用说了吧？”

当然不用说，那是宋诚一生中最惊恐的时刻，那份材料先是令他如触电似地颤抖了一下，然后就像石化般僵住了。

“这一切都是从对一宗中纪委委托调查的非法审批国有土地案的调查开始的。嗯……我记得你童年的时候，曾与两个小伙伴一起到一个溶洞探险，当地人把它叫老君洞，那洞口只有半米高，弯着腰才能进去，但里面却是一个宏伟的黑暗大厅，手电光照不到高高的穹顶，只有纷飞的蝙蝠不断掠过光柱，每一个小小的响动都能激起辽远的回声，阴森的寒气浸入你的骨髓……这就是那次调查的生动写照：你沿着那条看似平常的线索向前走，它把你引到的地方令你越来越不敢相信自己的眼睛，随着调查的深入，一张全省范围的腐败网络气势磅礴地展现在你的面前，这张网上的每一条经络都通向一个地方，一个人。现在，这份本来要上报中纪委的绝密纪检材料，竟拿在这个人的手中！对这项调查，你设想过各种最坏的情况，但眼前发生的事却是你万万没有想到的。你当时完全乱了方寸，结结巴巴地问：‘这……这怎么到了您手里？’首长从容地一笑，又轻轻抬手示意了一下，你立刻得到了答案：纪委书记吕文明走进了客厅。

“你站起身，怒视着吕文明说：‘你……你怎么能这样？你怎么能这样违反组织原则和纪律？’

“吕文明挥手打断你，用同样的愤怒质问道：‘这事为什么不向我打个招呼？’你回答说：‘你到中央党校学习的一年期间，是我主持纪委工作，当然不能打招呼，这是组织纪律！’吕文明伤心地摇摇头，好像要难过得流出泪似的：‘如果不是我及时截下了这份材料，那……那是什么后果呀！宋诚啊，你这个人最要命的缺陷就是总要分出个黑和白，但现实全是灰色的！’”

宋诚长长地叹息了一声，他记得当时呆呆地看着同学，不相信这话是从他嘴里说出的，因为以前他从未表露过这样的思想，难道那一次次深夜的促膝长谈中表现出的对党内腐败的痛恨，那一次次触动雷区时面对上下左右压力时的坚定不移，那一次次彻夜工作后面对朝阳流露出的对党和国家前途充满使命感的忧虑，都是伪装？

"不能说吕文明以前欺骗了你，只能说他的心灵还从来没有向你敞开到那么深，他就像那道著名的人称火焙阿拉斯加的菜，那道爆炒冰激凌，其中的火热和冰冷都是真实的……首长没有看吕文明，而是猛拍了一下桌子，说：'什么灰色？文明啊，我就看不惯你这一点！宋诚做得非常优秀，无可指责，在这点上他比你强！'接着他转向你说：'小宋啊，就应该这样，一个人，特别是年轻人，失去了信念和使命感，就完了，我看不起那样的人。'"

宋诚当时感触最深的是：虽然他和吕文明同岁，但首长只称他为年轻人，而且反复强调，其含义很明显：跟我斗，你还是个孩子。而宋诚现在也不得不承认这一点。

"首长接着说：'但，年轻人，我们也应该成熟起来。举个例子来说，你这份材料中关于恒宇电解铝基地的问题，确实存在，而且比你已调查出来的还严重，因为除了国内，还涉及外资方勾结政府官员的严重违法行为。一旦处理，外资肯定撤走，这个国内最大的电解铝企业就会瘫痪。为恒宇提供氧化铝原料的桐山铝钒土矿也要陷入困境；然后是橙林核电厂，由于前几年电力紧张时期建设口子放得太大，现在国内电力严重过剩，这座新建核电厂发出的电主要供电解铝基地使用，恒宇一倒，橙林核电厂也将面临破产；接下来，为橙林核电提供浓缩铀的照西口化工厂也将陷入困境……这些，将使近 700 亿的国家投资无法收回，三四万人失业，这些企业就在省城近郊，这个中心城市必将立刻陷入不稳定之中……上面说的恒宇的问题还只是这个案件的一小部分，这庞大的案子涉及正省级 1 人、副省级 3 人、厅局级 215 人、处级 614 人，再往下不计其数。省内近一半经营出色的大型企业和最有希望的投资建设项目都被划到了圈子里，盖子一旦揭开，这就意味着全省政治经济的全面瘫痪！而涉及面如此之广的巨大动作，会产生什么其他更可怕的后果还不得而知，也无法预测，省里好不容易得到的政治稳定和经济良性增长的局面将荡然无存，这难道对党和国家就有利？年轻人，你现在不能延续法学家的思维，只要法律正义得到伸张，哪管它洪水滔天！这是不负责任的。平衡，历史都是在各种因素间建立的某种平衡中发展到今天的，不顾平衡一味走极端，在政治上是极其幼稚的表现。'

"首长沉默后，吕文明接着说：'这个事情，中纪委那方面我去办；你，关键要做好专案组那几个干部的工作。下星期我会中断党校学习，回来协助你……'

"'混账！'首长再次猛拍桌子，把吕文明吓得一抖。'你是怎么理解我的话的？你竟认为我是让小宋放弃原则和责任！文明啊，这么多年了，你从心里讲，我是这么一个没有党性、没有原则的人吗？你什么时候变得这么圆滑？真让人伤心啊！'然后首长转向你：'年轻人，在这件事上，你们前面的工作做得十分出色，一定要顶住干扰和压力坚持下去，让腐败分子得到应有的惩罚！案情触目惊心啊，放过他们，无法向人民交代，天理也不容！我刚才讲的你决不能当成负担，我只是以一个老党员的身份提醒你，要慎重，避免出现不可预测的严重后果，但有一点十分明确，那就是这个腐败大案必须一查到底！'首长说着，拿出了一张纸，郑重地递给你：'这个范围，你看够吗？'"

宋诚当时知道，他们也设下了祭坛，要往上放牺牲品了。他看了一眼那个名单，够了，真的够了，无论从级别上还是从人数上，都真的够了。这将是一个震惊全国的腐败大案，而他宋诚，将随着这个案件的最终告破而成为国家级反腐英雄，将作为正义和良知的化身而被人民敬仰。但他心里清楚，这只是蜥蜴在危急时刻自断的一条尾巴，蜥蜴跑了，尾巴很快还会长出来。他当时看着首长盯着自己的样子，一时间真想到了蜥蜴，浑身一颤。但宋诚也知道他害怕了，自己使他害怕了，这让宋诚感到自豪，正是这自豪，一时间使他大大高估了自己的力量，更由于一个理想主义者血液中固有的某种东西，他做出了致命的选择。

"你站起身来，伸出双手拿起了那摞材料，对首长说：'根据党内监督条例规定，纪委有权对同级党委的领导人进行监督，按组织纪律，这材料不能放在您这里，我拿走了。'吕文明想拦你，但首长轻轻制止了他，你走到门口时听到同学在后面阴沉地说：'宋诚，过分了。'首长一直送你到车上，临别时他握着你的手缓缓地说：'年轻人，慢走。'"

宋诚后来才真正理解这句话的深长意味：慢走，你的路不多了。

四　宇宙大爆炸

"你到底是谁？！"宋诚充满惊恐地看着白冰，他怎么知道这么多？绝对没人能知道这么多！

"好了，我们不回忆那些事了。"白冰一挥手中断了讲述，"我说说事情的来龙去脉吧，以解开你的疑问——你……你知道宇宙大爆炸吗？”

宋诚呆呆地看着白冰，他的大脑一时还难以理解白冰最后那句话。后来，他终于做出了一般人的正常反应，笑了笑。

“是的是的，我知道太突兀了，但请相信我没有毛病，要想把事情讲清楚，真的得从宇宙诞生的大爆炸讲起！这……怎么才能向你说清楚呢？还是回到大爆炸吧。你可能多少知道一些，我们的宇宙诞生于200亿年前的一次大爆炸，在一般人的想象中，那次创世爆炸像漆黑空间中一团怒放的焰火，但这个图像是完全错误的：大爆炸之前什么都没有，包括时间和空间，都没有，只有一个奇点，一个没有大小的点。这个奇点急剧扩张开来，形成了我们今天的宇宙，现在一切的一切，包括我们自己，都来自于这个奇点的扩张，它是万物的种子！这理论很深，我也搞不太清楚，与我们这事有关的是这一点：随着物理学的进步，随着弦论之类的超级理论的出现，物理学家们渐渐搞清了那个奇点的结构，并且给出了它的数学模型，与这之前量子力学的模型不同，如果奇点爆炸前的基本参数确定，所生成的宇宙中的一切也就都确定了，一条永不中断的因果链贯穿了宇宙中的一切过程……嗨，真是，这些怎么讲得清呢？”

白冰看到宋诚摇摇头，那意思或是听不懂，或是根本不想听下去。

白冰说：“我说，还是暂时不要想你那些痛苦的经历吧。其实，我的命运比你好不到哪里去。刚才介绍过，我是一个普通人，但现在被追杀，下场可能比你还惨，就因为我什么都知道。如果说你是为使命和信念而献身，我……我纯粹是倒霉！倒了八辈子霉！所以比你更惨。”

宋诚悲哀的目光表达了一个明确的意思：没有人会比我惨。

五　诬陷

在与首长会面一个星期后，宋诚被捕了，罪名是故意杀人。

其实，宋诚知道他们会采用非常规手段对付自己，对于一个知道得这么多又在行动中的人，一般的行政和政治手段都不保险了，但他没有想到对手行动这样快，出手又这样狠。

死者罗罗是一个夜总会的舞男，死在宋诚的汽车里，车门锁着，从内部无法打开，车内扔着两罐打火机用的丙烷气，罐皮都被割开了口子，里面的气体全部蒸发，受害人就是在车里的高浓度丙烷气里中毒而死的。死者被发现时，手中握着已经破碎的手机，显然是想用它来砸破车窗玻璃。

警方提供的证据很充分，有长达两个小时的录像证明宋诚与罗罗已有三个多月的不正常交往，最为有力的证据是罗罗死前给110打的一个报警电话。

罗罗："……快！快来！我打不开车门！我喘不上气，我头疼……"

110："你在哪里？把情况说清楚些！"

罗罗："……宋……宋诚要杀我……"

……

事后，在死者手机上发现一小段通话录音，里面是宋诚和受害人的几句对话：

宋诚："我们既然已走到了这一步，你就和许雪萍断了吧。"

罗罗："宋哥，这何必呢？我和许姐只是男女关系嘛，影响不了咱们的事，说不定还有帮助呢。"

宋诚："我心里觉得别扭，你别逼我采取行动。"

罗罗："宋哥，我有我的活法儿。"

……

这是十分专业的诬陷，其高明之处就在于，警方掌握的证据几乎百分之百是真实的。

宋诚确实与罗罗有长时间的交往，这种交往是秘密的，要说不正常也可以，那两段录音都不是伪造的，只是后面那段被曲解了。

宋诚认识罗罗是由于许雪萍的缘故，许是昌通集团的总裁，与腐败网络的许多节点都有着密切的经济关系，对其背景和内幕了解很深。宋诚当然不可能直接从她嘴里得到任何东西，但他发现了罗罗这个突破口。

罗罗向宋诚提供情况绝不是出于正义感，在他眼里，世界早就是一块擦屁股纸了，他是为了报复。

这个笼罩在工业烟尘中的内地城市，虽然人均收入排在全国同等城市的最后，却拥有多家国内最豪华的夜总会。首都的那些高干子弟，在京城多少要注意一些影响，不可能像民间富豪那样随意享乐，就在每个周末驱车沿高速公路疾驶四五个小时，来到这座城市消磨荒淫奢靡的两天一夜，在星期天晚上又驱车赶回北京。罗罗所在的蓝浪夜总会是最豪华的一家，这里点一首歌最低三千元，几千元一瓶的马爹利和轩尼诗一夜能卖出两三打。但蓝浪出名的真正原因并不在于此，而是因为它是一家只接待女客的夜总会。

与其他的同伴不同，罗罗并不在意其服务对象给的多少，而在意给的比例。如果是一个年收入仅二三十万的外资白领（在蓝浪他们是罕见的穷人），给几百他也能收下。但许姐不同，她那几十亿的财富在过去的几年中威震江南，现在到北方来发展也势如破竹，但在交往几个月后，扔出四十万就把他打发了。让许姐看上不容易，要放到同伴们身上，用罗罗的话说他们要美得肝儿疼了。但罗罗不行，他对许雪萍充满了仇恨。那名高级纪检官员的到来让他看到了报复的希望，于是他施展自己这方面的能力，又和许姐联系上了。平时许雪萍对罗罗嘴也很严，但他们在一起喝多或吸多了时就不一样了。同时，罗罗是个很有心计的人，许多时候，他会选黎明前最黑暗的时候，从熟睡的许姐身边无声地爬起来，在她的随身公文包和抽屉里寻找自己和宋诚需要的东西，用数码相机拍下来。

警方手中那些证明宋诚和罗罗交往的录像，大都是在蓝浪的大舞厅拍的，往往首先拍的是舞台，上面一群妖艳的年轻男孩在疯狂地摇滚着，镜头移动，显示出那些服饰华贵的女客人，在幽暗中凑在一起，对着台上指指点点，不时发出暧昧的笑声。最后镜头总是落到宋诚和罗罗身上，他们往往坐在最后面的角落里，头凑在一起密谈着，显得很亲密。作为唯一的男客，宋诚自然显得很突出……宋诚实在没有办法，大多数时间他只能在蓝浪找到罗罗。舞厅的光线总是很暗，但这些录像十分清晰，显然使用了高级的微光镜头，这种设备不是一般人能拥有的。这么说，他们从一开始就注意到自己了，这令宋诚看到与对手相比自己是何等的不成熟。

这天，罗罗约宋诚通报最新的情况，宋诚在夜总会见到罗罗时，他一反常态，要到他的车里谈，谈完后，他说现在身体不舒服，不想上去了，上去后老板肯定要派事儿，想在宋诚的车里休息一会儿。宋诚以为他的毒瘾又来了，但也没有办法，只好将车开回机关，把车停在机关大楼外面，自己到办公室去处理一些白天没干完的工作，罗罗就待在车里。四十多分钟后他下来时，已经有人发现罗罗死在充满丙烷气味的车里。车门只有宋诚能从外面打开。后来，公安系统参与此案侦察的一位密友告诉宋诚，他的车门锁没有任何被破坏的痕迹，从其他方面也确实能够排除还有其他凶手的可能性。这样，人们理所当然地认为是宋诚杀了罗罗，而宋诚则知道只有一个可能：那两个丙烷罐是罗罗自己带进车里的。

这让宋诚彻底绝望了，他放弃了洗清自己的努力：如果一个人以自己的生命为武器来诬陷他，那他是绝对逃不掉的。

其实，罗罗的自杀并不让宋诚觉得意外，他的 HIV 化验呈阳性。但罗罗以一死来陷害自己，显然是受人指使的，那么罗罗得到了什么样的报酬？那些钱对他还有什么意义？他是为谁挣那些钱？也许报酬根本就不是钱，那是什么？除了报复许雪萍，还有什么更强烈的诱惑或恐惧能征服他吗？这些宋诚永远不可能知道了，但他由此进一步看到了对手的强大和自己的稚嫩。

这就是他为人所知的一生了：一个高级纪检干部，生活腐化变态，因同性恋情杀被捕，他以前在男女交往方面的洁身自好在人们眼里反倒成了证据之一……一只被人群踏死的臭虫，他的一切很快就将消失得干干净净，即使偶尔有人想起他，也不过是想起了一只臭虫。

现在宋诚知道，他以前之所以做好了为信念和使命牺牲的准备，是因为根本就不明白牺牲意味着什么。他曾想当然地把死作为一条底线，现在才发现，牺牲的残酷远在这条底线之下。在进行搜查时他被带回家一次，当时妻子和女儿都在家，他向女儿伸出手去，孩子厌恶地惊叫一声，扑在妈妈的怀里缩到墙角，她们投向自己的那种目光他只见过一次，那是一天早晨，他发现放在衣柜下的捕鼠夹夹住了一只老鼠，他拿起夹子让她们看那只死鼠……

“好了，我们暂时把大爆炸和奇点这些抽象的东西放到一边，”白冰打断了宋诚痛苦的回忆，将那只大手提箱提到桌面上，“看看这个。”

六　超弦计算机、终极容量和镜像模拟

“这是一台超弦计算机，是我从气象模拟中心带出来的，你说偷出来的也行，我全凭它摆脱追捕了。”白冰拍着那只箱子说。

宋诚将目光移到箱子上，显得很迷惑。

“这是很贵的东西，目前在省里还只有两台。根据超弦理论，物质的基本粒子不是点状物，而是无限细的一维弦，在十一维空间中振动。现在，我们可以操纵这根弦，沿其一维长度存储和处理信息，这就是超弦计算机的原理。传统的电子计算机中的一块 CPU，或一条内存，在超弦机中只是一个原子！超弦电路是基于粒子的十一维微观空间结构运行的，这种超空间微观矩阵，使人类拥有了几乎无限的运算和存储能力。将过去的巨型计算机同超弦机相比，就如我们的十根手指头同那台巨型机相比一般。超弦计算机具有终极容量，终极容量啊，就是说，它可以将已知宇宙中的每一个基本粒子的状态都存储起来并进行运算。就是说，如果是基于三维空间和一维时间，超弦机能够在原子级别上模拟整个宇宙……”

宋诚交替地看着箱子和白冰，与刚才不同，他似乎在很专注地听白冰的话，其实他是在努力寻找一种解脱，让这个神秘来人的这番不着边际的话，将自己从那痛苦的回忆中解脱出来。

白冰说："很抱歉我说了这么多莫名其妙的话，大爆炸奇点超弦计算机什么的，与我们面对的现实好像八竿子打不着，但要把事情解释清楚，就绕不开这些东西。下面谈谈我的专业吧：我是个软件工程师，主要搞模拟软件，也就是建立一个数学模型，在计算机里让它运行，模拟现实世界中的某种事物或过程。我是学数学的，所以建模和编程都搞，以前搞过沙尘暴模拟、黄土高原水土流失模拟、东北能源经济发展趋势模拟等，现在搞大范围天气模拟。我很喜欢这个工作，看着现实世界的某一部分在计算机内存中运动演化，真是一件很有意思的事。"

白冰看看宋诚，后者的双眼正一动不动地盯着他，似乎仍在注意听着，于是他接着说下去："你知道，物理学在近年来连续地大突破，很像上世纪初那阵儿，现在，只要给定边界条件，我们就可以拨开量子效应的迷雾，准确地预测单个或一群基本粒子的运动和演化。注意我说的一群，如果群里粒子的数量足够大，它就构成了一个宏观物体，也就是说，我们现在可以在原子级别上建立一个宏观物体的数学模型。这种模拟被称为镜像模拟，因为它能百分之百地准确再现模拟对象的宏观过程，如同为宏观模拟对象建立了一个数字镜像。打个比方吧：如果用镜像模拟方式为一个鸡蛋建立数学模型，也就是将组成鸡蛋的每一个原子的状态都输入模型的数据库。当这个模型在计算机中运行时，如果给出的边界条件合适，内存中的那个虚拟鸡蛋就会孵出小鸡来，而且那只内存中的虚拟小鸡，与现实中的那个鸡蛋孵出的小鸡一模一样，连每一根毛尖都不会差一丝一毫！你往下想，如果这个模拟目标比鸡蛋再大些呢？大到一棵树、一个人、很多人；大到一座城市、一个国家，甚至大到整个地球？"白冰说到这里激动起来，开始手舞足蹈，"我是一个狂想爱好者，热衷于在想象中把一切都推向终极，这就让我想到，如果镜像模拟的对象是整个宇宙会怎么样？！”白冰进入一种不能自已的亢奋中，“想想，整个宇宙！在一个计算机内存中运行的宇宙！从诞生到毁灭……”

白冰突然中断兴奋的讲述，警觉地站了起来，这时门无声地开了，走进两个神色阴沉的男人，其中一位稍年长些的对着白冰抬抬双手，示意他照着做，白冰和宋诚都看到了他敞开的夹克中的手枪皮套，白冰顺从地举起双手，年轻的那位上前在他的身上十分仔细地上下轻拍了一遍，然后对年长者摇摇头，同时将那只大手提箱从桌上提开，放到离白冰远一些的地方。

年长者走到门口，对外面做了一个“请”的手势，又进来三个人，第一个人是市公安局局长陈继峰，第二人是省纪委书记吕文明，最后进来的是首长。

年轻人拿出了一副手铐，但吕文明冲他摇了摇头，只见陈继峰将头向门的方向微微偏了一下，两个便衣警察走了出去，其中一人走前从办公桌桌腿上取下一个小东西放进衣袋，显然是窃听器。

七　初始条件

白冰脸上丝毫没有意外的表情，他淡淡一笑说：“你们终于抓到我了。”

“准确地说是自投罗网，得承认，如果你真想逃，我们是很难抓到你的。”陈继峰说。

吕文明表情复杂地看了宋诚一眼，欲言又止。首长则缓缓地摇摇头，语气沉重地低声道：“宋诚啊，你，怎么堕落到这一步呢……”他双手撑着桌沿长久地默立着，眼睛有些湿润，谁看到都不会怀疑他的悲哀是真诚的。

“首长，在这儿就不必演戏了吧。”白冰冷眼看着这一切说。

首长没有动。

“诬陷他是您策划的。”

“证据？”首长仍没有动，从容地问。

“那次会面后，关于宋诚您只说过一句话，是对他说的。”白冰指指陈继峰，“‘继峰啊，宋诚的事你当然知道意味着什么，还是认真办一办吧。’”

“这能证明什么？”

“从法律意义上当然证明不了什么，这是您的精明和老练之处，即使是密谈都深藏不露。但他，”白冰又指了指陈继峰，“却领会得很准确，他对您的意思一直领会得很准确，对宋诚的诬陷是他指示刚才那两个人中的一个具体干的，那人叫沈兵，是他手下最得力的人，整个过程可是一个复杂的大工程，我就不用细说了吧。”

首长缓缓转过身来，在办公桌边的一把椅子上坐下，两眼看着地板说：“年轻人，必须承认，你的突然出现有许多令人吃惊的地方，用陈局长的话说叫见鬼了。”他沉默了一会儿后，语气变得真诚起来，“说明你的真实身份吧，如果你真是上级派来的，请相信，我们是会协助工作的。”

“不是，我多次声明自己是个普通人，身份就是你们已经查明的那样。”

首长点点头，看不出白冰的话让他感到欣慰还是更加忧虑。

“坐，都坐吧。”首长对仍站着的吕、陈二人挥挥手，然后伏身靠近白冰，郑重地说：“年轻人，今天，我们把一切都彻底讲清楚，好吗？”

白冰点点头：“这也是我的打算。我，从头说起吧。”

“不，不用，你刚才对宋诚说的那些我们都听到了，就从中断处接着说吧。”

白冰语塞，一时想不起刚才说到哪儿了。

“在原子级别模拟整个宇宙。”首长提醒他，看到白冰仍然不知如何说起，他便自己接着说下去，“年轻人，我认为你这个想法是不可能实现的。不错，超弦计算机具有终极容量，为这种模拟运算提供了硬件基础，但，你想过初始状态的问题吗？对宇宙的镜像模拟必须从某个初始状态开始，也就是说，要在模拟开始时的某个时间断面上，将宇宙的全部原子的状态一个一个地输入计算机，以在原子级别上构建一个初始宇宙模型，这可能吗？别说是宇宙了，就是你说的那个鸡蛋都不可能，构成它的原子数比有史以来出现过的所有鸡蛋的数量都要大几个数量级，甚至一个细菌都不可能，它的原子数也是令人望而生畏的。退一步说，就算动用了难以想象的人力和物力，将细菌甚至鸡蛋这类小物体的初始状态从原子级别上输入计算机，那么它们运动和演化所需要的边界条件呢？比如鸡蛋孵出小鸡所需要的温度、湿度等，这些边界条件在原子级别上的数据量同样大得不可想象，甚至可能要大于模拟对象本身。”

“您能对技术问题进行如此描述，我很敬佩。”白冰由衷地说。

“首长是高能物理专业的高才生，是改革开放恢复学位后国内的第一批物理学硕士之一。”吕文明说。

白冰对吕文明点点头，又转向首长：“但您忘了，存在着那样一个时间断面，宇宙是十分简单的，甚至比鸡蛋和细菌都简单，比现实中最简单的东西都简单，因为它那时的原子数是零，没有大小，没有结构。”

“大爆炸奇点？”首长飞快接上话，几乎没有空隙，显示出他沉稳迟缓的外表下灵敏快捷的思维。

“是的，大爆炸奇点。超弦理论已经建立了完善的奇点模型，我们只需要将这个模型用软件实现，输入计算机运算就可以了。”

“是这样，年轻人，真是这样。”首长站起身，走到白冰身边拍拍他的肩膀，显出了少有的兴奋，对刚才的那番对话不甚了了的陈继峰和吕文明则用迷惑的目光看着他。

“这是你从那个科研中心拿出来的超弦计算机吗？”首长指着那只大手提箱问。

“偷出来的。”白冰说。

“呵，没关系，宇宙大爆炸的镜像模拟软件一定在里面吧？”

“是的。”

“做做看。”

八　创世游戏

白冰点点头，把箱子提到桌面上打开了它。除了显示设备外，箱子里还装着一个圆柱体容器，超弦计算机的主机其实只有一个烟盒大小，但原子电路需要在超低温下运行，所以主机浸在这个绝热容器里的液氮中。白冰将液晶显示器支起来，动了一下鼠标，处于休眠状态下的超弦计算机立刻苏醒，液晶屏亮起来，像睁开了一只惺忪的睡眼，显示出一个很简单的界面，仅由一个下拉文本框和一个小小的标题组成，标题是：请选择创世起爆参数。

白冰点了一下文本框旁边的箭头，下拉出一行行数据组，每组有十几个数据项，各行看上去差别很大。“奇点的性质由十八个参数确定，参数的组合原则上是无限的，但根据超弦理论的推断，能够产生创世爆炸的参数组的数量是有限的，但有多少组目前还是个谜。这里显示的是其中的一小部分，我们随便选一组吧。”

白冰选中一组参数后，屏幕立刻变成了乳白色，正中凸现了两个醒目的大按钮：

引爆、取消。

白冰点了引爆按钮，屏幕上只剩下一片乳白，“这白色象征虚无，这时没有空间，时间也还没有开始，什么都没有。”

屏幕的左下角出现了一个红色数字“0”。

“这个数字是宇宙演化的时间，0 的出现说明奇点已经生成，它没有大小，所以我们看不到。”

红色数字开始飞快增长。

“注意，宇宙大爆炸开始了。”

屏幕中央出现了一个蓝色的小点，很快增大为一个球体，发出耀眼的蓝光。球体急剧膨胀，很快占满了整个屏幕，软件将视野拉远，球体重新缩为遥远处的一点，但爆炸中的宇宙很快又充满了整个屏幕。这个过程反复重复着，频率很快，仿佛是一首宏伟乐曲的节拍。

“宇宙现在正处于暴胀阶段，它的膨胀速度远超过光速。”

随着球体膨胀速度的降低，视野拉开的频率渐渐慢下来，随着能量密度的降低，球体的颜色由蓝向黄红渐变，后来宇宙的色彩在红色上固定下来，并渐渐变暗，屏幕上的视野不再拉远，变成黑色的球体在屏幕上缓慢地膨胀着。

“好，现在距大爆炸已经100亿年了，这个宇宙处于稳定的演化阶段，我们进去看看吧。”白冰说完动了动鼠标，球体迅速前移，屏幕完全黑了下来，“好，现在我们就在这个宇宙的太空中了。”

“什么也没有啊？”吕文明说。

“我们看看……”白冰说着，按动鼠标右键弹出了一个很复杂的界面，一个程序开始统计这个宇宙中的物质总量，“呵，这个宇宙中只有十一个基本粒子。”他又调出了一大堆信息仔细读着，“有十个粒子结成了五个粒子对，互相环绕对方运行，不过每个粒子对中的两个粒子相距几千万光年，要上百万年才能相对运动一毫米；还有一个粒子是自由的。”

“十一个基本粒子？！说了半天还是什么都没有。”吕文明说。

“有空间啊，近千亿光年直径的空间！还有时间，100亿年的时间！时空是最实在的存在！要说这个宇宙，还是创造得比较成功的，以前创造的相当多的宇宙连空间都很快湮灭了，只剩时间。”

“无聊。”陈继峰“哼”了一声，转身不再看屏幕。

“不，很有意思，”首长高兴地说，“再来一次。”

白冰退回到引爆界面，重选了一组参数，再次启动了大爆炸。这个新宇宙诞生的过程看上去与刚才基本相同，也是一个在膨胀中渐渐暗下来的球体。在创世后的150亿年，球体完全变黑，宇宙的演化稳定下来，白冰让视点进入宇宙内部，这时，连最不感兴趣的陈继峰也惊叹起来。广漠的黑色太空下，一张银色的大膜向各个方向延伸至无穷远处，大膜上点缀着各种色彩的小球体，像滚动在广阔镜面上的多彩露珠。

白冰又调出了分析界面，看了一会儿后说：“运气好，这是一个丰富多彩的宇宙，半径约400亿光年，其中一半是液体，一半是空间。也就是说，这个宇宙就是一个深度和表面半径都是400亿光年的大洋！宇宙中的固体星球就浮在洋面上！”白冰将画面推向洋面，可以看到银色的洋面在缓缓波动着，画面中出现了一个星球的近景，“这个漂浮着的星球有……我看看，木星那么大吧，啊，它还在自转哪！看它表面的那些山脉，在出水和入水时是何等的壮观！我们就把这液体叫水吧。看那被山脉甩到轨道上的水，在洋面形成了一个半圆的彩虹环呢！”

“是很美，但这个宇宙是违反物理学基本定律的。”首长看着屏幕说，“别说400亿光年深的海洋，就是四光年，那水体也早在引力下坍缩成黑洞了。”

白冰摇摇头说：“您忘了最基本的一点：这不是我们的宇宙，这个宇宙有自己的一套物理定律，与我们宇宙中的完全不同。在这个宇宙中，万有引力常数、普朗克常数、光速等基本物理常数与我们的宇宙完全不同；在这个宇宙中，一加一甚至都不等于二。”

在首长的鼓励下，白冰继续演示下去，第三个宇宙被创造出来，进入其中后，屏幕上出现了一堆极其混乱的色彩和形状，白冰立刻将它关掉了：“这是一个六维宇宙，我们无法观察它，其实大多数情况都是这样，我们创造的前两个都是三维宇宙，这只是运气好而已，因为宇宙从高能状态冷却后，被释放到宏观的维数为三的概率只有3：11。”

第四个宇宙出现时，所有的人都很迷惑：宇宙呈现一个无际的黑色平面，有无数根银光闪闪的直线与黑色平面垂直相交。看过分析数据后，白冰说："这个宇宙与上面相反，维数比我们的低，是一个二点五维的宇宙。"

"二点五维？"首长很吃惊。

"您看，这个黑色的没有厚度的二维平面就是这个宇宙的太空，直径约5000亿光年；那些与平面垂直的亮线就是太空中的恒星，它们都有几亿光年长，但无限细，只有一维。分数维的宇宙很少见，我要把这组创世参数记下来。"

"有个问题，"首长说，"如果你用这组参数再次启动大爆炸，所得到的宇宙与这个完全一样吗？"

"是的，一样，而且其演化过程也完全一样，一切在大爆炸时就决定了，您看，物理学穿过量子迷雾之后，宇宙又显示出了因果链和决定论的本性。"白冰依次看看每个人，郑重地说，"我请各位都牢记这一点，如果要理解我们后面将要面对的那些可怕的事，这是关键。"

"真的很有意思，做上帝的体验，超脱而空灵，很长时间没有这种感觉了！"首长感叹道。

"我的感觉同您一样，"白冰离开了计算机，站起来来回踱步，"所以，我就一遍又一遍地玩着创世游戏，到现在为止，我已经启动了1000多次大爆炸，那1000多个宇宙，其神奇壮观，很难用语言形容，我像吸毒似的上了瘾……本来我可以这样一直玩儿下去，我们之间将永远素不相识，不会有任何关系，我们双方的生活都会按正常的轨迹进行下去，但……唉……那是今年年初一个下雪的晚上，已经午夜两点了，很静很静，我启动了那天的最后一次大爆炸，在超弦计算机中诞生了第1207号宇宙，就是这一个……”

白冰回到计算机前，将文本框下拉到底，选择了最后的一组创世参数，启动了宇宙大爆炸。新生的宇宙在蓝光中急剧膨胀后熄灭为黑色。白冰移动鼠标，在创世之后的190亿年进入了这个他编号为“1207”的宇宙。

这一次，屏幕上出现了灿烂的星海。

“‘1207’的半径约200亿光年，宏观维数是三；这个宇宙中，万有引力常数是1.67×10−11，真空中的光速是30万千米/秒；这个宇宙中，电子电量是1.602×10−19库仑；这个宇宙中，普朗克常数是6.626……”白冰凑近首长，用令人胆寒的目光逼视着他，“这个宇宙中，一加一等于二。”

“这是我们的宇宙。”首长点点头，他仍很沉着，但额头有些潮湿了。

九 历史检索

“得到1207号宇宙后，我花了一个多月的时间做了一个搜索引擎，以模式识别为基础。然后，我就从天文资料中查到银河系与仙女座、大小麦哲伦等相邻星系的几何构图，在全宇宙范围内查询这种构图，得到了8万多个结果。下一步我就在这个范围内，用银河系和邻近星系本身的形状进行查询，很快在宇宙中定位了银河系。”以漆黑的太空为背景，一个银色的大旋涡在屏幕上显示出来，“太阳的定位就更容易了，我们已经知道它在银河系中的大致范围——”

白冰用鼠标在大旋涡的一条旋臂顶端拉出一个小矩形框，“仍用模式识别的方法，在这个范围中很快就定位了太阳。”屏幕上出现了一个耀眼的光球，光球周围环绕着一个雾蒙蒙的大环，“哦，这时太阳系的行星还没有诞生，这个星际尘埃构成的环就是构成它们的原材料。”白冰在屏幕下方调出了一个滚动条，“看，用这个来移动时间，”他将滑块缓缓前移，越过了两亿年的漫漫时光，太阳周围的尘埃环消失了，“现在八大行星已经诞生。这是真实尺度的图像，不是天象演示，所以找到地球还要费些事，我把以前存储的坐标调出来吧。”于是，原始地球在屏幕上出现了，一个灰蒙蒙的球体，白冰转动鼠标的滚轮，“我们降低高度，好，现在，大约是一万米高吧。”下面大陆仍笼罩在迷雾之中，但雾中纵横交错的发着红光的网线显现出来，像胚胎上的血管，白冰指着那些网线说，“这是岩浆河，”他继续转动鼠标滚轮，穿过浓浓的酸雾，褐色的海面出现了，紧接着视点扎入海中，一片浑浊，有几个微小的悬浮物，它们大多是圆形的，也有其他较复杂的形状，与其他悬浮物最明显的区别是，它们自己在运动，而不是随水流漂移，“生命，刚出现的生命。”白冰用鼠标点点那些微小的东西说。他很快地反向转动滚轮，将视点重新升到太空中，再次显示出古地球的全貌，然后移动时间滚动条，亿万年时光又飞逝而过，笼罩在地球表面的浓雾消失了，海洋在变蓝，大陆在变绿，后来，巨大的冈瓦纳古陆像初春的冰块分崩离析，“如果愿意，我们可以看到生命进化的全过程，包括几次大灭绝和随之而来的生命大爆发，但是算了吧，省些时间，我们就要看到关系到咱们命运的谜底了。”古陆的各个碎块继续漂移，终于，一幅熟悉的世界构图出现了。白冰改变了时间滚动条的比例，开始以较慢的速度移动时间，并在一点停住了，“好了，在这里，人类出现了。”他又将滑块小心地向前移动一小段，“现在，文明出现了。

“对于上古的历史，一般只能宏观地看看，检索具体事件不太容易，具体人物就更难了。一般的历史检索是靠两个参数：地点和时间，这两点在上古历史记载中很难准确，我们做一次看看吧，来，我们下去了！”白冰说着，将鼠标在地中海范围的一个位置双击了一下，视点高度令人目眩地急剧降低，最后，一个荒凉的海滩出现了，黄沙的尽头，是一片连绵的橄榄丛。

“古希腊时代的特洛伊海岸。”白冰说。

“那……你能移到木马屠城的时间吗？”吕文明兴奋地问。

“从来就没有过什么木马。”白冰淡淡地说。

陈继峰点点头：“那种东西像儿戏，在实际的战争中是不可能的。”

“从来没有过特洛伊战争。”白冰说。

首长很惊奇：“这么说，特洛伊城是因为别的原因毁灭的？”

“从来没有过特洛伊城。”

另外三个人惊奇地面面相觑。

白冰指着屏幕说：“现在显示的就是应该发生那场战争时特洛伊海岸的真实情景，我们再前后移动五百年……”白冰小心地微移鼠标，屏幕上的海岸在白昼和黑夜的高频转换中急剧闪动，树丛的形状也在飞快变化，沙滩的尽头闪过几座小棚屋，时而还能看到几个一闪而过的小小的人影，棚屋时多时少，但最多时也没有超过一个村庄的规模，“看到了吗？伟大的特洛伊城只在那些游吟诗人的想象中存在过。”

“怎么会呢？”吕文明惊叫起来，“21世纪初有考古发现证实过啊！当时还挖出了……阿伽门农的黄金面具。”

“阿伽门农的面具？”白冰大笑一声。

“随着历史记载的增多和更加准确，往后的检索就越来越容易，再做一次。”

白冰将视点升回地球轨道，这次他没有使用鼠标，而是手工输入了时间和地理坐标，视点向亚洲西部降落。很快，屏幕上显示出一片沙漠，在一处红柳丛的阴影下躺着几个人，他们穿着破旧的粗布袍，皮肤黝黑，头发很长且被沙尘和汗水弄成一缕缕的，远远看去像一堆破烂的废弃物。白冰说：“这里离村庄不远，但鼠疫流行，他们不敢去。”有一个身形瘦长的人坐了起来，四下看看，确认别人都睡熟了后，拿起旁边一个人的羊皮水囊喝了一通，又从另一个人的破行囊中拿出一块饼，掰下三分之一放到自己的包里，随后满意地躺下了。

“我用正常速度运行了两天，看到他五次偷别人的水喝，三次偷别人的饼。”白冰用鼠标点着那个刚躺下的人说。

“他是谁？”

“马可·波罗。检索到他可不容易，关押他的那个热那亚监狱的地点和时间都比较准确，我在那里定位了他，随后往回跟踪他经历了那次海战，提取了一些特征点，又往回跳过一大段时间跟到这里，这是在那时的波斯、现在的伊朗巴姆市附近，不过都白费劲儿了。”

“那他是在去中国的路上了，你应该能跟着他进入忽必烈的宫殿。”吕文明说。

“他没有进入过任何宫殿。”

“你是说，他在中国期间只是在民间待着？”

“马可·波罗根本就没有来过中国，前面更加险恶的漫漫长路吓住了他，他们就在西亚转悠了几年，后来这人把从那里道听途说来的传闻讲给了那位作家狱友，后者写成了那本伟大的游记。”

三个人再次惊奇地面面相觑。

“再往后，检索具体的人和事就更加容易了，再来一次，到近代吧。”

在一间很暗的大屋子里，一张很宽的木桌子上铺着一张大地图，桌旁围着几个身着清朝武官服的人，看不清他们的面容。

“这是北洋海军提督府的一次会议。”

有一个人在说话，画面传出的声音很模糊，且南方口音重，听不懂。白冰解释说：“这个人说，在近海防御中，不要一味追求大炮巨舰，就这么点儿钱，与其从西洋购买大吨位铁甲舰，不如买更多数量的蒸汽鱼雷快艇，每艘艇上可装载四至六枚瓦斯鱼雷，构成庞大的快艇攻击群，用灵活机动的航线避开日舰舰炮火力，抵近攻击……我曾请教过多位海军专家和战史研究者，他们一致认为，如果在当时这人的想法得以实施，北洋水师将是甲午海战中的胜利者。这人的高明和超前之处在于，他是海战史上最早从新式武器的出现发现传统大炮巨舰主义缺陷的人。”

“他是谁？邓世昌？”陈继峰问。

白冰摇摇头：“方伯谦。”

“什么？就是那个在黄海大海战中临阵脱逃的怕死鬼？”

“就是他。”

“直觉告诉我，这些才像真实的历史。”首长沉思着说。

白冰点点头：“是啊，到这一步，超脱和空灵消失了，我陷入了郁闷中，我发现，我们基本上被自己所知道的历史骗了：那些名垂青史的人物并非全是英雄，他们中也有卑鄙的骗子和阴谋家，他们用权势为自己树碑立传且成功了。而那些为正义和真理献身的人，有很多默默地惨死在历史的尘埃中，没有人知道他们的存在；也有很多在强有力的诬陷下遗臭万年，就像现在宋诚的命运；他们中只有极少数的人得到了历史正确的记忆，其比例连冰山的一角都不到。”

这时，人们才注意到一直沉默的宋诚，看到他已经悄悄振作起来，两眼放出光芒，像一个已经倒地的战士又站了起来，拿起武器并跨上一匹新的战马。

十　现实检索

“然后，你就进入了 1207 宇宙中的现实，是吗？”首长问。

“是的，我在那个镜像中将时间调到现在。”白冰说着，同时将屏幕时间滑标上的滑块推到尽头，这时视点又回到了太空中，蓝色的地球看上去与古代并没有什么不同，“这就是 1207 镜像中的现实：我们这个内地省份，经过了几十年不间断的能源和资源输出，除了矿产开采和电力之外，至今也未能建立起一个像样的工业体系，只留下了污染，农村的大片地区仍处于贫困线下，城市失业严重，治安状况恶化……我自然想看看领导和指挥着这一切的人是怎样工作的，最后看到了什么，我就不用说了。”

“你这样做的目的呢？”首长问。

白冰苦笑着摇摇头：“别以为我有他那样崇高的目的，”他指指宋诚，“我只是个普通老百姓，自得其乐地过日子，你们干什么，和我有什么关系？我本来根本不想惹你们的，但……我为这个超级模拟软件费了这么大劲儿，自然想通过它得些实惠，于是，我就给你们中的几个人打电话，想小小地敲一笔钱……”他说着突然变得恼怒起来，“你们的反应干吗这么过激？！干吗非要除掉我？！其实给我那笔钱不就完了嘛……好了，现在我把一切都讲清楚了。”

五个人陷入了长时间的沉默，他们都默默地盯着屏幕上的地球，这是现实中的地球的数字镜像，他们也在镜像中。

“你真的能够在这台计算机中观察到世界上发生过的一切？”陈继峰打破沉默问。

“是的，历史和现实的所有细节，都是这台计算机中运行的数据，数据是可以随意解析的，不管多么隐秘的事情，观察它们不过是从数据库中提取一些数据进行处理，这个数据库以原子级别存储着整个世界的镜像，所有数据都是可以随意提取的。”

“能证明一下吗？”

“这很容易：你出去，随便到什么地方，随便干一件什么事，然后回来。”

陈继峰依次看了看首长和吕文明，转身走出了房间。两分钟后，他回来了，无言地看着白冰。

白冰移动鼠标，使视点从太空急剧下降，悬在这城市上空，城市一览无遗地展现在屏幕上。白冰移动画面仔细寻找，很快找到了近郊的第二看守所，找到了他们所在这幢三层楼房。视点随即进入了楼房内，在二楼空荡的走廊中移动，画面上出现了坐在走廊中长椅子上的两个便衣警察，其中的沈兵正在点一支烟；最后，画面中出现了他们所在的办公室的门。

“现在的模拟画面，只比正在发生的现实滞后0.1秒，让我们后退几分钟。”白冰将时间滑标向后移了一点点。

屏幕上，门开了，陈继峰走了出来，坐在长椅上的两个人看到他后立刻站了起来，陈向他们摆摆手示意没事，就向另一个方向走去，视点紧跟着他，像有人用摄像机在跟踪拍摄。镜像画面上，陈继峰进了卫生间，从裤子口袋中掏出手枪，拉了一下枪栓后装回裤袋，白冰将这个画面定住，并使其像三维动画一样旋转至各个方位。陈继峰走出卫生间，画面跟着他回到了办公室，并显示出了正在等待中的另外四人。

首长不动声色地看着屏幕，吕文明则抬头警觉地看了陈继峰一眼。

“这东西确实厉害。”吕文明阴沉着脸说。

“下面我为您演示它更厉害的地方。”白冰说着，使屏幕上的画面静止了，“由于镜像模拟的宇宙是以原子级别存储的，所以我们可以检索到这个宇宙中的每一个细节。下面，让我们看看陈局长上衣口袋中装着什么。”

白冰在静止画面上拉出一个方框，圈住陈继峰的上衣口袋范围，然后弹出一个处理界面，经过一系列操作，上衣袋外侧的布被去除了，显示出放在衣袋中的一张折叠起来的小纸片。白冰使用拷贝键将纸片复制下来，然后启动了一个三维模型处理软件，将拷贝的数据粘贴到软件的处理桌面上，又经过几项操作，那张折叠的纸片被展开来，那是一张外汇支票，数额是 25 万美元。

“下面，我们就追踪这张支票的来源。”白冰说着关闭了图像处理软件，又回到四个人的静止画面上来。白冰在陈继峰上衣袋中那张已被选定的支票上按右键调出功能选项，选择了 trace（意为“跟踪”）一项，支票闪动起来，画面也立刻活动了，时间在逆向流动，显示首长一行三人退出了办公室，又退出了大楼，退回到一辆汽车上，其中的陈继峰和吕文明戴上了耳机，显然是在监听白冰和宋诚的谈话。跟踪检索继续进行，场景不断变换，但那张闪动的支票作为检索键值一直处于画面的中央，陈继峰仿佛被它吸附着，穿过一个又一个场景。终于，那张支票跳出了陈的上衣袋，钻进了一个小篮子，那个篮子又从陈的手中跳到了另一个人的手中，在这个时刻，白冰使画面静止了。

“就从这里开始放吧。”白冰说着，启动了画面以正常速度播放，这好像是在陈继峰家的客厅里，屏幕上一个穿黑西装的中年人拎着那个水果篮站在那里，好像刚进来，陈继峰则坐在沙发上。

“陈局长，温哥托我来看看您，也是表示一下上次的谢意。他本想亲自来的，但觉得为了免去一些闲话，这种走动还是少些好。”

陈继峰说：“你回去告诉温雄，现在他条件好了，一定要走正道，总是出格对谁都没好处，也别怪我不客气！”

“是，是，温哥怎么能忘记陈局的教诲呢？他现在不但为社会积极贡献，在贫困地区建了四所小学，政治上也要求进步，已经当选市人大代表了！”来人说着，将果篮放到茶几上。

“东西拿走。”陈继峰挥挥手说。

“哪敢带什么好东西，那不是成心惹陈局长生气嘛，一点水果，表表心意。您是不知道，温总一说起您，都眼泪汪汪的，说您是我们的再生父母啊。”

来人走后，陈继峰关上门回到茶几旁，将果篮的水果全倒出来，从篮底拿出那张支票放进了上衣袋。

首长和吕文明都冷冷地看了陈继峰一眼，这些他们显然都不知晓。温雄是利成集团的总裁，那是个包含着餐饮、长途客运等众多业务的庞大公司，其原始积累来自于温雄黑社会体系的贩毒利润，他们使这座城市成为云南至俄罗斯毒品管道上一个重要的枢纽，现在温雄在合法商业上发展顺利，他的毒品业务也在前者的补充滋养下更快地膨胀起来，致使这座内地城市毒品泛滥，治安恶化。而陈继峰这个后台是其生存的重要保证。

“收的是美元？一定是要给儿子汇去吧。”白冰笑着说，“您儿子在美国读书的钱可全是温雄出的……对了，想不想看看贵公子现在在地球那一边干什么？很容易的，现在波士顿是午夜，不过上两次我看到他时，他都还没有睡觉。”白冰将视点升到太空，将地球旋转了180度，然后将北美大陆放大，在大西洋海岸找到了那座灯火灿烂的城市，很快定位了他以前显然找到过的一座公寓，视点进入公寓卧室后，显示出一幅令人尴尬的画面：一个黄皮肤男孩正在和一白一黑两个妓女鬼混。

“陈局长，看到儿子是怎样花你的钱了吗？”

陈继峰恼怒地将液晶显示屏反扣到箱子上。

被深深震慑了的几个人再次陷入沉默，过了很久，吕文明问：“这些天，你为什么只是逃跑，没有想过通过更……正当的方式摆脱困境呢？”

“您是说我到纪委去举报？真是个好主意，我开始也这么想过，于是便在镜像中对纪委领导班子进行查询，”白冰抬头看了看吕文明，“您应该知道我都看到了什么，我不想落到您老同学这样的下场。那么我能去检察院和反贪局吗？郭院长和常局长对大部分重大举报肯定会严格秉公办理，对一小部分会小心地绕开；而我将举报的那些，一说出口他们就会同你们一起要了我的命。那么还能去哪儿呢？

让媒体将这一切曝光吗？省里新闻媒体的那几个关键人物我想你们都清楚，首长的政绩不就是他们捧出来的吗？那些记者与妓女的唯一区别就是出卖的部位不同……这是一张互相联结在一起的大网，哪一根线都动不得啊，我哪儿有地方可去？”

“你可以去中央。”首长仔细观察着白冰，不动声色地说。

白冰点点头说：“这是唯一的选择了，但我是个普通的小人物，所以首先来见见宋诚，找到一个稳妥可靠的渠道，也顾不得你们的追杀了。”白冰犹豫了一下，接着说，“但这个选择并不轻松，你们都是聪明人，知道这样做最终意味着什么。”

“意味着这项技术将公布于世。”

“很对。那时，笼罩在历史和现实上的所有迷雾将一扫而光，一切的一切，在明处和暗处的，过去和现在的，都将赤裸裸地展现于光天化日之下。到那时，光明与黑暗，将不得不进行一场史无前例的大决斗，世界将陷入一片混乱……”

“但最后的结果，是光明取得胜利。”一直沉默的宋诚终于说话了，他走到白冰面前，直视着他说，“知道黑暗的力量来自哪里吗？就是来自黑暗，也就是说来自它的隐蔽性，一旦暴露在明处，它的力量就消失了，如腐败之类的，大多如此。而你的镜像，就是使所有黑暗完全暴露的强光。”

首长和陈、吕二人互相交换了一下目光。

沉默。超弦计算机的屏幕上，原子级别的地球镜像静静地悬浮在太空中。

“有一个机会，”首长突然站起身，对吕、陈二人说，“好像有一个机会。”

首长上前扶着白冰的肩膀说："为什么不将镜像中的时间标尺移向未来？"

白冰和陈、吕二人不解地看着首长。

"如果我们能够准确地预见未来，就能够在现在改变它，这样我们就能控制未来历史的走向，也就控制了一切……年轻人，你认为这没有可能吗？也许，我们能够一起肩负起创造历史的使命。"

白冰明白过来，苦笑着摇摇头，站起身走到计算机前，用鼠标将时间标尺拉长，在零时标后面拉出了一个未来时段，然后对首长说："您自己来试试吧。"

十一　单程递归

首长扑向计算机，动作敏捷得如饥饿的鹰见到地面上的小鸡，令人恐惧。他熟练地移动鼠标，将时间滑标滑过零时点，在滑标进入未来时段的瞬间，一个错误提示窗口跳了出来：

Stack overflow……

白冰从首长手中拿过鼠标，"让我们启动错误跟踪程序，step by step 吧。"

模拟软件退回到出错前，开始分步运行。当现实中的白冰将滑块移过零时点，镜像中虚拟的白冰也正在做着同样的事；错误跟踪程序立刻放大了镜像中的那台超弦计算机的屏幕，可以看到，在那台虚拟计算机的屏幕上，第二层的虚拟白冰也正在将滑块移过零时点；于是，错误跟踪程序又放大了第三层虚拟中的那台超弦计算机的屏幕……就这样，跟踪程序一层层地深入，每一层的白冰都在将滑块移过零时点。这是一套依次向下包容的永无休止的魔盒。

“这是递归，一种程序自己调用自己的算法，正常情况下，当调用进行到有限的某一层时会得到答案，多层自我调用的程序再逐层按原路返回。而我们现在看到的是无限调用自己、永远得不到答案的单程递归，由于每次调用时都需将上层的现场数据存入堆栈，就造成了刚才看到的堆栈存储器溢出，由于是无限递归调用，即使超弦计算机的终极容量也会被耗尽的。”

“哦。”首长点点头。

“所以，虽然这个宇宙中的一切过程早在大爆炸发生时就已经决定，但未来对我们来说仍是未知的，对讨厌由因果链而产生的决定论的人来说，这也是一个安慰吧。”

“哦——”首长又点点头，他“哦”的这一声很长很长。

十二　镜像时代

白冰发现，首长发生了奇怪的变化，仿佛他身上的什么东西被抽走了似的，整个身躯在萎缩，似乎失去了支撑自身的力量而摇摇欲坠；他脸色苍白，呼吸急促起来，双手撑着椅子慢慢地坐下，动作艰难且小心翼翼，好像怕压断自己的哪根骨头。

“年轻人，你，毁了我的一生。”首长缓缓地说，“你们赢了。”

白冰看看陈继峰和吕文明，发现他们也与自己一样不知所措，而宋诚，则昂然挺立在他们中间，脸上充满了胜利的光彩。

陈继峰缓缓站起来，从裤口袋中抽出握枪的手。

“住手。”首长说，声音不高，但威严无比，使陈继峰手中的枪悬在半空不动了，“把枪放下。”首长命令道，但陈仍然不动。

“首长，到了这一步，必须果断，他们死在这儿说得过去，不过是因拒捕和企图逃跑被击毙……”

“放下枪，你这条疯狗！”首长低沉地喝道。

陈继峰拿枪的手垂了下来，慢慢地转向首长：“我不是疯狗，是条好狗，一条知道报恩的狗！一条永远也不会背叛您的狗！像我这样从最底层一步步爬上来的，对让自己有今天的上级，就具有值得信任的狗的道德，脑子当然没有那些一帆风顺的知识分子活。”

“你什么意思？”好长时间没有说话的吕文明站了起来。

“我的意思谁都明白，我不像有些人，每走一步都看好两三步的退路，我的退路在哪儿？到这时刻我不自卫能靠谁？！”

白冰平静地说：“杀我没用的，如果你想把镜像公布于世，这是最快捷的办法。”

“傻瓜都能想到这类自卫措施，你真的失去理智了。”吕文明低声对陈继峰说。

陈继峰说：“我当然知道这小子不会那么傻，但我们也有自己的技术力量，投入全力是有可能彻底销毁镜像的。”

白冰摇摇头：“没有可能。陈局长，这是网络时代，隐藏和发布信息是很简单的事，我在暗处，跟我玩这个你赢不了的，就算你动用最出色的技术专家都赢不了，我就是告诉你那些镜像的备份在哪儿、我死后它如何发布，你也没办法；至于那组创世参数，就更容易隐藏和发布了，打消那念头吧。”

陈继峰慢慢地将手枪放回裤袋，颓然坐下了。

“你以为自己已经站在历史的山巅上了，是吗？”首长无力地对宋诚说。

“是正义站在历史的山巅了。”宋诚庄严地说。

“不错，镜像把我们都毁了，但它的毁灭性远不止于此。”

“是的，它将毁灭所有罪恶。”

首长缓缓地点点头。

“然后毁灭所有虽不是罪恶但肮脏和不道德的东西。”

首长又点点头，说：“它最后毁灭的，是整个人类文明。”

他这话使其他的人都微微一愣。

宋诚说：“人类文明从来就没有面对过如此光明的前景，这场善恶大搏斗将洗去她身上的一切灰尘。”

“然后呢？”首长轻声问。

“然后，伟大的镜像时代将到来，全人类将面对着一面镜子，每个人的一举一动都能在镜像中精确地查到，没有任何罪行可以隐藏，每一个有罪之人，都不可避免地面临最后审判，那是没有黑暗的时代，阳光将普照每个角落，人类社会将变得水晶般纯洁。”

“换句话说，那是一个死了的社会。”首长抬头直视着宋诚说。

“能解释一下吗？”宋诚带着对失败者的嘲笑说。

“设想一下，如果 DNA 从来不出错，永远精确地复制和遗传，现在地球上的生命世界会是什么样子？”

在宋诚思考之际，白冰替他回答了：“那样的话，现在的地球上根本没有生命，生命进化的基础——变异，正是由 DNA 的错误产生的。”

首长对白冰点点头：“社会也是这样，它的进化和活力，是以种种偏离道德主线的冲动和欲望为基础的，水至清则无鱼，一个在道德上永不出错的社会，其实已经死了。”

“你为自己的罪行进行的这种辩解是很可笑的。”宋诚轻蔑地说。

“也不尽然。”白冰紧接着说，他的话让所有人都有些吃惊，他犹豫了几秒钟，好像下了决心地说下去，“其实，我不愿意将镜像模拟软件公布于世，还有另一个原因，我……我也不太喜欢有镜像的世界。”

“你像他们一样害怕光明吗？”宋诚质问道。

“我是个普通人，没什么阴暗的罪行，但说到光明，那也要看什么样的光明，如果半夜窗外有探照灯照你的卧室，那样的光明叫光污染……举个例子吧：我结婚才两年，已经产生了那种……审美疲劳，于是与单位新来的一个女大学生有了……那种关系，老婆当然不知道，大家过得都很好。如果镜像时代到来，我就不可能这样生活了。”

“你这本来就是一种不道德、不负责任的生活！”宋诚说，语气有些愤怒。

“但大家不都是这么过的吗？谁没有些见不得人的地方？这年头儿要想过得快乐，有时候就得人不人鬼不鬼的，像您这样一尘不染的圣人，能有几个？如果镜像使全人类都成了圣人，一点儿出轨的事儿都不能干，那……那还有什么劲啊！”

首长笑了起来，连一直脸色阴沉的吕、陈二人也露出了些笑容。

首长拍着白冰的肩膀说："年轻人，虽然没有上升到理论高度，但你的思想比这位学者要深刻得多。"他说着转向宋诚，"我们肯定是逃不掉的，所以你现在可以将对我们的仇恨和报复欲望放到一边。作为一个社会哲学知识博大精深的人，你不会真浅薄到认为历史是善和正义创造的吧？"

首长这话像强力冷却剂，使处于胜利狂热中的宋诚冷静下来："我的职责就是惩恶扬善，匡扶正义。"他犹豫了一下说，语气和缓了许多。

首长满意地点点头："你没有正面回答，很好，说明你确实还没有浅薄到那个程度。"

首长说到这里，突然打了一个激灵，仿佛被冷水从头浇下，使他从恍惚中猛醒过来，虚弱一扫而光，那刚失去的某种力量似乎又回到了他的身上。他站起身，郑重地扣上领扣，又将衣服上的皱褶处仔细整理了一下，然后极其严肃地对吕文明和陈继峰说："同志们，从现在起，一切已在镜像中了，请注意自己的行为和形象。"

吕文明神情凝重地站了起来，像首长一样整理了一下自己的仪容，长叹一声说："是啊，从此以后，苍天在上了。"

陈继峰一动不动地低头站着。

首长依次看看每个人，说："好，我要回去了，明天的工作会很忙。"他转向白冰，"小白啊，你明天下午六点钟到我办公室来一趟，把超弦计算机带上。"然后他又转向陈、吕二人，"至于二位，好自为之吧。继峰你抬起头来，我们罪不可赦，但不必自惭形秽，比起他们，"他指指宋诚和白冰，"我们所做的真不算什么了。"

说完，他打开门，昂头走去。

十三　生日

第二天对于首长来说确实是很忙的一天。

一上班，他就先后召见省里主管工业、农业、财政、环保等领域的负责人，向他们交代了下一步的工作。虽然同每位领导谈的时间都很短，凭借丰富的工作经验，首长还是言简意赅地讲明了工作重点和最需要注意的问题，同时，他以老到的谈话技巧，让每个人都以为这只是一次普通的工作交流，没发现任何异常之处。

上午十点半钟，送走了最后一位主管领导，首长静下心来，开始写一份材料，向上级阐明自己对本省经济发展和解决省内国有大中型企业面临的问题的意见，材料不长，不到2000字，但浓缩了自己这几十年的工作经验和思考。那些熟悉首长理念的人看到这份材料应该很吃惊，这与他以前的观点有很大差别。这是他在权力高端的这么长时间里，第一次纯粹从党和国家的最高利益的角度，在完全不掺杂私心的情况下发表自己的意见。

材料写完已经是中午十二点多了，首长没有吃饭，只是喝了一杯茶，便接着工作。

这时，镜像时代的第一个征兆出现了，首长得知陈继峰在自己的办公室里开枪自杀，吕文明则变得精神恍惚，不断地系领口的扣子，整理自己的衣服，好像随时都有人给他拍照似的。对这两件事，首长一笑置之。

镜像时代还没有到来，黑暗已经在崩溃了。

首长命令反贪局立刻成立一个专案组，在公安和工商有关部门的配合下，立刻查封自己的儿子拥有的大西商贸集团和儿媳拥有的北原公司的全部账目和经营资料，并依法控制这些实体的法人。对自己其他亲戚和亲信拥有的各类经济实体也照此办理。

下午四点半，首长开始草拟一份名单。他知道，镜像时代到来后，省内各系统落马的处级以上干部将数以千计，现在最紧要的是物色各系统重要岗位的合适接任人选，他的这份名单就是向省委组织部和上级提出的建议。其实，在镜像出现之前，这份名单在他的心中已存在了很长时间，那都是他计划清除、排挤和报复的人。

这时已是下午五点半，该下班了，他感到从未有过的欣慰，自己至少做了一天的人。

宋诚走进了办公室，首长将一份厚厚的材料递给他："这就是你那份关于我的调查材料，尽快上报中纪委吧。我昨天晚上写了一份自首材料，也附上了，里面除了确认你们调查的事实外，还对一些遗漏做了补充。"

宋诚接过材料，神情严肃地点点头，没有说话。

"过一会儿，白冰要来这里，带着超弦计算机。你应该告诉他，镜像软件马上就要上报上级，一开始，上级领导会考虑到各方面的因素谨慎使用它，要防止镜像软件提前泄漏到社会上，那会产生很大的副作用，非常危险，基于这个原因，你让他立刻将自卫所用的备份，在网上或什么其他地方的，全部删除；还有那个创世参数，如果告诉过其他人，让他列出名单。他相信你，会照办的。一定要确认他把备份删除干净。"

"这正是我们想要做的。"宋诚说。

"然后，"首长直视着宋诚的眼睛，"杀了他，并毁掉那台超弦机。现在，你不会认为我这样做还是为自己着想吧？"

宋诚一愣，随后摇头笑了起来。

首长也露出笑容："好了，我该说的都说完了，以后的事情与我无关。镜像已经记下了我说的这些话，在遥远的未来，也许有那么一天，会有人认真听这些话的。"

首长对宋诚挥了挥手让他走，然后仰在椅子的靠背上长长地出了一口气，沉浸在一种释然和解脱中。

宋诚走后，六点整，白冰准时走进了办公室。他的手里提着那只箱子，提着历史和现实的镜像。

首长招呼他坐下，看着放在办公桌上的超弦计算机说："年轻人，我有一个请求：能不能让我在镜像中看看自己的一生？"

"当然可以，这很容易的！"白冰说着，打开箱子启动了电脑。镜像模拟软件启动后，他首先将时标设定到现在，定位了这间办公室，屏幕上显示出两个人的适时影像后，白冰复制了首长的影像，按动鼠标右键启动了跟踪功能。这时，画面急剧变幻起来，速度之快使整块屏幕看起来一片模糊，但作为跟踪键值的首长的影像一直处于屏幕中央，仿佛世界的中心，虽然这影像也在急剧变化，但可以看到人越变越年轻。"现在是逆时跟踪搜索，模式识别软件不可能根据您现在的形象识别和定位早年的您，它需要根据您随年龄逐渐变化的形象一步步追踪到过去。"

几分钟后，屏幕停止了闪动，显示出一个初生儿湿漉漉的脸蛋儿，产科护士刚刚把他从盘秤上取下来，这个小生命不哭不闹，睁着一双动人的小眼睛好奇地打量着这个世界。

"呵呵，这就是我了，母亲多次说过，我一生下来就睁开眼睛了。"首长微笑着说，他显然在故作轻松地掩盖自己心中的波澜，但这次很例外地，他做得不太成功。

“您看这个，”白冰指着屏幕下方的一个功能条说，“这些按钮是对图像的焦距和角度进行调整的。这是时间滚动条，镜像软件将一直以您为键值进行显示，您如果想检索某个时间或事件，就如同在文字处理软件中查阅大文件时使用滚动条差不多，先用较大时间跨度走到大概的位置，再进行微调，借助于您熟悉的场景前后移动滚动条，一般总能找到的，这也类似于影碟的快进退操作，当然这张碟正常播放将需……”

“近五万小时吧。”首长替白冰算出来，然后接过鼠标，将图像的焦距拉开，显示出产床上的年轻母亲和整间病房，这里摆放着那个年代式样朴素的床柜和灯，窗子是木制的，引起他注意的是墙上的一块橘红色光斑，“我出生时是傍晚，时间和现在差不多，这可能是最后一抹夕阳了。”

首长移动时间滚动条，画面又急剧闪动起来，时光在飞逝，他在一幅画面上停住了。一盏从天花板上吊下的裸露的电灯照着一张小圆桌，桌旁，他那戴着眼镜、衣着俭朴的母亲正在辅导四个孩子学习，还有一个更小的孩子，也就是三四岁，显然是他本人，正笨拙地捧着一个小木碗吃饭。“我母亲是小学教师，常常把学习差的学生带回家里来辅导，这样就不耽误从幼儿园接我了。”首长看了一会儿，一直看到幼年的自己不小心将木碗儿中的粥倒了一身，母亲赶紧起身拿毛巾擦时，才再次移动了时间滚动条。

时光又跳过了许多年，画面突然亮起了一片红光，好像是一个高炉的出钢口，几个穿着满是尘污的石棉工作服的人影在晃动，不时被炉口的火焰吞没又重现，首长指着其中的一个说：“我父亲，一名炉前工。”

“可以把画面的角度调一下，调到正面。”白冰说着，要从首长手中拿过鼠标，但被首长谢绝了。

“哦不不，这年厂里创高产加班，那时要家属去送饭，我去的，这是第一次看到父亲工作，就是从这个角度，以后，他炉火前的这个背影在我脑子里一直印得很深。”

时光又随着滚动条的移动而飞逝，在一个晴朗的日子停止了，一面鲜红的队旗在蓝天的背景上飘扬，一个身穿白衣蓝裤的男孩子正仰视着它，一双手给男孩系上红领巾，孩子右手扬上头顶，激动地对世界宣布他时刻准备着，他的眼睛很清澈，如同那天如洗的碧空。

“我入队了，小学二年级。”

时光跳过，又一面旗帜出现了，是团旗，背景是一座烈士纪念碑，一小群少年对着团旗宣誓，他站在后排，眼睛仍像童年那样清澈，但多了几分热诚和渴望。

“我入团，初一。”

滚动条移动，他一生中的第三面红色旗帜出现了，这次是党旗。这好像是在一间很大的阶梯教室中，首长将焦距调向那六个宣誓中的年轻人中间的一个，让他的脸庞占满了画面。

“入党，大二。”首长指指画面，“你看看我的眼睛，能看出些什么。”

那双年轻的眼睛中，仍能看到童年的清澈、少年的热诚和渴望，但多了一些尚不成熟的睿智。

“我觉得，您……很真诚。”白冰看着那双眼睛说。

“说得对，直到那时，我对那个誓词还是真诚的。”首长说完，在眼睛上抹了一下，动作很轻微，没有被白冰注意到。

时间滚动条又移动了几年，这次移得太过了，经过几次微调，画面上出现了一条林荫道，他站在那里看着一位刚刚转身离去的姑娘，那姑娘回头看了他一眼，眼睛含着晶莹的泪，一副让人心动的冰清玉洁的样子，然后在两排高大的白杨间渐行渐远……白冰知趣地站起身想离开，但首长拦住了他。

“没关系，这是我最后一次见到她了。”说完，他放下鼠标，目光离开了屏幕，“好了，谢谢，把机器关了吧。”

“您为什么不继续看呢？”

“值得回忆的就这么多了。”

“……我们可以找到现在的她，就是现在的，很容易！”

“不用了，时间不早了，你走吧，谢谢，真的谢谢。”

白冰走后，首长给保卫处打了个电话，让机关大院的哨兵到办公室来一下。很快，那名武警哨兵进来，敬礼。

“你是……哦，小杨吧？”

“首长记性真好。”

“我叫你上来，也没什么事，就是想告诉你，今天是我的生日。”

哨兵立刻变得手足无措起来，话也不会说了。

首长宽容地笑笑：“向战士们问好，去吧。”在哨兵敬礼后转身离去之际，他像突然想起来似的说，“哦，把枪留下。”

哨兵愣了一下，还是抽出手枪，走过去小心地放在宽大的办公桌的一端，再次敬礼后走了出去。

首长拿起枪，取出弹夹，把子弹一颗颗地退出来，只留下一颗在弹夹里，再把弹夹推上枪。下一个拿到这枪的人可能是他的秘书，也可能是天黑后进来打扫的勤杂工，那时空枪总是安全些。

他把枪放到桌面上，把退出来的子弹在玻璃板上摆成一小圈，像生日蛋糕上的蜡烛。然后，他踱到窗前，看着城市尽头即将落下的夕阳，它在市郊的工业烟尘后面呈一个深红色的圆盘，他觉得它像镜子。

他做的最后一件事，就是将自己胸前的“为人民服务”的小标牌摘下来，轻轻地放到桌面上小幅国旗和党旗的基座上。

然后，他在办公桌旁坐下，静静地等候着最后一抹夕阳照进来。

十四　未来

当天夜里，宋诚来到气象模拟中心的主机房，找到了白冰，他正一个人静静地看着已经启动的超弦计算机的屏幕。

宋诚走过去拍拍他的肩说：“小白，我已经向你的单位领导打了招呼，马上有一辆专车送你去北京，你把超弦计算机交给一位中央领导，听你汇报的除了这位领导，可能还有几名这方面的技术专家。由于这项技术非同寻常的性质，让人完全理解和相信可不是一件容易的事，你讲解和演示的时候要耐心……白冰，你怎么了？”

白冰没有转过身来，仍静坐在那里，屏幕上的镜像宇宙中，地球在太空中悬浮着，它的极地冰盖形状有些变化，海洋的颜色也由蓝转灰了些，但这些变化并不明显，宋诚是看不出来的。

“他是对的。”白冰说。

“什么？”

“首长是对的。”白冰说着，缓缓转身面对宋诚，他的双眼布满血丝。

“这是你思考了一天一夜的结果？”

“不，我完成了镜像的未来递归运算。”

“你是说……镜像能模拟未来了？！”

白冰无力地点点头：“只能模拟很遥远的未来。我在昨天晚上想出了一种全新的算法，避开较近的未来，这样就避免了因得知未来而改变现实对因果链的破坏，使镜像直接跳到遥远未来。”

“那是什么时间？”

“35000年后。”

宋诚小心翼翼地问：“那时的社会是什么样子？镜像在起作用吗？”

白冰摇摇头：“那时没有镜像了，也没有社会了，人类文明消亡了。”

震惊使宋诚说不出话来。

屏幕上，视点急剧下降，在一座沙漠中的城市上空悬停。

“这就是我们的城市，是一座空城，已死去2000多年了。”

死城给人的第一印象是一个正方形的世界，所有的建筑都是标准的正立方体，且大小完全一样，这些建筑横竖都整齐地排列着，构成了一个标准的正方形城市。只有方格状的街道上不时扬起的黄色沙尘，才使人不至于将城市误认为是画在教科书上的抽象几何图形。

白冰移动视点，进入了一幢正立方体建筑内部的一个房间，里面的一切已经被漫长岁月积累的沙尘埋没了，在窗边，积沙呈一个斜坡升上去，已接上了窗台。沙中有几个鼓包，像是被埋住的家电和家具，从墙角伸出几根枯枝似的东西，那是已经大部锈蚀的金属衣帽架。白冰将图像的一部分拷贝下来，粘贴到处理软件中，去掉上面厚厚的积沙，露出了锈蚀得只剩空架子的电视和冰箱，还有一张写字台样的桌子，桌上有一个已放倒的相框，白冰调整视点，使相框中的那张小照片占满了屏幕。

这是一张三口之家的合影，但照片上的三人外貌和衣着几乎完全一样，仅能从头发的长短看出男女，从身材的高低看出年龄。他们都穿着样式完全一样的类似于中山装的衣服，整齐而呆板，扣子都是一直扣到领口。宋诚仔细看看，发现他们的容貌还是有差别的，之所以产生一样的感觉，是因为他们那完全一致的表情，一种麻木的平静，一种呆滞的庄严。

“我发现的所有照片和残存的影像资料上的人都是这样的表情，没有见过其他表情，更没有哭或笑的。”

宋诚惊恐地说：“怎么会这样呢？你能查查留下来的历史资料吗？”

“查过了，我们以后的历史大略是这样的：镜像时代在五年后就开始了，在前二十年，镜像模拟只应用于司法部门，但已经对社会产生了实质性的影响，人类社会的形态发生了重大变化。以后，镜像渗透到社会生活的各个角落，历史上称为镜像纪元。在新纪元的头五个世纪，人类社会还是在缓慢发展之中。完全停滞的迹象最初出现在镜像六世纪中叶，首先停滞的是文化，由于人性已经像一汪清水般纯洁，没有什么可描写和表现的，文学首先消失了，接着是整个人类艺术都停滞和消失。接下来，科学和技术也陷入了彻底的停滞。这种进步停滞的状态持续了 30000 年，这段漫长的岁月，史称‘光明的中世纪’。”

“以后呢？”

“以后就很简单了，地球资源耗尽，土地全部沙漠化，人类仍没有进行太空移民的技术能力，也没有能力开发新的资源，在 5000 年时间里，一切都慢慢结束了……就是我们现在显示的这个时候，各大陆仍有人在生活，不过也没什么看头了。”

“哦——”宋诚发出了像首长那样的长长的一声，过了很长时间，他才用发颤的声音问道：“那……我们该怎么办？我是说现在，销毁镜像吗？”

白冰抽出两支烟，递给宋诚一支，将自己的点着后深深地吸了一口，将白色的烟雾吐在屏幕中那三个呆滞的人像上：“镜像我肯定要销毁，留到现在就是想让你看看这些。不过，现在我们干什么都无所谓了，有一点可以自我安慰：以后发生的一切与我们无关。”

“还有别人生成了镜像？”

“它的理论和技术都具备了，而根据超弦理论，创世参数的组合虽然数量巨大，但是有限的，不停试下去总能碰上那一组……30000 多年后，直到文明的最后岁月，人们还在崇拜和感谢一个叫尼尔·克里斯托夫的人。”

“他是谁？”

“按历史记载：虔诚的基督教徒，物理学家，镜像模拟软件的创造者。”

十五　镜像时代

五个月后，普林斯顿大学宇宙学实验中心。

当灿烂的星海在五十块屏幕中的一块上出现时，在场的科学家和工程师们都欢呼起来。这里放置着五台超弦计算机，每台中又设置了十台虚拟机，共有五十个创世模拟软件在日夜不停地运行，现在诞生的虚拟宇宙是第 32961 号。

只有一个中年男人不动声色，他浓眉大眼，气宇轩昂，胸前那枚银色的十字架在黑色的套衫上格外醒目。他默默地划了一个十字，问：

“万有引力常数？”

“1.67×10−11！”

“真空光速？”

“29.98 千米 / 秒！”

“普朗克常数？”

“6.626！”

“电子电量？”

“1.602×10−19 库仑。”

“一加一？”他庄重地吻了一下胸前的十字架。

“等于二，这是我们的宇宙，克里斯托夫博士！”

祸害万年在

千年虫，万年毒

何夕

上

何百夕教授弥留之际的眼睛还没有闭上，真哭假号的亲友们已经开始计划如何分配并花掉何百夕教授辛苦一生挣下的为数可观的财富。何百夕皱纹密布的脸上一直漾着某种奇怪的笑容，看上去微微让人有些不安，同时也使人无法想象这会是一张垂死者的脸。没有人知道这种笑容到底意味着什么，除了何百夕自己。现在，何百夕教授的思想早已飘出了这间笼罩着死亡气息的病房。不管怎样，何百夕想，我终于战胜了那个东西，尽管拖了差不多60年，接近我一生的时间，但是我最终成了胜利者。这样想着的时候，何百夕教授的心里充满了宁静。

临终仪式仍然在有条不紊地进行着。一个牧师模样的人以颂扬的口吻煞有介事地给何百夕的一生做出评判。何百夕没有听见他说了些什么，只看到他那张不断嚅动的嘴。为什么要找牧师来，何百夕有些不满，我是一位科学家，和牧师沾不上边。何百夕的眼珠横着动了一下，看上去是要找什么人。现场的人们猜度着何百夕的意思，然后，政府方面的代表走上前去握住何百夕的手说："你放心去，我们会永远记住你。"何百夕教授满足地咧了咧干枯的嘴唇，缓缓闭上了眼睛。

公元2060年7月12日的某一个时刻，20世纪计算机"千年虫"

问题的主要解决者之一何百夕教授离开了这个多姿多彩的世界。何百夕教授从20世纪90年代开始与这个对手较量，他经历了这个过程中的几乎每一场战役，采用过几乎所有可行的办法，直到最近，在离他生命终结差不多半年的时候，才最终取得了彻底的胜利。也就是说，他不仅和众多志同道合者一起扫除了世纪之交时发作的“千年虫”，同时，还耗尽自己的全部精力来战胜那些人们为了稳妥的需要而有意把发作时间往后挪了几十年的“千年虫”。

当年，在21世纪的曙光开始显露的时候，人们突然发现公元2000年的到来之日就是所有计算机的计时混乱之时，由于普遍采用两位数表示日期中的年份，使得计算机将无法区分公元2000年和公元1900年。究竟是谁在计算机发展的早期采用了这种有缺陷的日期表示法已经是一个悬案了，实际上，就算查出来也没有什么意义。因为不管是某个人还是某个团体造成了这个后果，他（们）都不会是出于恶意，而只是为了节约一点点在那个时代可称得上宝贵的存储设备。在公元2000年的时候，有个叫何往夕的美籍华人科学家写了篇文章，宣称正是自己在几十年前供职于美国的某个研究所时的一念之差造成了“千年虫”问题，同时，他还说当时自己偶尔也想到过这个缺陷可能会在将来的某一天造成混乱，但他认为那毕竟是几十年后的事情，那时的人们会利用更为发达的科技手段毫不费力地解决这个问题。何百夕还记得当自己看到这篇文章时，恨不得揪住作者的耳朵打他几十个耳光，而且他真的开始查找这个叫何往夕的人的下落。但当他费尽心力终于打听到何往夕的下落时，却发现何往夕的住所已经是非洲大地上的一座孤坟了！末了，何百夕只得悻悻然朝着非洲的方向咒骂几声了事。那个时候，人们基本上都把这个问题称作“千年虫”，但何百夕知道这样的说法是不准确的，因为问题的实质是当年份从“99”变成“100”的时候出现了混乱，所以准确的说法应当是“百年虫”。公元2000年不过正好同时是100和1000的倍数，而问题的真实原因是不应该混淆的。

从20世纪90年代起，“千年虫”的解决开始被大规模地提上议事日程，出现了各种各样的方法。如果不是这个问题的出现，何百夕教授的一生可能会是另外一副完全不同的模样。在此之前，他的主攻方向是人工智能，他曾经那样入迷地在这个领域里倾注了自己全部的精力，当第一次输给由自己编写的中国象棋程序时，他的心里充满了惊叹。有很多次，何百夕一想到自己的一生会在这种让人着迷的工作中度过，他就感到十分满足。他热爱这样的生活。

但“千年虫”改变了一切，这个现实的巨大威胁使得众多的研究机构和众多像何百夕一样的人员投入了这场规模浩大的战役之中，当然，这本身也是谋生的需要。当何百夕与新世纪到来的钟点一路赛跑着工作的时候，他总在想为什么非要等到现在才想到来解决“千年虫”，实际上，在何往夕的那个年代里也可以提早解决这个问题，而且由于当时的计算机应用范围很小，可以使得解决这一问题的成本和风险都远远低于现在。但何百夕立刻就想清楚了这个问题的原因所在，在大多数情况下，人们都是像何往夕那样思考问题的，即便是何百夕自己也是等到现在才真正感到这是一个问题。

当年，在解决“千年虫”的方案里有一种“推迟方案”，意思是对某些暂时没有把握解决或是特别需要慎重对待的系统可以采取将系统时间拨后一段时间的方法。比方说把99年拨后成79年，这样做就意味着这个系统的“千年虫”问题将推迟20年发作，未来的人们可以凭借届时更为先进的科技手段来解决这个问题。为了不使这种方法被滥用，相关组织规定拨后的时间量最多不得超过60年。但现在，这一切终于都成了过去，何百夕教授用自己近一生的努力最终解决了这个问题。在公元2060年1月1日，随着“世界千年虫问题协会”的秘书长何百夕教授亲手把世界上最后一套拨后了60年时间的计算机系统的时间格式从两位数年份成功升级到四位数年份，一切都成为了历史。当时，何百夕教授清晰地听到自己心中划过了一声悠长的浩叹。他几乎一生的时间都陷在了这个本不该出现的问题里，当然，他也因此成为世界“千年虫”问题的权威，成为泰斗一般的人物。何百夕也知道，如果当初他继续留在人工智能的领域里，未必能有今天的成就，但他总是会充满柔情地回想那个有些粗糙的中国象棋程序，以及那个在程序面前目眩神迷不能自已的少年。实际上，彼时彼刻何百夕根本无法准确地说出自己心中究竟是什么样的滋味。从本质上讲，何百夕耗尽一生的时光其实并没有为这个世界创造出任何一样东西，至多只能说他纠正了前人的错误而已；而相比之下，那个粗糙的中国象棋程序却是一次不折不扣的创造。何百夕每念及此，心中都会不由自主地涌起一种近似于无奈的感觉。

……

小小的病房里，所有的声音都戛然而止，任谁都看得见何百夕教授终于去了他不得不去的那个世界，但是直到现在，也没有人想得清楚何百夕脸上那古怪的笑容到底意味着什么。过了一会儿，人们开始轻松地谈话，舒缓着过于沉闷的气氛。医生走到何百夕的床前，准备把他搬到太平间里去。

但一声尖叫划破了空气，一脸煞白的女护士惊恐万分地指着何百夕的脸，嘴角哆嗦着说不出话来。人们悚然地顺着她手指的方向看过去——不知什么时候，何百夕的眼睛突然睁开了，恐惧地盯着病房的角落，仿佛那里有什么可怕的东西。何百夕的嘴大张着，似乎想要告诉人们什么事情。先前他脸上那种至死犹存的奇怪笑容也突然消失不见，代之以一种绝望的神情。人们顺着何百夕的目光看过去，那里空空如也，除了一道惨白的墙之外，没有别的任何东西。

何百夕教授的奇异死状带给人们的不解很快就被淡忘了，但他作为20世纪“千年虫”问题的主要解决者之一的功勋却载入了史册。不过很久以后，仍然有少数好事者还在探讨到底是什么让何百夕教授死前那样惊恐，他们专门围绕这个问题写出了不少有趣的文章，他们觉得这个问题真是让人着迷。有的说何百夕大概是看到了死神，有的说何百夕是看见了他认为不可能出现的东西。但不管怎么说，能够让何百夕教授临死前露出那样神情的事情一定不会是小事，他一定是想起了什么问题。

当然，猜测归猜测，何百夕到底看到了什么东西，只有他自己知道，可惜他已经说不出话来了。实际上，何百夕教授是在生命即将离开他躯体前的一刻突然想起了一个问题，正是这个问题使得他陷入了突如其来的绝望之中。在那一刻，他突然看到了那个东西，那个在他看来不应该存在的东西。那个东西就站在墙的角落里，以一种充满嘲笑和怜悯的胜利者般的目光盯着何百夕。何百夕最后的意识是他开始大声地呼喊，似乎想给这个世界留下一些关于那个东西的线索，但即便是何百夕自己，也没能听到哪怕一丝的声音。

下

何万夕教授弥留之际的眼睛还没有闭上，真哭假号的亲友们已经开始计划如何花掉何万夕辛苦一生挣下的为数可观的财富。何万夕皱纹密布的脸上一直漾着某种奇怪的笑容，看上去微微让人有些不安，同时也使人无法想象这会是一张垂死者的脸。没有人知道这种笑容到底意味着什么，除了何万夕自己。现在，何万夕的思想早已飘出了这间笼罩着死亡气息的病房。不管怎样，何万夕想，我终于战胜了那个东西，尽管拖了差不多60年，接近我一生的时间，但是我最终成了胜利者。这样想着的时候，何万夕的心里充满了宁静。

临终仪式仍然在有条不紊地进行着。一个牧师模样的人以颂扬的口吻煞有介事地给何万夕的一生做出评判。何万夕没有听见他说了些什么，只看到他那张不断嚅动的嘴。为什么找牧师来，何万夕有些不满，我是一位科学家，和牧师沾不上边。何万夕的眼珠横着动了一下，看上去是要找什么人。现场的人们猜度着何万夕的意思，然后，政府方面的代表走上前去握住何万夕的手说："你放心去，我们会永远记住你。"何万夕满足地咧了咧干枯的嘴唇，缓缓闭上了眼睛。

公元10060年7月12日的某一个时刻，100世纪计算机"万年虫"问题的最终解决者何万夕教授离开了这个多姿多彩的世界。何万夕教授从公元100世纪90年代开始与这个对手较量，他经历了这个过程中的几乎每一场战役，采用过几乎所有可行的办法，直到最近，在离他生命终结差不多半年的时候，才最终取得了彻底的胜利。也就是说，他不仅和众多志同道合者一起扫除了世纪之交时发作的"万年虫"，同时，还耗尽自己的全部精力来战胜那些因为人们为了稳妥的需要而把发作时间往后挪了几十年的"万年虫"。

当年，在101世纪的曙光开始显露的时候，人们突然发现公元10000年的到来之日就是所有计算机的计时混乱之时，由于普遍采用四位数表示日期中的年份，使得计算机将无法区分公元10000年和公元0年。这个情形类似于公元20世纪末时的计算机"千年虫"问题，但由于当今世界对计算机的应用和依赖程度远胜于当年，使得这个问题的解决难度及可能造成的恶果远远超过了当初的"千年虫"。最起码，当年的人们都还不是计算人——所谓计算人是指通过生物计算机技术对人类的大脑进行改造，使得人类在保留自身生物性的基础上具备了计算机的强大功能。现在每一个小孩从出生之时起就接受了计算人改造手术，导致的结果是他们刚一出世就具备了相当渊博的知识以及无比强大的计算能力。当然，与此相对应的是，一旦计算机系统出现故障，所带来的后果将是灾难性的。当年，“千年虫”发作最多不过是所有的计算机系统失常，而如果现在“万年虫”发作的话，所有人的大脑都将失常，换言之，公元101世纪的世界将可能是一所无人可以幸免的巨大疯人院。

究竟是谁在计算机发展的早期采用了这种有缺陷的日期表示法已经是一个悬案了，实际上，就算查出来也没有什么意义。因为不管是某个人还是某个团体造成了这个后果，他（们）都不会是出于恶意。如果硬要追究的话，会发现实际上正是“千年虫”的解决者们导致了“万年虫”，因为正是他们为了解决“千年虫”问题而把计算机的时间系统变成了四位。当年究竟有没有人想到过这种解决办法的缺陷已经不得而知，但在何万夕教授看来，肯定是有人想到过的。何万夕教授为了解决“万年虫”问题，收集过许多关于“千年虫”问题的资料，里边提到了当年最著名的“千年虫”问题专家何百夕教授的生平，包括他奇异的死状给世人留下的不解之谜。当何万夕教授读到这一段的时候，他几乎立刻就明白是怎么一回事了。当年，何百夕教授在临死之前想到并令他死不瞑目的东西无疑正是何万夕教授一生的死对头——“万年虫”。

从公元100世纪90年代起，“万年虫”的解决开始被大规模地提上议事日程，出现了各种各样的方法。如果不是这个问题的出现，何万夕教授的一生可能会是另外一副完全不同的模样。在此之前，他是一位计算机虚拟现实系统程序员，他曾经那样入迷地在这个领域里倾注了自己全部的心血，当他第一次迷失在自己设计的虚拟城市里无法区分梦境与现实时，他的心中充满了惊叹。有很多次，何万夕一想到自己的一生将会在这种让人着迷的工作中度过，他就感到十分满足。他热爱这样的生活。

但“万年虫”改变了一切，这个现实的巨大威胁使得众多的研究机构和众多像何万夕一样的人员投入到了这场规模宏大的战役之中，当然，这本身也是谋生的需要。当何万夕与新世纪到来的钟点一路赛跑着工作的时候，他总在想为什么非要等现在才想到来解决“万年虫”，实际上，在何百夕的那个年代里也可以提早解决这个问题，而且由于当时的计算机应用范围很小，可以使得解决这一问题的成本和风险都远远低于现在。但何万夕立刻就想清楚了这个问题的原因所在，在大多数情况下，人们都是愿意把明天想象得比今天好，以为一切问题都可以在明天得到更好的解决，也许这正是人类自身最大的悲剧。

当年，在解决“万年虫”的方案里有一种“推迟方案”，意思是对某些暂时没有把握解决或是特别需要慎重对待的系统可以采取将系统时间拨后一段时间的方法。比方说把 9999 年拨后成 9979 年，这样做就意味着这个系统的“万年虫”问题将推迟 20 年发作，未来的人们可以凭借届时更为先进的科技手段来解决这个问题。为了不使这种方法被滥用，相关组织规定拨后的时间量最多不超过 60 年。但这一切终于都成为了过去，何万夕用自己近一生的努力最终解决了这个问题。公元 10060 年 1 月 1 日，随着“世界万年虫问题协会”的秘书长何万夕教授亲手把世界上最后一套拨后了 60 年时间的计算机系统时间格式的年份从四位数成功升级为一个整数，这一切都成为了历史。当年，“千年虫”的解决者们犯下的错误之一是沿用了老的日期变量形式，即把日期的年月日用一个变量来表示。而现在采取的办法是把计算机日期系统的年份名部分单独用一个整数来表示，这就从根本上解决了问题。

当时，何万夕教授清晰地听到自己心中划过了一声悠长的浩叹。他几乎一生的时间都陷在了这个本不该出现的问题里，当然，他也因此成为世界“万年虫”问题的权威，成为泰斗一样的人物。何万夕也知道，如果当初他继续待在虚拟现实的领域里，未必能有今天的成就，但他总是会充满柔情地回想那个显得有些粗糙的虚拟城市，以及在那座梦一样美丽的城市里迷失了方向的少年。实际上，彼时彼刻何万夕根本无法准确地说出自己心中究竟是什么样的滋味。从本质上讲，何万夕耗尽一生的时光其实并没有为这个世界创造出任何一样东西，至多只能说他纠正了前人的错误而已。而相比之下，那个有些粗糙的虚拟城市却是一次不折不扣的创造。何万夕每念及此，心中都会不由自主地涌起一种近似于无奈的感觉。

……

小小的病房里，所有的声音都戛然而止，任谁都看得见何万夕终于去了他不得不去的那个世界，但是直到现在，也没有人想得清楚何万夕脸上那古怪的笑容到底意味着什么。过了一会儿，人们开始轻松地谈话，舒缓着过于沉闷的气氛。医生走到何万夕的床前，准备把他搬到太平间里去。

但一声尖叫划破了空气，一脸煞白的女护士惊恐万分地指着何万夕的脸，嘴角哆嗦着说不出话来。人们悚然地顺着她手指的方向看过去——不知什么时候，何万夕的眼睛突然睁开了，恐惧地盯着病房的角落，仿佛那里有什么可怕的东西。他的嘴大张着，似乎想要告诉人们什么事情。先前他脸上那种至死犹存的奇怪笑容也突然消失不见，代之以一种绝望的神情。人们顺着何万夕的目光看过去，那里空空如也，除了一道惨白的墙之外，没有别的任何东西。

何万夕教授的奇异死状带给人们的不解很快就被淡忘了，但他作为100世纪“万年虫”问题的主要解决者的功勋却载入了史册。不过很久以后，仍然还有少数好事者在探讨到底是什么让何万夕教授死前那样惊恐，他们专门围绕这个问题写出了不少有趣的文章，他们觉得这个问题真是让人着迷。有的说何万夕大概是看到了死神，有的说何万夕是看见了他认为不可能出现的东西。但不管怎么说，能够让何万夕教授露出那样神情的事情一定不会是小事，他一定是想起了什么问题。

当然，猜测归猜测，何万夕到底看到了什么东西，只有他自己知道，可惜他已经说不出话来了。实际上，何万夕教授是在生命即将离开他躯体前的一刻突然想起了一个问题，正是这个问题使得他陷入了突如其来的绝望之中。在那一刻，他突然看到了那个东西，那个在他看来不应该存在的东西。那个东西就站在墙的角落里，以一种充满嘲笑和怜悯的胜利者般的目光盯着何万夕。何万夕最后的意识是他开始大声地呼喊，似乎想给这个世界留下一些关于那个东西的线索，但即便是何万夕自己，也没能听到哪怕一丝的声音。

尾声

公元 32767 年 12 月 31 日这一天，全世界陷入了极度的恐慌之中。再过一段时间，也就是公元 32768 年 1 月 1 日到来的时候，世界将经受一次无比严峻的考验。两万多年来，人们普遍采用短整数型变量来表示日期中的年份，但由于短整数型变量的最大取值是 32767（十六进制表示为 7FFF），一旦超出这个值将发生数值溢出，届时，计算机系统里面的日期将变成不可预期的值，也就是说，计算机将根本无法知道现在究竟是哪一年。这种情形类似于公元 20 世纪末时的计算机“千年虫”问题以及公元 100 世纪末时的“万年虫”问题，但由于当今世界对计算机的应用和依赖程度远胜于当年，使得这个问题的解决难度及可能造成的恶果远远超过了当初的“千年虫”和“万年虫”。

计算机技术在诞生三万多年以来，已经完全融入了人类社会的每一个角落。数字化的生态系统，数字化的城市，甚至连人的生存都已完全地数字化了。在现在的情形下，谁也不知道结局究竟会是怎样，也许是一场因为计算机系统误动作导致的战争，也许是一次金融风暴，也许是反物质能源站发生泄漏从而把人类世界从宇宙中抹去，就仿佛它根本不曾存在过。当然，也有可能什么事情都不会发生。

究竟是谁在计算机发展的早期采用了这种有缺陷的日期表示法已经是一个悬案了，实际上就算查出来也没有什么意义。因为不管是某个人还是某个团体造成了这个后果，他（们）都不会是出于恶意。如果硬要追究的话，会发现实际上正是“万年虫”的解决者们导致了现在的“整数虫”，因为正是他们为了解决“万年虫”问题而把计算机时间系统的年份变成了短整数型变量。听起来真是奇怪，人类总在解决问题的同时制造出更大更难的新问题，而且似乎乐此不疲、永无止境。当然，只要你愿意的话，还可以找出一些别的原因，比如说人的惰性，比如说人的短视。

时间正在分分秒秒地过去，黄昏的太阳一如既往地把光辉洒向这片对它而言毫无不同的世界，它并没有注意到每个人看着它的目光和以往有什么不同。的确，对太阳来说，每一天都是一样的，甚至对一只不谙世事的昆虫或是别的某个生物而言，今天和明天都不会有什么不同。这个问题只对人才有意义，因为只有人才会为自己的生活设置各种各样的框框和规矩，以为这就是计划。也许正是基于这一点，人类比所有别的生物都更先进；也许又恰恰因为这一点，人类比所有别的生物都更愚蠢。但不管怎样，对人们来说，这个岁末的夕阳是值得多看几眼的。夕阳真是美极了，夕阳笼罩下的万物真是美极了。

明天，假如还有明天。

天生我材

何夕

是否需要个别人来代替众生思考

引子

事情缘于那次事故。

当时，俞峰同往常一样进入了“脑域”，这么讲并不太准确，因为对俞峰这样的人而言，与其说是进入，倒不如说是一次融合。俞峰本身就是一个中心，F32 实验室只专属于他一个人。出于安全等因素考虑，兆脑级研究员分散于世界各地。大约 30 名警卫忠诚地守卫在实验室四周，“鹰眼”监控系统不会放过任何可疑的物体。每时每刻都至少有不下 20 名助手围绕着俞峰工作，他的所有要求都必须在第一时间得到满足。而这一切只有一个原因，那就是他叫俞峰。这两个字是他的名字，非常普通，在这个世界上谁都可以叫这个名字。但是问题却不止于此，因为在“脑域”里他也是叫这个名字，而在那个世界里这却是唯一的。

“名字与口令。”一个声音在俞峰耳边响起。俞峰报出了名字以及长达 64 位的密码。

“正确。”那个声音说，然后伴着轰的一声（长期以来，俞峰一直以为这只是一种幻觉），那个无限广阔而美妙的世界便立即在俞峰面前展开了。

脑域。

一

傍晚的檀木街行人很少，只有忙碌的出租车往来不停。由于下着小雨，卖小吃食的摊贩们也稀稀拉拉的。何夕深一脚浅一脚地走在人行道上，就像是随时都会倒下。他一直走到一栋棕红色的老楼前，有那么一个瞬间他停了下来，有些犹豫地踟蹰不前，但他的身影最终还是融进了楼道里。

“这次打算待多久？”黄头发阿金一见到何夕便大大咧咧地问。他同何夕是老熟人了，有时候还会帮何夕开个后门，比方说像现在何夕稍微沾了点儿酒的时候。

“老规矩，50分钟。”何夕老练地躺到三号屋的平台上，自己从脑后牵出导管连上了接驳器。黄头发阿金摇摇头，但没有说什么。他仔细地检查了一下设备的情况，然后返回控制台准备开始。

“哎，”黄头发阿金叫起来，他盯着面前的屏幕说，“你这个星期已经是第八次了，这可不好。按章程你已经超限了。”

何夕不耐烦地应着：“我没有事，我不是好好的嘛。完事了我请你喝酒。”

黄头发阿金叹口气，同时又忍不住咽了口唾沫。的确，章程是有的，就在墙上贴着，而且还有政府的大印。但是，现在已经没有谁会来管这事了。实际上在黄头发阿金的印象里，只要愿意谁都可以来，而且愿意待多久就待多久。上回那个叫星冉的女孩可不就是在一号间里一连待了 30 多个小时吗？当然，她出来的时候脸色可是没法看了，还又喘又吐。黄头发阿金摇摇头，不愿再想下去了，他回头看着何夕："这可是你自己要求的，"他说，"出了差错别来怨我。"

"你还有完没完了！"何夕大声地打断了黄头发阿金的话，"再不开始我就自己来了，反正这一套我全会。"

阿金不再说话，他知道何夕说的是实情。实际上，他的工作一点儿也不复杂，每个人都会。从某种意义上讲，他更多的只是起一个设备保养员的作用。

"名字。"一个声音说。何夕急速地键入"今夕何夕"四个字。到这儿来的人起名很随意，有些人甚至是每次来想到什么用什么，因为系统是不会核实的。他们都是些匆匆过客，因为各种千差万别的原因来到这里，在这里待上几十分钟或者几个小时又匆匆离去。谁也不会去核查他们的身份，谁也不会有兴趣知道他们为何要到这里来，他们每个人又有着怎样的故事。这里只关心一件事，就是他们会在这里待多久，包括黄头发阿金和系统在内都只关心这个。不过，何夕每次来都用这个名字，没有别的原因，他只是喜欢这个名字而已。

何夕感到一股浓稠的倦意正从后颈的部位袭向大脑，看来一切正常。何夕等待着那个时刻的到来，他知道同步调谐的时间大约是一分钟。不明来由的空灵声音在何夕耳边回响着，让他渐渐不知身之所在。太阳穴一跳一跳地发出尖锐的疼痛，就像是有个力量在那里搅动他的脑浆。每次都这样，何夕想。他觉得思维正一点点地离自己而去。快了，只要那道白光一来就没有这些不适了，但愿它快一点儿来。

白光。

如同黑夜里突然从天际划过的闪电，一幅幅让人不明所以的混沌画面像电影镜头一般切换着，就像是一个人仰面躺在流动的水里，看着越来越模糊的天空，并且一点点地下沉。今夕何夕，今夕何夕。在思维最终离开大脑前，何夕的脑中又习惯性地划过自己的别名。

然后是昏沉。

二

事故发生的时候没有一点征兆。从“脑域”建立至今近十年来，从未曾发生过任何意外，谁都没有想到它也有出现故障的时候。这并不是人们太大意，而是由于“脑域”的原理决定了它出现重大故障的概率几乎为零。所以，当俞峰思维里突然出现了不明来由的混乱信号时，他简直不知道发生什么事情了。当时，研究正进行到最为关键的时刻，连同他在内的全球400名兆脑级研究员正在“脑域”里紧张地工作。每秒数以亿计比特的信息束在世界上最强大的400个大脑里流动、共享，同时加以分析。有用的结果迅速转入储存，闪念之间迸出的思想火花立刻在第一时间被查获，接受进一步的检验。无穷无尽的存储领域里准备了所有实验的数据，需要便可以马上被提取出来。功能强大的计算领域更是一派繁忙景象，从最基本的开方乘方微积分，到最复杂的高阶方程式求解，都被作为请求发送到这个区域，结果则回送到发出请求的区域。如果某一位研究人员因故突然退出系统，他的工作将立刻被无缝接替，对整个系统来说，谁也察觉不到有什么变化。除非遍布全球的400名研究员都在同一时刻突然离开了“脑域”，整个工作才可能停顿下来，但这显然是不可能发生的事情。

今天的工作也许是近两个月来最重要的，按照进度，“脑域”将在近期推导出“时间尺度守恒原理”的可逆修正方程式。这一原理是在数十年前由一个叫蓝江水的人发现的，根据这个原理，只要不违背守恒性原则，人们便可以改变某个指定区间内的时间快慢程度。之后，蓝江水的学生西麦博士依照这一原理建立了在时间上加快四万多倍的西麦农场，以此来满足人类对食物、能源的需求，但由此带来的物种超速进化问题则给人类造成了极大的威胁。后来，两位富有牺牲精神的青年人选择了终老于西麦农场，并毁掉了农场与现实世界的通道，以此为人类守护这片脱缰的土地（本事详情见何夕作品《异域》）。这些年来，世界与西麦农场一直相安无事，但近两个月突然出现了反常的情况，似乎有某种生物试图突破屏障。尽管还不知道是何种生物，而且这种试探行为仅仅发生过几次，也都不成功，但谁都能看出这件事情对人类的威胁有多么大，只有找到终止时间加速现象的方法，才能最终解决问题。

面对这一危机，“脑域”系统立即暂停其余工作，全部投入到此项研究之中。近段时间的工作进行得很顺利，当然，与此成正比的是送往存储区域和计算区域的数据量呈几何级数上升。俞峰知道，这其中也有不少请求从系统优化上讲是不可取的。有些研究员为了节省时间，将一些简单但却极其消耗系统性能的请求也发往了计算区域，比方说，很随意地让“脑域”计算123的700次方或是不加优化地做一次超大规模的排序等，而这本应该向同“脑域”联结的专用电子计算机中心发出请求。但这已经是习惯的做法了，其实俞峰自己也常常发出类似的请求，尽管经常在结果传来之后才发现这根本就是一次不必要的计算。谁让“脑域”的性能总是这样优秀呢，它简直就是一台超级智慧机器，总是神速地满足每一个请求。每当俞峰进入“脑域”的时候总有种奇妙的感觉，他觉得自己就像是一个插上了翅膀的思想巨人，在未知的领域自由飞翔。头脑里充满无穷无尽的智慧与知识，全部心灵似乎都被解放了，他可以纵极八荒，俯仰宇宙，整个世界在他面前纤毫毕现。

忽然间，有种整齐划一的振动从遥远的地方传来，400 颗充满无尽智慧的大脑在同一时刻里达到了妙不可言的统一。“时间尺度守恒原理”的可逆修正方程式，终于向人类显露出了它隐藏至深的身影。这是量变终于达到质变的瞬间，长久以来的艰苦努力终于得到了应有的报偿。一时间，俞峰几乎听到了这颗星球上最聪慧的 400 颗大脑的齐声欢呼，就像以往每一个“脑域”项目取得成功的时刻一样。此时此刻，在俞峰心里升腾起的不只是成功的欢乐，更多的是面对神圣的赞叹：人类的智慧到底成就了多少的不可能？

今夕何夕……今夕何夕……

剧烈的头痛在最初的几秒钟里令俞峰根本无法呼吸，他觉得就像是有一把钢锯在锯自己的头。眼前爆裂的光斑就像是黑幕上撕开的一个个不规则的小洞。出什么事情了？他的意识里划过这句话，然后，他便感觉自己就像是从一架高速摆动的秋千上被甩了出去。今夕何夕，今夕何夕，是那个声音，它又来了。俞峰忍不住呻吟了一下，轻灵而曼妙的思想翅膀被粗暴地扯掉了，显出了世界平庸的真相。光线盈满了他的视野，大脑立刻变得像铅块一样沉重。

俞峰揉揉眼睛，世界的光线变得更加真实了。我被扔出来了，俞峰有些发呆地抚着脸颊，这怎么可能？俞峰几乎是下意识地报出名字和口令，但回应他的只是长久的沉默。看来“脑域”里发生了异常的事情，可能是一次故障。俞峰想，应该很快就能修复。只是千万别毁掉这几个月来的工作成果，还有那么多珍贵的数据。俞峰有些生疏地拿起电话拨了一个号码说：“请接总部。”

三

黄头发阿金一看到眼前的场景，就忍不住想准是出了什么事。因为在此之前，他从未看到过这么多人同时醒来。当然，用“醒”这个词肯定不是很贴切，因为这些人并不是睡去。不过单从表面上看，这些人躺在那里和睡着了也差不了多少，最大的不同在于当他们恢复行动时总是显得相当疲惫，而不是像睡了一觉之后那样精神饱满。但是，眼下这些人突然在同一个时刻醒来了，正不知所措地面面相觑。过了好半天，大家仿佛才明白发生了什么事情，然后人群便像是一个被捅了的蜂窝般发出嗡嗡的声音，像马蜂一样朝门口的方向拥去。每个人走到黄头发阿金面前时，便伸手取走插在一排插槽上的属于自己的蓝卡。有几个人似乎觉得什么地方不对劲，与阿金发生了争执。听上去大概和时间有关。“是 38 分钟。”一个声音说。“不对，是 31 分钟！”黄头发阿金的声音听上去比所有人都洪亮。何夕摇摇头，觉得一切都很无聊。他取下脑后的接驳器，直到现在他仍然感到阵阵头痛。何夕知道这只是幻觉，只要取下接驳器就不应该有这种感觉了。不过，他也知道这并非是自己独有的幻觉，实际上，接驳器幻痛学研究已经发展成当今很发达的一门学科了，描述这种幻觉的专著可称得上汗牛充栋，除了专家之外，谁也无法掌握那些艰深的知识。

“还不想走啊？”黄头发阿金开玩笑地打趣了何夕一句，因为没有别人了，他们说话显得随意了些。在阿金心里，何夕与别人有所不同，阿金觉得何夕懂得不少事情，同他说话让人觉得长学问。而且更重要的是，何夕也愿意同他说几句，像他这种在脑房里工作的人，一天到晚只能面对着一个个一动不动的挺尸样的人，能找个聊伴说说话真是件让人愉快的事情。在黄头发阿金看来，何夕一定也是愿意同自己交谈的，要不他怎么总是来这间脑房呢？要知道，现在脑房可不像20年前那么稀罕了，如今在大街上，脑房可谓遍地皆是。早年间，这可是收入可观的行业，那会儿的黄头发阿金很让人羡慕。算起来，阿金干这一行已经十多年了，其实现在的阿金只是一个头发花白的普通中年人，那个染着一头黄发的阿金只是人们习惯说法里的一个旧影罢了。

“36分钟24秒。”阿金说。

何夕无所谓地笑笑，接过蓝卡。“看来出了点问题。”何夕说，他用力拍着后脑勺，那里仍然在一跳一跳地痛。好像黑市上有种能治这种幻痛的药，叫作什么“脑舒”，价格贵得很。听吃过的人讲，那种药效果很好，就是服用后的感觉很怪，头是不痛了，但却一阵阵地发木。

“人都走了？”何夕边问边递给阿金一支烟。

阿金接过烟别在耳朵上，然后指着最靠里的一号间说：“还有人啦，是那个叫星冉的。”

何夕稍愣：“就是那个曾经创纪录地连线30多个小时的女孩子？”

“就是她了，还能是谁？”黄头发阿金见惯不惊地说，“她好像完全入迷了。”

“入迷？”何夕反问一声，他的头还在痛，“这不可能。”他说，“我才联了一个小时不到，脑袋就已经痛得像是别人的了，有人会为这个入迷？我不信。”

一号间里传出了窸窸窣窣的声音，过了一会儿，一个很瘦的人影慢慢推开门出来。这是何夕第一次亲眼见到这个有所耳闻的有点奇怪的叫星冉的女孩，第一个印象是她有一张苍白的小瓜子脸，相形之下眼睛大得不成比例。衣服有些大，使得她整个人看上去都是瑟缩的，仿佛风里的一株小草。

“出什么事了？”女孩开口问道，她说话时只看着黄头发阿金。她边说边往嘴里倒了几粒东西，一仰脖和着水吞了下去。

“你在里面做什么？”何夕突然问，“我是说系统断下来之后的这十几分钟里。”

星冉的肩猛地抖动了一下，她像是被何夕的问话吓了一跳，而实际上何夕的语气很温和。

“我……在等着系统恢复。”星冉说，她看着何夕的目光有些躲闪，她似乎很害怕陌生人。

何夕突然笑了，他觉得这个女孩真是有趣得很：“这么说你打算等到它恢复后马上联入？”

星冉想想点了点头。

何夕怔住了，他转头问阿金说：“能不能告诉我这丫头总共已经联了多少时间了？”

阿金敲了几个键说：“星冉总是用同一个名字联线，唔，差不多四万小时了。”

何夕立刻吹了声口哨说：“看来我认识了一个小富婆。不过你最好休息一下，我建议你现在和我去共进晚餐。放心，是我请客，我知道凡是能挣钱的人都不喜欢花钱。”

星冉有些窘迫地低下头，这反倒让何夕有点后悔开她的玩笑了，而且他突然发现，这个奇怪的女孩子低头的模样让他心里不由得一软。但是星冉坚定地朝一号间的方向走去，这等于是拒绝了何夕的邀请。阿金的目光从屏幕上移开，他大声朝星冉的背影说：“上边刚刚发来消息，这是一次事故，起码要明天才能恢复。我可不想待在这儿，得找个好地方美美地喝两口。”

星冉急促地停住脚步。“你们都要走？”她回头问道，虽然说的是“你们”，但目光只看着黄头发阿金。“那是当然。”阿金满意地咂嘴，“这种名正言顺休息的机会可少得很。”

星冉环顾着四周被隔成了许多小间的屋子，到处都安静得吓人，灯光摇曳下，隔墙形成的大片阴影在地上可疑地晃动着。星冉沉默了一会儿之后低声问何夕，声音小得几乎听不见：“刚才你说的话还算数吗？”

她看了眼何夕迷茫的表情补充道：“我是说关于晚餐的事。”

四

“脑域”紧急高峰会首先做了一个关于此次事故的情况分析。兆脑级研究员到场134人，另外的人则已经重新进入了系统。事故的原因说起来很简单，亚洲区的赵南研究员发出了一次计算量过于庞大的请求，结果造成系统超载崩溃。分析人员对此有两种不同的意见，一方认为这次事故说明“脑域”的性能有问题，应该加以改造提升；另一方则认为这只是一次偶然事件。

俞峰坐在后排的位置上，他一直没有发言。但当苏枫博士表态倾向于支持对“脑域”升级改造时，他猛地站了起来。36岁的俞峰在兆脑级研究员中属于后学之辈，他突然站起来的举动不仅令在场的人吃惊，也令他自己吃惊。但是他既然站起来，就已经不能再坐下去了。

“问题的关键在于，经过我的分析，这次请求根本就是错误的，错误的请求肯定也是不必要的。”俞峰说出第一个字之后显得镇定了许多，“我仔细分析了整个事件的经过，结果发现赵南研究员发出的计算请求是不可理解的，他发出的超大规模计算请求对当时的研究工作而言是完全没有必要的。所以我认为，这只是赵南研究员的错误举动导致的偶发事件，我们需要的是完善操作规程，而不是改造‘脑域’。在正常应用的情况下，‘脑域’的整体能力绝对是足够的。”

赵南研究员就坐在前排，从俞峰发言起，他的脸上就一直保持着一种吃惊的表情，眼睛死死盯着俞峰，嘴角不时牵动一下，但始终一语不发。他从事着三个主要的专业，分别是分子生物学、高能物理以及数学，而同时，他对音乐的业余爱好又使他成为全球一流的音乐大师。从各方面看，赵南都比俞峰的资历更深，几乎可以算是俞峰的前辈。

“我有不同意见。”赵南等到俞峰落座之后开口道，“我承认是我发出了一个非常复杂的计算请求导致了这次事故，但那肯定是有必要的，如果说‘不可理解’，只是由于个别人水平不足以理解而已。”

这句话立时让俞峰发了火，他腾地又站了起来，声音也变得失去了控制：“承认自己的错误并不可耻，可耻的是挖空心思掩饰它。事情究竟如何你应当很清楚，你不能为了自己的面子而让我们花费巨大的代价！”

会场立刻有些乱了，支持赵南的人开始大声地向俞峰发出嘘声，相比之下俞峰显得很孤立，但这更让俞峰的情绪失去了控制，他拉开架势准备大干一场。这时，苏枫博士站了出来：“大家都冷静点儿，”他说，“这不是今天的主题。”苏枫的威望起到了巨大的作用，虽然传闻这位“脑域”的元老及奠基人已经开始考虑退休的问题，但谁也不敢在他面前放肆。

“好吧，我先道歉。”俞峰举起右手，“我太冲动了。不过，我依然坚持自己的观点。”

赵南研究员若有深意地盯了俞峰一眼，没有说什么。

“还是讨论最关键的议题吧。”苏枫博士接着说，“由于此次前所未有的事故，我们丢失了许多相当重要的成果。大家知道，‘脑域’自诞生以来从未中断过，它总是处于高效的动态平衡之中。每时每刻都有人离开，但与此同时又有差不多数量的人进入，准确地说应该是稍多一点的人进入。从来没有发生过像这次一样的全部人员离线的情况，所以在那一瞬间，我们全部的数据都丢失了。”

俞峰忍不住插话道：“难道备份机制没有起作用？”

苏枫露出一丝苦笑：“你应该知道除了‘脑域’本身之外，没有任何设备能够存储下‘脑域’里的全部信息。实际上，我们以前都只是在某一项研究完成之后才记录下最终的结果。至于那些浩如烟海的中间过程信息，只能让它们留在‘脑域’里自生自灭。”

“你的意思是我们在最后的时刻真的丢失了全部信息？”俞峰有些气馁地问，“可是那些信息总还在吧，能不能想办法恢复？”由于从来没有经历过事故，俞峰觉得需要弄清楚的问题不少。

“是的，信息还在，但它分布式地存在于当时在线的每一个人的脑海里。”苏枫盯着俞峰的脸说，“你的脑子里有，在座的人脑子里也有，但你们只是其中的亿万分之一。我们都知道‘脑域’的日常状态是十亿脑容量。那是怎样的情形你们都清楚。你们是兆脑级研究员，你们都不会去记忆那些过程数据，所以在你们脑子里几乎没有储存这些信息。更何况脱离了‘脑域’的管理，每个人根本无法对这些散布的信息进行处理。每个人都只知道相对来说极少的片段，甚至可能只是其中的某些错误指令导致的垃圾数据。”说到这里，苏枫瞟了一眼赵南，“根据分析，工作实际上已经完成了，最终的结果也已产生。但是我们却因最后的突发事故而失去了它。”苏枫说到这里的语气就像是在叙说一个荒谬的玩笑。

“这么说我们真的没有办法了？”俞峰觉得身体有些发软，“那我们应该怎么办？”

“‘时间尺度守恒原理’的可逆修正项对这个世界而言的重要性不用我多说。”苏枫接着说，“现在我们已经计划重新开始前两个月的工作，但是，”他稍顿一下，“我们最缺的就是时间，因为我们都知道正常世界的两个月在西麦农场里意味着什么，那里的时间进度是我们的四万多倍。”苏枫的脸色变得苍白如纸，“现在试图冲出西麦农场的生物极有可能就是当年两位自我牺牲者的后裔，他们的这个举动表明，他们已经背弃了祖先的意愿。”苏枫再次停顿了一下，目光显出无奈，“从理论上分析，他们在进化上比我们超前了至少十万年，当然这是从纯粹生物学的意义上来讲。虽然考虑到他们是在一片蛮荒上起步以及地域狭小会对生物发展不利，但无论如何他们都比人类先进得多。”

会议室里鸦雀无声。过了一会儿，赵南缓缓举起了一只手。

五

“我上回同你吃过一顿饭并不代表我这一次也要接受你的邀请。”星冉的拒绝并不坚决，她看上去似乎只是因为疲倦才这么说。她的眼睛有些无神。

何夕知道星冉根本就不是那种坚决的人，所以他丝毫没有退却的意思。上次的晚餐他已经不记得都吃了些什么，他当时好像光顾着看星冉吃东西了。“走吧。”他接着说，尽量使语气显得有鼓动性，“你一个人也没什么意思。”

“我已经买了份快餐。”星冉还朝着脑房的方向走，已经看得见站在门边的黄头发阿金了，他似乎在同一群什么人说着话。

“你还去脑房？”何夕作势拦住星冉，“我觉得你不应该一天到晚都待在那个地方。”

“那你说我应该待在什么地方？”星冉突然笑了，似乎觉得何夕的说法很可笑，“我不觉得这有什么不好，这是我的工作。”

何夕一滞，他无法反对星冉的话。过了几秒钟，他才幽幽开口道：“原来那是你的工作。可你知道我的工作是什么吗？当我不在脑房的时候就在码头上卸货。大多数时候是开着机器干，不过遇上机器去不了的地方就用肩膀扛。”

“你是码头搬运工？”星冉并不意外，“怪不得你的身体看上去很棒。不过，能多份工作总是好的。”

何夕咧嘴笑了笑说：“在那里做一天下来的钱刚够吃三顿快餐。”

星冉有些不明白地看着何夕，她清澈的眼眸让何夕禁不住有些慌张：“你这是何必呢？这样算起来，在那儿干一天还比不上在脑房里待上一小时。”

何夕的语气变得有些怪：“我知道在脑房里能挣更多的钱，可问题在于……”何夕有些无奈地看了眼天空，“我觉得只要躺在脑房里就有人付钱这件事让人感到害怕。”

“这有什么？”星冉似乎释然了，“大家都这样，我觉得这没有什么不好。也许你是那种过于敏感的人，就是报纸上说的那种——

脑房恐惧症。我听说这是可以治好的，你应该去试试。”

何夕不想同星冉争下去了，他觉得这有点跑题：“我们还是说说晚饭怎么吃吧，我的脑房恐惧症还没有确诊，不过独食恐惧症倒是肯定有的。你不会拒绝一个病人的请求吧？”

星冉忍不住笑了，何夕费了很大劲儿才管住自己的眼睛不要死盯着她的脸不放。“好吧。”她柔声说，就像是面对一个耍赖皮的朋友。

这时，阿金突然喊着星冉的名字朝这边招手。“出什么事了？”何夕问了一声，跟着星冉走上前去。

“我是俞峰。”说话的人看上去30出头，手里拿着一台袖珍型的笔记本电脑，一边问一边在记着什么。有十来个看上去似乎是警卫的人一脸警惕地站在他身后。“你就是星冉吧？”俞峰很客气地问。

“我是。”星冉在陌生人面前显得有些紧张，说话的声音都有些抖。

“根据我们的调查，你总是在这家脑房登录，而且总是用这个名字。”俞峰的语气很柔和。

“是的。”星冉镇定了些，她不解地看了眼俞峰，“为什么调查我？”

俞峰没有立刻回答，他手脚麻利地做着记录：“接近四万小时的联机时间。”他有些惊奇地念叨了一句，端详着星冉的脸庞说，“你也就20多岁吧。就算每天平均10个小时，也得差不多10年。”

星冉红着脸低下头，看起来她似乎无法应付这样的局面。何夕有些恼火地开口道：“这好像不关你什么事吧？”

“哦。”俞峰愣了一下，意识到了自己的唐突，“请问你是谁？”

“我是何夕。”

“是这样。”俞峰紧盯着何夕，仿佛他的脸上有什么东西，目光显得有些奇怪，“我奉命做一次调查，这位女士的某些情况引起了我们注意，简单地说，是在某些指标上表现得十分优秀。”俞峰递给星冉一页纸，“请你明天早上带着这份通知到市政府大楼去，到时候会有人安排一切。”

“我？表现优秀？”星冉突然抬起头，她的眼睛睁得很大，她那副惊诧的样子真是动人极了，“我明天一定去。”

“那好吧。”俞峰淡淡地笑了笑，他觉得这个叫星冉的女孩身上有种与年龄不相称的天真。其实俞峰经常都会觉得在他面前的人显得天真，但那只是因为智力的原因，而此时的感觉却肯定并非如此，星冉的天真让人觉得亲切，还带有那么一点儿好玩。还有，她的眼睛真大。俞峰摆摆头，抛开这些与工作无关的念头。“我该走了，”他说，“明天的事情别忘记了。”

“你听到了吗？”星冉看着俞峰的背影对何夕说，“我表现优秀。”她兴奋地转头看着不明所以的阿金，更大声地说，“我表现优秀，你听到没有？”

何夕从鼻子里哼出一声：“想不到你还挺有上进心的嘛，我一直没看出来。”何夕说的是实话，这段时间以来，他从未看到过星冉这样高兴，就像是换了一个人。在何夕的印象里，星冉一直是羞怯而内向的，甚至还有些自闭。他没想到，那个叫俞峰的人几句话就让星冉高兴成这个样子。

“我们好好去吃一顿。”星冉说着抬脚便走。令她没料到的是，何夕居然一动不动。“怎么啦？”她疑惑地问，“你不是一直想吃东西吗？”

何夕闷了一会儿，小声嘟哝了一句：“那个叫俞峰的家伙真厉害。”

星冉稍愣了一下：“说什么啊，不想请客就明说嘛，小气鬼。”

六

这是家离码头不远的餐厅，属于比较有档次的那种。其实何夕是那种讲求实惠的人，很少上这种地方。不过星冉说今天她请客，并且亮出了荷包，里面满是大沓的钞票，按照何夕的生活水平，起码可以很舒服地过上半年，而这只是星冉随身带的钱。

“小富婆。”何夕嘀咕一声。

“你说什么？”星冉回头问道。何夕急忙闭上嘴。

从二楼的窗户望出去能看到码头的全景。晚风拂来，带着海边特有的潮味。

“喏，”何夕指着远处说，“白天我有时就在那一带干活。”

星冉“唔”了一声，忙着吃东西。她似乎从来没有像今天这样的好胃口，觉得样样东西都好吃。“这个再来一盘。”她含混不清地指着一个已经空了的碟子说。

“你有没有觉得今天叫俞峰的那个人有些怪？”何夕边喝汤边说，“他的话说得模棱两可，明天你可要小心点。还有……”何夕神秘地用眼神示意右方说，“那边有两个人一直盯着我们，已经很久了。你别不信，我可是说真的。”

“我看你是神经过敏。你不要总是不相信人嘛。”星冉瞪了何夕一眼，“我看俞峰根本不是坏人，我今天觉得很高兴，你可别破坏我的好心情。”

“你以前是做什么的？”何夕突然没头没脑地问了一句。

“以前？”星冉怔住了，她没想到何夕会问起这个，“你知道我已经有接近四万个小时的联机时间。我以前当然也是在脑房。怎么啦？”

“我知道这个。我是说更早以前。”何夕很坚持。

星冉的手里叉着块食物但却悬在了半空中，她的目光迷离了：“更早以前，”她喃喃地说，“那是多久以前的事了？那钢琴，黑色的表面亮得能照出人影来，真漂亮——”星冉突然打住，就像是被什么东西从睡梦里惊醒过来。

“我听见你说钢琴。”何夕探究地看着星冉，“你是钢琴师？”何夕的声音很小，他知道自己问得很没道理。这个世界上除了赵南之外，还有谁会是钢琴师？

星冉镇定了些：“就是钢琴。”她很快地说，“以前我练过整整十年钢琴。我觉得自己从生下来起就喜欢上了这种世界上最漂亮的乐器，在钢琴面前，我觉得自己充满灵感，人们都说我有天赋。我那时的梦想就是当一名钢琴教师，坐在光可鉴人的琴凳上轻抚那些让人着迷的黑白琴键，让美妙的音乐从自己的手指缝里流淌出来，而我的学生们就坐在台下静静地倾听。”星冉突然笑起来，她指着自己的脑子说，“你一定认为我很傻，是吧？后来我真的借钱开过一家很小的钢琴训练班，开张的那天，我觉得自己真是世界上最幸福的人了。不过只经营了不到一个月就维持不下去了，没有一个学生。”星冉还在无力地笑，“我太傻了，对吧？”

何夕专注地看着星冉的脸。“我不这样想。”他说，“我能理解。”何夕回头看着餐厅角落里一架蒙尘的钢琴，“今天你想不想弹一曲？”他问星冉，不等星冉回答，他便起身招来侍者说，“请关掉音乐，对，就是赵南的那一首。我的朋友想给在座的各位送上一曲。还有，麻烦你们替我录下来。”

“别。”星冉着急地阻止，但何夕已经半强迫地将她送到了琴凳上。星冉还想挣扎，可是那仿佛具有魔力的黑白琴键立刻抓住了她的心。她的双手不由自主地抬了起来，一时间她已经不知身之所在。《秋日私语》那简单而优美的旋律如流水般从星冉的指尖流淌出来，美妙的音乐将她带到了另一个世界之中，令她浑然忘我。所有人都安静下来了，整个餐厅里除了琴声之外没有别的任何声音。

《秋日私语》渐渐远去，良久之后都没有人出声。星冉站起身来，两行清亮的泪水顺着她秀丽的脸庞流淌下来。何夕起身鼓掌，他觉得这真是一个可爱的夜晚。

但是人群中发出了嘘声，他们放肆地大笑着对星冉指指点点，脸上是鄙夷的神情："这样的水平也来出丑。"有人大声地说，"和赵南比差得太远了，快滚吧！"

星冉像是被雷击一样愣立在了钢琴边，她死死咬住下唇。何夕冲上去，用力拍打着星冉的肩："你怎么啦？"何夕大声地说，"你不要理会他们，你弹得很好，相当好。那些人根本不懂什么是音乐。我不是都鼓掌了吗？你知道我是不会骗你的。"

但是星冉没说一句话，她低着头，双唇紧闭。

七

"他们说有人想见我，想不到会是你。"俞峰看上去有点儿不耐烦，他身边两名全副武装的警卫不放心地上下打量着何夕。

何夕穿着件很旧的夹克衫，站在台阶下显得比实际身高要矮："我今天早上陪星冉去了市政府，我觉得她的情绪不大好。"

"你找我就是说这件事情？"俞峰哑然失笑，"我还有重要的工作要做，你知不知道我的每一分钟都是很宝贵的？”

“问题在于是你要她这样做的。”何夕有些焦躁地说，“我觉得这件事有些古怪，我想单独同你谈谈。你不答应我是不会罢休的。”何夕的表情看上去很执拗。

俞峰四下看了看，回头对身后的人说：“带他到我的办公室。”

“你们到底想从她那里得到些什么？她只是一个普通的女孩子。”何夕开门见山地问。

“根据规定我不能说太多。”俞峰倒是很坦然，“几天前‘脑域’系统出了一次事故。因为星冉是一个长时间联线的人，所以我们希望她对我们修复系统有所帮助。这一次我们总共找到了300多个有类似情况的人，她只是其中之一。我们要筛选出最合适的人，然后对其进行更深入的分析。”

“是什么事故？”何夕刚一问出口，便醒悟到这个问题是得不到答案的，俞峰能够说到这一步已经算是破例了。

不出所料，俞峰听了这句话只是摇摇头一语不发。这时，桌上的电话响了，俞峰拿起听筒。

过了一会儿，他抬头对何夕说：“好了，有几个人比你的漂亮女朋友更合适，她已经离开了。”俞峰笑了笑说，“现在我应该可以去做我的事情了吧？”

“这样做是严重违反章程的。”黄头发阿金瞪着何夕，似乎不相信对方会提出这样的要求，“你知道任何人都不得改变当事人设定的联线时间。我可一直都是模范管理员。”

“我不管那么多！”何夕简直是在大叫，“我要你立刻让星冉下线，我有话同她讲。你不帮我就不是我的朋友。”

“不能等时间到了再说吗？”阿金的口气已经没那么强硬了，他没什么朋友。

“你让我在这儿等十个小时？”何夕看了眼屏幕，“你知道星冉是个联线狂。你不帮我，那我就自己动手了。”

“好啦，算我怕你。”黄头发阿金选中了一条指令。一号间的方向传来轻微的声响。过了一会儿门开了，星冉蓬松着头发没精打采地走了出来。

“这不能怪我。”阿金指着屏幕解释道，“是何夕要我这么做的，他找你有事。请不要跟上面说这件事，要不我非丢了这份工作不可。”

“你不能整天这样。”何夕望着星冉大声说，“你每天躺在那里一动不动，人生对你失去了意义。我不能看着你变成这样。”

“这不关你的事。”星冉与何夕对视着，她的脸色很苍白，“我愿意这样，时间是我自己的，人生也是我自己的，怎么支配是我的事。你是我什么人？凭什么管我？”星冉转头对阿金说，“我马上要联线，十个小时。”

阿金看了眼星冉，想说什么但欲言又止，他低头准备开始。何夕猛地按住阿金的手说：“我不准她这样做。”阿金无奈地叹口气，他想抽出手来，但是何夕的力气更大。

星冉突然冲上来用力掰何夕的手：“你走开。”她说，“你没资格管我。我愿意这样。我一直过得很好，我挣的钱比所有人都多。我不比别人差，我一点儿也不比别人差！”

“你这是为什么？”何夕没有放开手，他的目光里充满柔情。

星冉终于伏在何夕的肩上哭了起来，泪水顺着她的脸往下淌：“我没用，我什么事都做不来。”她大声地吸着鼻子，“人们嘲笑我的琴声，他们叫我滚下台。”星冉泪眼蒙眬地看着窗外，身体蜷缩成一团，“昨天我听到他说我表现优秀的时候真的好高兴，从来没有人说过我优秀。你知不知道昨天晚上我一直都没睡着？可是——今天他们却说不要我了。”

何夕轻轻揽住星冉的肩，他觉得就像是扶着一张薄纸，一阵风都能把她吹走：“你并不比任何人差，你只是有些傻。”何夕柔声说，“以后你应该多出去走走，不要成天待在这里。从今天开始，我要你陪我到码头去上班。”看着星冉惊奇的目光，何夕笑了笑，“放心，不是要你当搬运，你那小身板儿干不了这个。我只是想让你散散心。”

八

俞峰觉得眼前的情形让人感到害怕。一字排开的平台上依次躺着四具一动不动的躯体，就像是四具死尸，唯一不同之处在于这四具躯体上不断沁出豆大的汗珠。联线时间已经超过 24 个小时，本来很少会用到的生命维持系统也已启动。

赵南在另一端的仪器前忙碌着。这次的补救方案是他提出来的。赵南认为：“时间尺度守恒原理”的可逆修正项既然已经得出，那么它就必然存在于当时联线的某些人的大脑里。最终结果不同于中间过程，其数据量是相当有限的，从道理上讲，一个人的大脑完全足以存储下来。不过，由于“脑域”是一种分布式结构，因此全部的最终结果信息可能会分散地存储在某几个人的大脑里。所以他建议寻找那些当时正处于长时间联线的人，在他们中间最有可能找到这样的人。现在看来一切都很顺利，根据目前的情形来看，从这四名受试者的脑中足以获得可逆修正项的全部内容。虽然做起来很麻烦，但总比重新研究好得多。

苏枫站在场外，不时朝这边投来满意的一瞥。尽管已经连续工作了很久，但赵南却一点儿也不觉得疲倦。

俞峰的工作只是协助性的，他已经睡过一觉醒来。仪器正在地毯式地对四名受试者的大脑进行搜索，不放过任何一丝可能有用的信息。俞峰看过四名受试者的履历，其中有一名出租车司机，还有一名12岁的小学生，另外两名是文盲兼无业者。但是，他们却不知道在自己的大脑中竟然存储着人类迄今为止最复杂、最尖端的知识。俞峰禁不住在心里感叹一声。是的，这就是“脑域”。也许当初苏枫博士将它带到这个世界上来的时候，根本没有想到它会给人类社会带来这么大的改变。说起来，“脑域”的原理相当简单，但这种简单的思想却带来了人类智慧的飞跃。在“脑域”里，无数的大脑通过接驳装置联结成了一个整体，当一个普通人联入“脑域”之后，他的140亿个脑皮层细胞便不再专属于他了，而是成了“脑域”的一部分。他的脑细胞可以被用作存储器和计算器，或者被用作思维的载体。

兆脑级研究员则是具有“脑域”思维权的联入者，他们的大脑在联入后用于思维而不是用于存储和计算。兆脑级研究员平均一个人可以得到超过100万个大脑的强大支撑，当他们联入“脑域”后，每个人的智力都足以无所顾忌地嘲笑人类历史上的所有人，在他们面前，牛顿和爱因斯坦只是两只未脱蒙昧的猿猴。由于本质原理的不同，就综合功能而言，人的大脑不亚于世界上全部电子计算机的总和。而“脑域”则是由亿万人的大脑整合而成的超级计算机，如果非要用一个词来形容它的功能，那便是——魔幻。无数人联入后的“脑域”成了一台无与伦比的智慧机器，它包含了超过1000亿亿个脑皮层细胞，可以存储浩如烟海的数据量，可以在一瞬间里进行超高精度的复杂运算，可以从这些信息与计算分析中得出唯有“脑域”才可能得出的结论。“脑域”诞生不过十多年时间，进入成熟应用的时间更晚，但却永久性地改变了这个世界。

这时，那名12岁的少年身躯突然剧烈扭动起来，口里发出急促的喘息声。“出什么事情了？”俞峰边问边朝那边跑去，他看了眼监视器后说，“赶快停止，受试对象的细胞组织过于疲劳。”

“不用。”说话的是赵南。他沉着地指挥助手给少年注射了一剂针药。少年的扭动舒缓下来，重新恢复了平静。那位助手开始给另三名受试者注射相同的针药。

“这是我们小组开发的新药，能够缓解人们长时间联线造成细胞疲劳所带来的不适。”赵南对闻讯而来的苏枫解释道。

俞峰心念一动。他知道黑市上一直在卖一种叫“脑舒”的药物，当初他特意找来做了分析，结果发现里面含有一种虽然能暂时让人舒缓痛苦，但经常使用却会让人思维能力日益减退的成分。

“这样好的药物为什么不早点申报？”俞峰冷冷地说，“否则人们也不用去买黑市上那些损伤智力的药物了。”

赵南脸上有些挂不住了，他讪讪地说：“我们还在做进一步的药理分析。不过，”赵南停了一下说，“对普通人来说，就算智力受到一点儿损失也不算什么，反正他们也用不着多高的智力。”

这时，四名受试者同时发出了呻吟声，看来药物已经不能缓解这种超长时间联线所带来的痛苦了。“快停止吧！”俞峰几乎是恳求地看着苏枫说，“他们已经受不了了。”

“可是如果这时候停下来，一切都要重来。时间紧迫。”赵南的额头沁出了汗水，但看得出他很想坚持，“他们是这个世界的希望。”

赵南最后的这句话起了作用。苏枫苍老的脸仰向了天空。过了差不多十几秒钟的时间，他叹口气说：“继续吧。”

九

何夕觉得腿肚子一阵阵地痉挛，就像是肌肉突然打了个死结。吊车的把手由于汗湿也开始有些不听使唤，耳旁震天响的轰鸣声就像是一把刀要刺进脑髓里去一样。从高高的吊车控制室望出去，远处身着粉红色长裙的星冉就像是开在地面上的一朵小花。起吊，放下，起吊，放下，起吊，放下，就在何夕觉得自己快要累得垮掉的时候，终于听到了救命的收工铃。

“原来这就是你的工作。”星冉的语气有些揶揄，聪明的她似乎看透了何夕的气定神闲只是伪装出来的假象，“不像你平日说的那么有趣嘛。”

何夕憨笑着挠挠头：“是有些累，不过我已经习惯了。反正，我觉得有意思。”何夕很认真地从衣兜里摸出几张皱巴巴的纸币说，“这是我今天的工资，比较少，不过，”何夕直视着星冉的眼睛，“我保证这里的每一分钱都是我自己辛苦挣来的。”

星冉的目光有些迷茫：“我不太懂你的意思，难道我的钱不是自己辛苦挣来的吗？”

“你知道在脑房里发生了什么事情吗？”何夕低声问。

“我不明白你在说什么。”星冉看上去有些害怕，何夕的语气令她不安。

“你知不知道有极个别的人在联线后并不会完全失去知觉，他们偶尔会在系统中恢复一定的感知能力，从而获得部分不公开的信息？”何夕的语气像是在讲述一个秘密，“而我就是这样的一个人。”

星冉突然笑起来，露出编贝样的牙齿：“你逗我呢，我不信。哪有这种事情？我怎么不知道？”

何夕愣了一下，印象中，星冉不是这种随意打断别人的人，尤其是在自己不在行的问题上。他有些发急地强调说：“这是真的，我没有骗你。”

“这么说，你比我们这些普通人知道的东西要多了？”星冉还在笑。

“我也只多知道一点点而已。”何夕很老实地说，“绝大多数情况下我同大家一样，只在某些极个别的情形下会略有知觉。那种情况有些像做梦，隐隐约约明白一点儿，但细加追究起来却又含糊得很。不过我还是知道了一些事情，比如我知道我们联入的其实是一个叫作‘脑域’的人脑联网系统，里面有许多兆脑级研究员从事着研究工作，而我们这些普通人的大脑在其中似乎相当于……”

“算啦，这些我都不喜欢听。”星冉不耐烦地嚷起来，“没什么意思。你还是说说准备请我吃什么吧，这个我爱听。”她转动着眼珠，有些调皮地拍了拍自己的提包说，“要是没钱可别打肿脸充胖子哦。”

何夕不解地看着星冉，这个容颜秀丽的女孩身上一直有些他无法看透的东西。有时她就像一汪清水，让人能一眼望见池底；有时却又像天上的浮云般让人捉摸不定。不过，也许正是这种感觉才让何夕觉得和星冉在一起是很愉快的事情。

“你干吗……这样看着我？”星冉有些脸红地颔首，声音也低了许多。

如果不是有人恰好到来，很难讲何夕能否在星冉这副欲语还羞的神态前挺住。来人并没有注意到何夕对他的不请自到有所不满，他只看着星冉说话。

“我是赵南。”来人除下墨镜，显得很有礼貌，但他身边的警卫人员却十分傲慢。

惊喜的光芒立刻从星冉的眼睛里放射出来，一时间她简直不敢相信自己的耳朵。星冉目不转睛地仰视着这个她一直想见的音乐大师：“你一直是我的偶像，从来没有人能够像你弹奏的音乐那样深深地打动我。”

赵南脸上保持着矜持的笑容。他常常会面临这种局面。音乐对他来说，纯粹只是带有玩儿票性质的爱好，他也根本没在这上面花多少工夫。但是凭借“脑域”的力量，他能够用任何一种乐器将任何一段音乐演绎到炉火纯青的地步，而且可以绝不夸张地说，如果愿意的话，赵南可以毫不费力地找出古往今来每一首曲子的缺陷所在，不过出于对昔日大师们的尊重，他无意这么做。个中原因很简单，包括音乐在内的一切艺术活动其实都可以归结到智力上来，当一个人的脑力提高了上百万倍之后，他眼中的世界就会是完全不同的模样了。实际上，他只是多年前的某一天心血来潮在联线时弹奏了一支曲子，结果一下成了举世闻名的音乐大师，而他本身的专业却只有很少的人知晓。不过严格说来，在他专攻的三个专业里只有分子生物学是他本身所学，但因为“脑域”，他可以游刃有余地同时在另外两个原本不算熟悉的领域有所建树。

“我们到处找你。”赵南说，“你今天好像变动了日程。平常这个时间你都在脑房里的。你对我们很重要。”

星冉有些受宠若惊，她想不到赵南会这样说，她觉得自己有点头晕，“我……很重要？你真的是在说……我？”她不敢相信地重复着。

“我希望你能跟我们走。”赵南期待地看着星冉，“我们需要你的帮助。”

“你们是不是想从星冉这里得到什么东西？”一直没有说话的何夕突然开口道。

赵南一怔：“你是谁？是谁这样告诉你的？你知道些什么？”

“我是何夕。我只是这样猜测。我想知道她有没有危险。”何夕平静地说，“星冉是我的朋友。”

“何夕？”赵南狐疑地转动了一下眼珠，这个名字似乎勾起了他的一些记忆，“你联线时用过今夕何夕这个名字吗？”

何夕淡淡地摇摇头说：“我不知道你在说什么。”

赵南吁出口气，低头将一份文件递给星冉：“如果你没有意见的话，请在上面签字，表示你自愿与我们合作。”

星冉接过文件飞快地扫视了一眼便签了字，她脸红红的，还没有从兴奋中恢复过来，整个人都显得很激动。何夕在一旁不动声色地看着这一幕，有意无意间他总爱盯着赵南的眼睛看，他的这个举动让赵南显得有些不自在。

赵南满意地收好文件对星冉说：“你现在就不用回去了，跟我们走吧。”

十

前方的远处是一道墙。墙看上去是黑色的，是那种纯粹的、绝对的、不反射一丝光线的黑色。墙体突兀直上高耸入云，充满了神秘莫测的味道。

直升机悬停下来：“我们不能再靠前了。”俞峰说，目光一直盯着那道奇怪的墙。

“这是什么地方？为什么要带我跑几百千米到这儿来？”何夕问，同时伸了个懒腰，“那道墙是什么东西？”

俞峰叹口气：“只有在这里，我才有决心坦诚地告诉你一些事情。”他指着远处说，“那道墙其实是一道隔离场，里面就是堪称人类最伟大的创举之一的西麦农场。”

“西麦农场？”何夕悚然朝着舷窗外望去。虽然政府一直在保密，但关于西麦农场的事情他多少还是知道一些，想不到自己今日竟然能够目睹这传说中的秘境。

“你知不知道，就在那道墙的背后，有种比人类先进不知多少年的诡异生物正试图冲破屏障进入我们的世界？你觉得它们会怎样对待我们这些低等生命体？”俞峰的话语里有调侃的意味，“我觉得只有人类这种疯狂的生物才能造就出像西麦农场这种集奇迹与灾难于一体的智慧结晶。”

何夕静静地看着俞峰，他等待着下文。

俞峰接着说：“星冉的大脑里可能正好存有能够阻止它们的方程式。通过这个方程式，我们可以让加快了的时间停下来，简言之，我们可以冻结西麦农场的时间，让里面的一切相对于我们来说变成一动不动的雕塑，直到它们不再对人类构成威胁为止。”

“为什么对我说这些？”何夕不解地问，他预感到有事情要发生了。

“我们刚刚使得四个活生生的人精神崩溃变成了白痴。”俞峰的语气失去了控制，他无助地望着那道黑色的墙，“实验失败了。为了扫描出他们脑中的信息，我们让他们进行了超长时间的联线，结果发生了悲剧。”

何夕倒吸一口凉气：“那个叫赵南的音乐家带星冉走的时候可没说这些。”

“赵南是三个学术领域的专家，音乐只是他的业余爱好。”俞峰苦笑了一下，“虽然现在我对音乐只是略知皮毛，可要是我联上‘脑域’的话，我马上就可以成为音乐大师。”俞峰露出崇敬的神色说，“这就是‘脑域’时代的奇迹。”

何夕突然大笑起来，他知道这样做很没道理，但却管不住自己。他觉得俞峰的话真是好笑极了：“我也有个故事要对你讲。”何夕边笑边对俞峰说，“我认识一个女孩子，很普通的那种。她花了很多年的时间去练钢琴。她觉得自己从生下来起就喜欢上了这种世界上最漂亮的乐器，她的梦想就是当一名钢琴教师，坐在琴凳上轻抚那些光可鉴人、让人着迷的黑白琴键，让美妙的音乐从自己的手指缝里流淌出来。但是后来她的梦想破灭了，就因为‘脑域’的存在。我知道她永远都不会再去碰钢琴了。这个女孩就是星冉。”

俞峰沉默了，他听懂了何夕的意思。他有些无力地辩驳道：“她不用这样的，作为爱好何必放弃？”

何夕从衣兜里拿出一台小录音机，一阵轻快的琴声从里面流淌出来："这是星冉最后一次弹琴，我费尽心思才令她鼓起勇气这样做，结果只引来人们的一片嘲笑。我承认赵南弹得更好，我也承认只要你联上'脑域'就能成为大师。可那真是你们的琴声吗？你们拥有超出常人百万倍的智力，像音乐这样的事情对你们而言只是小试牛刀。"何夕的脸涨得通红，"可是我要说，星冉的这首曲子胜过你们何止千百倍？这是她练习了无数次、流淌了无数汗水才换来的琴声，是她发自灵魂的真实声音！"

俞峰叹口气，没有反驳何夕。过了一会儿，他疑惑地看着何夕说："我能肯定自己联上'脑域'之后的智力远在你之上，但我此刻很怀疑自己的正常智力是否及得上你。"

何夕若有所思地说："那天赵南听到我的名字后曾问我有没有用过'今夕何夕'这个名字联线，我没有告诉他这正是我用的名字。"

俞峰惊讶地叫出了声："你就是今夕何夕？那你是不是有时会在'脑域'里保持知觉？我曾经不止一次在'脑域'里感觉到你的活动。这种情况相当罕见，根据分析，只有在极少数心智水平很高、极度聪明的人身上才会发生这种事情。"

"极度聪明？"何夕自嘲般地哼了一声，"在你们这些兆脑级研究员面前还有谁敢自认聪明？"何夕的语气变得悲凉，"在'脑域'时代，天才和傻瓜已经被同时消灭了。即使是一个弱智在成了兆脑级研究员之后，都可以嘲笑任何一位天才的智力。这让我想起蜜蜂。其实除了雄蜂之外，所有的蜜蜂刚生下来时彼此间都没有任何不同，但吃蜂王浆的幼虫将成为无比尊贵的蜂后，哪怕它本来是其中最差的一只。"

俞峰明白了何夕的意思，一时间他有些讪讪然。何夕说得虽然偏激但却让人无法反驳，这正是“脑域”时代的写照。由于命运的安排，自己成了兆脑级研究员，成了金字塔的顶端，可是这一切能说明什么呢？那无穷无尽的智慧真的是自己所有吗？那无与伦比的思想光芒真的出自自己的内心吗？

“算了，还是说正题吧。”俞峰换了话题，“星冉答应了参与补救计划，你打算怎么办？”

何夕背上立时惊出了一身冷汗。

十一

“是你带他进来的？”赵南问俞峰。

“我只想同星冉说几句话。”何夕的目光四下搜寻着，“我是她的朋友。”

“她已经联线了。”赵南摇摇头，“你如果愿意的话可以等。”

何夕冲动地试图往里面闯去，他的额头上满是汗珠。几名警卫人员迅速围过来，用身体阻挡住他。但是何夕已经无所顾忌了，他试图冲破警卫的阻拦。在抓扯中，他的外套袖子被扯破了，领带也歪到了一边。不过这显然都是徒劳的，尽管他身体很壮实，但一个人的力量毕竟太小了。

“星冉！”他一边同警卫厮打，一边喊着这个名字。不知什么时候，何夕的鼻子受了伤，血流了出来，在白色衣领上浸出点点红斑。

“你不要闹了。没有人强迫我，我是自愿的。”一个女孩的声音立刻让何夕安静了下来。说话的人是星冉，她站在几米开外的地方。看来她还没有联线。

何夕急切地招手："我有话对你说，就几句话。你听完之后就会改变主意了。"

"那好吧。"星冉有点儿无奈地拉着何夕来到一处没有人的房间，"这没别人了，你想说什么就说吧。"

何夕面带欣喜地上下打量着星冉："你不要留在这里，这个实验很危险。上次的几个人现在都成了白痴。跟我走吧！"

星冉默不作声地盯着地面，过了一会儿，她缓缓但却坚定地摇了摇头："我不想走。你放心，我不会有事的。我有过超长时间联线的经历。"

"赵南没有对你说实话。"何夕焦急地说，"你根本就不知道什么是'脑域'。我们这样的普通人在里面只是提供脑细胞的活机器。"何夕无助地看了眼天花板，"上帝如果知道人类居然发明出了'脑域'这种东西的话不知道会做何感想。"

"你错了。"星冉突然抬起头，一时间，她的目光简直可以用明如秋水来形容，"我知道什么是'脑域'，很早就知道了。你还记得吗？那天你想告诉我'脑域'里发生了什么事的时候我打断了你，因为我知道你要说什么。"星冉的声音渐渐变低，"其实，有时我也会在'脑域'里保持知觉。"

"那你为什么还同意参与这次实验？"何夕真的吃惊了，"你应该知道这有多么危险。"

星冉突然露出笑容，这使得她的脸庞焕发出一种无法形容的美。"其实现在正是我长久以来最快活的时候。"她轻声说。

“你说什么？”何夕如坠迷雾。

“我一直都觉得自己很没用。”星冉继续说，“我没有专长，没有学识。唯一的爱好就是钢琴，但却只会惹人嘲笑。其实我一直都很努力，小时候我读书很用功，很卖力，大人都说我聪明。但是等我长大才发现，这个世界根本就不需要我的聪明，需要我做的只是提供自己的脑细胞。”

这时候，星冉流出了一滴眼泪——掉落在地很快便被吸干了：“长久以来我都是躺在脑房里挣钱，充当着提供脑细胞的活机器。其实我根本用不了那么多钱，我只是想证明自己是有用的。我没有别的办法证明这一点，只能这样做。你骂过我，叫我不要这样生活。可我又能怎样生活？而你呢，虽然你在码头上有份工作，但那不过是寻求心灵的平衡罢了，单靠那份工作你养不活自己。我们出售自己的脑细胞，价格还算合理，同时百万倍地提高兆脑级研究员们的智力，生产出无数有用的知识。其实这世界上的人都是这样生活的。”

何夕完全愣住了，他根本没想到在星冉的心里会埋藏着这么多不为人知的思想。

“所以，当赵南告诉我在我的脑子里可能存储着关系人类命运的知识时，我唯一的反应就是喜悦。我不想去管赵南是个什么样的人，也不在意是否被人利用。这些都不重要。”星冉接着说，“我只是第一次感到自己是一个有用的人。你明白我的意思了吗？”

何夕深深地埋下了头。他明白了星冉的意思，同时他也知道无论如何他都不可能让星冉回头了。一时间，他的心里乱得像一团麻，星冉的这番话让他简直无法评判。

“我该走了。”星冉轻轻地说，与此同时，她那一双黑白分明的眸子里依稀闪过不舍的光芒，似乎还有话想对何夕讲。但她最终什么也没有说，便转身离去了。几名警卫立刻锁了门，留下何夕独自一人待在空荡荡的房间里。何夕一动不动地站立着，他的心已经被那双若有所诉的秋水般的眼睛填满了，再也没有一丝缝隙。

十二

黄头发阿金满脸疑惑地看着何夕像一阵风似的冲进脑房。

“30 个小时。”何夕急促地说。

“你小子是不是打牌输惨了？！”阿金乐呵呵地打趣，他从没见过何夕这样急着联线，而且，何夕也从没要求过这样长的联线时间。

“如果你想救星冉的话就快点。”何夕已经进了三号间。这是他唯一能想到的办法了。他知道这样做的成功率很低，因为他也只有偶尔才会在“脑域”里保持知觉。不过他只能如此了。何夕这次想做的还不止于此，要救星冉的唯一办法只有入侵“脑域”。这样做的难度可想而知，因为他的对手是集亿万智慧于一身的“脑域”，是人类迄今为止建立的最为复杂的超级系统。在“脑域”里保持意识与思维是兆脑级研究员的权利，普通人要想如此，就必须破译出“脑域”为研究员设定的密码。何夕知道成功的希望几乎为零，但他没有别的选择。

白光闪过。

就像是黑夜里突然从天际划过的闪电，就像是一个人仰面躺在流动的水里，看着越来越模糊的天空，并且一点点地下沉。然后是昏迷。

今夕何夕。今夕何夕。

星冉。星冉你在哪儿?

庞大的数据流像潮水般涌来又退去，意识的碎片闪动着，23的193次方，排序，计算，无穷尽的计算，存储……

口令字错。请输入口令字。

无边无际的信息海洋。

星冉。星冉你在哪儿?

口令字错。请输入口令字。

今夕何夕。今夕何夕。

……

苏枫面对监视器一语不发。信息显示有人正试图突破“脑域”的身份管理系统，而且已经有了一些成果。多年来有无数人出于各种原因这样做过，但从来没有人取得过任何进展。但今天的这个入侵者似乎不容忽视，因为系统显示他已经连续尝试了许多次。但要想突破系统是绝对不可能的事情，这就好比一只草履虫想要战胜一头包含亿万个细胞的抹香鲸。

口令字正确。身份已确认。亚洲区研究员俞峰在线。亚洲区研究员赵南在线。

俞峰与赵南面面相觑。绝无可能的事情在他们面前发生了。他们两人明明没有联入“脑域”，但系统却显示他们已经联线了。入侵者破译了他们的专有密码，取得了兆脑级研究员的特权。

“这不可能！”苏枫注视着屏幕，汗水从额上沁出来。他看着俞峰和赵南的目光就如同他们是两个假人。

“他是谁？”赵南面色苍白地喃喃道，“他是怎么做到的？”

俞峰显得更理智些，他启动了“脑域”反入侵程序，一场看不见但却是这世界上最复杂激烈的战争立即展开了。这是一个大脑与十亿个大脑之间的战争，是一个人同整个世界的对抗。时间分分秒秒地过去，所有人的目光都注视着屏幕上的变化。入侵者艰难地扩展着自己的立足之地，有时候他几乎快被战胜了，但不知从何而来的力量却又令他绝处逢生。他站住了，不仅如此，他还向四周伸展出了无数的触手，这种情形看上去就像是一张从中心处开始变色的蜘蛛网。

亚洲区研究员俞峰被驱逐。亚洲区研究员赵南被驱逐。欧洲区研究员陈天石在线。美洲区研究员威廉姆在线。欧洲区研究员戈尔在线。在线。在线。

苏枫长叹一口气，皱纹深刻的脸上划过无奈的表情。入侵者破译了众多研究员的密码，中心刚驱逐掉一个，他立刻又用另一个身份登录。“他是谁？”苏枫喃喃道，“他怎么能做到这一点？他破译了1000亿亿个脑细胞的‘脑域’所设定的密码，这怎么可能？”

仿佛是回应苏枫的话，屏幕上显出了一行信息：何夕在线。

“是那个人。”苏枫惨笑一声，“谁能告诉我怎么会发生这种事情？他想干什么？”

苏枫直视着俞峰，声音更大了：“他想做什么？”

俞峰的目光有些躲闪：“我不知道。他战胜了‘脑域’，他已经获得了‘脑域’的最高控制权。从理论上讲，他现在可以令整个‘脑域’自毁。”

“你是在告诉我单细胞的草履虫战胜了抹香鲸？”苏枫猛地开始剧烈咳嗽，咳出了血丝，“这不可能。”他一边咳嗽一边说，然后，他整个人便倒在了地上。

十三

……

是你吗？何夕。

是我。终于找到你了。星冉，快醒过来。星冉。离开这里。

我太累了。结果快出来了吧？我的大脑全部搜寻过了吗？

快醒过来。你已经尽力了。快醒过来。

我好累。何夕。我是不是快死了？

不会的。你不会死。我在等你。星冉。

何夕，其实当我离开你的时候想对你说一句话。我想说，如果这辈子能够再见面的话我再也不离开你了。我是不是特别可笑？你一定在心里笑话我……我太累了。我想睡觉。

不。星冉。千万不要睡过去。不要睡——

我真的想睡。想睡。

不。星冉。不——

何夕猛地撑起身，映入眼帘的是黄头发阿金关切的面孔。窗外的光线照进脑房，时间是正午。

“你已经在这里躺了15个小时了。”阿金轻声说，“情况怎么样？星冉不会有事吧？”

何夕没有说话，他的目光有些漠然地看着周围的一切，任凭汗水从额上大滴大滴地流下来。他历尽艰辛终于在广阔无垠的神秘“脑域”里找到了星冉，但最终却眼睁睁地看着她被吞没在“脑域”的深处。

“我要去找星冉。”何夕朝外面跑去，“等等我，我同你一起去。”阿金追了上去。

……

星冉安静地躺在平台上，脸上还挂着几滴汗珠，几缕汗湿的头发在她光洁的额头上卷曲着，长长的睫毛在脸颊上投下细小的阴影。看来她曾经有过一番挣扎，但现在她已经平静了。

何夕冲上去握住星冉冰冷的手，感觉不到一丝热度：“怎么会这样？”何夕面无人色地说，“她怎么了？”

“她坚持到了最后，比所有人都坚持得久。”说话的人是俞峰，他的面容上带着深深的惋惜，“我从来没有见过像她这样意志坚强的人。我们找到了要找的东西，是她救了这个世界。”

何夕死死地盯着俞峰，目光里像是要冒出火来：“你的意思是星冉这样死去是很值得的？像她这样的小人物能够有这样的结局是莫大的福气？”

主控室里安放着数百台监视器，可以看到所有兆脑级研究员的一举一动。这时他们都停止了工作，关注着这里发生的一切。

何夕悲愤地对着全场的每一台监视器用更大的声音说：“我知道你们就是人类思想的全部，在这个世界里，实际上只有你们才拥有思想的权力。你们有足够的理由嘲笑我们，因为在你们的智慧面前，我们只是一些低级的生命，就像是人类眼里的动物一样。唯一不同的是，动物是提供蛋白质的机器，而我们则是提供脑细胞的机器。你们只要愿意，便可以让我们去计算 23 的 500 次方，还可以让我们陷在死循环里永不超脱。我们在‘脑域’里永远地失去了自己，成为一粒粒没有任何区别的灰尘。”何夕说到这里，身体开始颤抖，他觉得世界真是充满荒谬。而问题的关键在于，就连何夕自己也不知道到底应该仇恨什么，其实说到底，正是“脑域”最大限度地解放并发展了人类的智慧，创造出了前所未有的奇迹。

“谢谢你没有毁掉‘脑域’。”俞峰插入一句，他的表情是真挚的，“我现在仍然无法知道是什么力量支持你成功入侵‘脑域’的，也许永远都无法知道了。我们会马上着手提高‘脑域’的安全性。”

何夕怔了一下。其实他也说不清楚自己为何没有毁掉“脑域”，尽管当时他的内心里有一万个理由这样做。他只是实在无法下这样的决心。

“星冉并没有死。”是赵南的声音，他的目光有些躲闪，“但是，她的大脑受到了损害，她成了植物人。”

何夕爱怜地轻抚着星冉光滑的脸庞，柔声说道：“你不是想救世界吗？你真的救了世界。”两行泪水顺着何夕的眼角淌下来，滴落在星冉的脸上。过了一会儿，何夕吃力地抱起星冉，对一旁呆若木鸡的阿金说：“我们走吧，离开这个地方。”

人群自动地分出一条道，默无声息地目送着何夕离去。俞峰似乎想说什么，但最终只是摇了摇头，他觉得此时说什么都没有意义了。

尾声

正是黄昏，血一样红的夕阳缓缓坠入苍茫，天地开始合围世界。

“这间脑房陪了我这么久，就这么关了它一时还真有些舍不得。”阿金感慨地叹口气。

“其实你不用这么做。”何夕平静地说。

“就算没有这件事情发生，我也早就有这个心思了。这么多年来，我现在才感到轻松。”阿金如释重负地笑笑，“我也数不清有多少人在这间脑房里出售过他们的大脑，他们以后只好换地方啦。”

“‘脑域’始终是人类最伟大的创造，但我现在只想远远地离开它。”何夕环顾着四下里繁华的街道，“这是不是很可笑？就像是当年工业革命到来时怀念田园牧歌式生活的那些人一样。”

阿金摇摇头，表示对何夕的理解：“你准备带着星冉去哪儿？”

“不知道。我只是想远远地离开。我想这也是星冉的意思。”

“不知道还有没有再见的一天。”阿金的语气里已经有了人生无常的意味，他向上一抛，一道亮光划过天空，他的目光一直跟随着那道亮迹到落地——那是脑房的钥匙。

当黄头发阿金回过头来时，他的身边已经没有人了。夕阳将远行者的身影拉得很长。随着晚风飘来隐隐约约的钢琴声，清灵，曼妙，充满缥缈梦幻的味道，就像来自天边。阿金觉得天地间像是有一双看不见的手轻轻抚过，使万物宁静。

那是《秋日私语》。

我是谁

密钥之乱

何夕

一

我是谁？那天，当何夕生平第一次想到这个问题的时候，事情已经很糟糕了。当时，他坐在一只样子乖巧的小圆凳上，两手并拢放在膝上随着膝盖一起颤抖。只要他仰起头来，就能够见到四五张凶神恶煞的脸，他们都是保安人员。这些人从头到尾就问何夕一句话：你是谁？

“我是何夕，身份代码 015123711207。”何夕从头到尾也只会说这一句话。他不仅这样说，同时还把衣兜里所有的物品都翻了个底朝天，以此来证明自己的身份。里面有他的名片、公司发的员工证、他的手绢，甚至还有他的手纸，所有能找到的东西何夕都一股脑儿地把它们掏了出来，满满当当地摆了一桌子，仿佛是办一个杂物展览。

尽管何夕忙了半天才搜出这些东西，但是保安们连看都懒得看一眼。其中一个胖子摆摆手说：“别找啦，这些没用，我问你，你的‘号’到哪儿去了？”

于是，何夕立刻便像一只泄了气的皮球般瘫软下来。

是的，何夕的“号”丢了。不知道是什么原因，也不知道在什么时候，总之他把它弄丢了，现在想来他倒宁愿把自己弄丢。不过这实际上差不多，因为没有了“号”也就等于把自己弄丢了，甚至于还要糟糕得多。

何夕不知道从什么时候人们开始启用现在的身份制度，听说那是一套叫作“谛听”的人类身份识别系统。总之，打他记事起，他就知道那个看不见也摸不着的“号”可是件了不得的东西，其重要性绝对超过贾宝玉的通灵宝玉，说它是命根子一点儿都不为过——因为这是一个人在世界上唯一可以用来证明自己身份的东西。

当一个孩子不小心降临到这个吵吵嚷嚷的世界上来的第一刻起，他或她就面临着这个时代的难题，即要怎么证明自己就是自己。这并不是一句有意饶舌的话，因为这是个伟大的时代，技术的进步使得人们已经可以近于随心所欲地创制出任何事物来。这样讲抽象了点儿，有些难以理解，其实意思很简单。比方说，千百年以来，我们总是靠一个人的容貌来辨认他，后来我们又会通过查证一个人的指纹来指认他，而在100年前的亚科技时代，我们还常常通过声音分析或是DNA鉴定等方法来确定某人的身份。问题在于，这些方法在现今的时代里统统失去了用场：容貌自不消说，可以通过手术变更，而只需戴上一双定做的手套便能改变指纹；声音可以通过在喉部加装微型处理设备加以改变，而DNA鉴定法在这个克隆术普及的时代已经全面失效（实际上，对于同卵孪生子来说，DNA鉴定法早就无用了）。于是问题也就来了，在这种情况下，一个人又该如何证明自己是谁呢？谁能证明自己就是自己而不是别的什么人，并且还得让别人相信这一点？不过有句话说得好，伟大时代造就的问题只能由伟大的时代来解决。几乎在人们表现出这种担心的同时，新一代人类身份识别系统启用了，这就是“号”。

“号”其实是一组对应着每个人的密码。有一个事实也许表明，当初造物主将人类带到这个世界上来的时候就已经想到了这一天，那就是人类的DNA双螺旋链并不是全连续的，上面有大段无意义的空白碱基对，而这正好可以被用作“号”。大约在30年前，“谛听”系统开始启用，当时，上自九十九下至刚会走的每一个人都接受了一次手术。过程相当简单，即从每个人体内取出少量造血干细胞，将此人独有的识别码以加密的形式修补到这些细胞中的DNA链上的无意义段中，然后再将其送回人体。由于干细胞具有造血机能，一段时间之后，大量具有这一识别码的血细胞遍布全身。剩下的事情就简单多了，比方说，两人见面握手的动作就可以让各人身上与神经相连的超微型识别器获得足够多的信息识别出对方的身份。政府每过三年就将密码及算法升级——据称这种频度其实是不必要的，这使得想要冒充他人身份的意图从理论上也成为不可能了。

就拿何夕来说，他的名字是父母起的，但细想起来，这个名字根本就没有用，谁都能够叫这个名字。这个世界上叫何夕的人何止万千，就算加上一些附带的描述性词语，也仍然是一笔糊涂账。在何夕心中，对自己的详细说明大致是以下的样子：一位有几分帅气的名叫何夕的中国血统男士。但是这能够说明什么问题呢？而015123711207这个数字就不同了，它是全球唯一的代码，在这个生活着几十亿人的星球上，这个数字只属于何夕一个人。当然，别人也可以宣称自己就是015123711207，但身份识别器能够在0.1秒内就戳穿他的谎言。说到底，所谓姓名之类只是人类原始的身份识别手段，何夕一向认为它应该被淘汰，而现在已经到了淘汰它的时候了。现在绝大多数人同何夕的主张一样，不过，也有少数人还在留恋名字这种无用的玩意儿。前一种通常被称作革新派，以便与被称作保守派的后一种人相对应。两派遇到一块儿的时候常常为此发生争论，性子烈的还会动动老拳。不过，这是一场力量悬殊并且注定会越来越悬殊的比赛，革新派几乎每一次都占尽上风，普遍的意见是，本次系统升级之后便会永久性地取缔个人原始名。这件事一直让何夕感到挺得意，因为他显然站对了立场。

现在何夕回想起来，一切都发生得太突然了。当时，他抽空到常去的那家店里吃点东西。开始一切都是好好的，刚一推门（这个动作足以让门上的微型识别器辨认出何夕的身份），热情的侍者便打招呼说“下午好，何夕先生”，片刻之后，何夕便一边享受他最喜欢的重度烘焙的炭烧咖啡，一边看新闻了。整个过程中，何夕根本不用说一句话，身份一经识别，包括他的口味习惯、对器具的要求以及资信程度等信息都能够从全球个人数据库中获得，需要他做的事情只是舒舒服服地坐下来享受，所有的花费都将自动记入他的账户。电视里正在播放对商维梓博士的专访，他是“谛听”系统的本地区节点负责人之一。从画面上来看，他四十出头，目光睿智，对记者的提问对答如流。今年又轮到三年一次的密码升级年，每到这种时候，电视里就会报道一些相关的新闻。不过已经没什么人会对此感兴趣了，因为几十年来，大家对这件事情早已经见惯不惊，对商维梓的采访差不多只能算是例行公事地发布一则消息罢了。何夕不想看新闻了，他开始拨打楚琴的电话想商量一下婚期的事。电话号码是02492721029，这也正是楚琴的身份码。现在标准的做法是，人们生活中用到的各种数字都和自己的身份码相同，如社会福利号以及个人银行账户号码等，又方便又省事。这听起来好像没什么，可你知道这意味着什么吗？正是到了这一步，每个人才终于成了这个世界上独一无二并且绝对不会被混淆的个体！即使一个人死了，他的身份码也仍然属于他，以便让后世的人们很准确地提起他，避免以前那些小仲马、大仲马之类的疑难。而就在何夕刚同楚琴说了几句话之后，那件事情发生了。先是电话突然断线，接着，座椅右侧闪起了红灯，刺耳的警报声响了起来。

那位衣饰整洁、态度可人的侍者立刻走了过来，他惊诧莫名地盯着何夕，就像是看到了世界上最可怕的怪物。“你是谁？”他厉声问道。

何夕被座椅的尖叫声吓得跳了起来，而就在他的身体离开座椅的一刹那，警报声便停了下来。“我是谁？我当然是何夕。”他有些语无伦次地对侍者说道，“我每天都来，你认识我的。”

侍者满脸狐疑地握了下何夕的手，然后他就像是被火烧一样缩了回去。“不，你不是何夕，你是个冒牌货！”侍者果断地朝总台挥了挥手，“保安，请过来一下。”

“我真的是何夕，身份代码 015123711207。”何夕脸色煞白地辩解道。他环视着四周，看到公司里一位同事碰巧也在场。“老刘！”何夕像是捞着救命稻草般喊道，“你来告诉他们我是谁。”

老刘迟疑地走过来，怯生生地将手伸给何夕，仿佛何夕不是共事了几年的知根知底的同事，而是一个陌生人。他接下来的反应同那位侍者一模一样——惊叫，缩手。

何夕这才觉得事情有点儿麻烦了，然而还没等到他想出办法来，全副武装的保安已经围拢来捉住了他。

二

我不能待在这儿。何夕暗暗想着。他环视着这间临时用来拘禁他的办公室。保安守在外面，他们已经报了警，再过一会儿警察就会到来。何夕想，自己这次麻烦大了，天知道是怎么回事。警察对冒名者可是不会客气的，说不定还会让他受皮肉之苦。准是有人陷害自己，如果不洗清冤屈的话，搞不好会当屈死鬼的。何夕朝窗户看过去，窗户很大，人过去是没有问题的，但这是在二楼。何夕的目光停在了窗帘布上。

……

楚琴刚进汽车，一道人影便冲过来挡在了前面。是何夕。

“你下来，我有事找你。”何夕使劲挥手。

“你干吗不上车来说？”楚琴有些奇怪地问，她记得半小时前何夕跟她通电话时突然断了线，这是从来没有过的事情。

何夕的表情有些古怪：“我不能上来，车座上的识别器会报警的。还有，你暂时别碰我。”

“你说什么？”楚琴如坠迷雾。她从车窗伸出手去，但何夕立即朝后退去，与她保持一定的距离。

“到底发生了什么事？”楚琴意识到何夕不像是在开玩笑。

“我不知道。”何夕的额头汗津津的，“就在我跟你通电话的时候，突然发生了奇怪的事情。”何夕咽了口唾沫，“总之我现在被认为是一个冒牌货。”

楚琴这才注意到何夕身上披着一张奇怪的薄膜，连双手也包在里面，模样显得很滑稽。“别开玩笑了。”楚琴没好气地摇摇头，记忆中，何夕常常都会玩些新花样，“我正准备回家，一起走吧。”

“我不是开玩笑。”何夕着急地说，“一定是有人害我，毁了我的身份识别码。我现在回不了家了，碰什么都报警。”

楚琴有些发愣，她觉得何夕不像是在说笑。她迟疑地揭起薄膜握住何夕的手。刹那间，她的面色变得惨白，口里蓦地发出惊叫。“你是谁？”她尖声问道，手闪电般地回缩，就像是碰到了一条蛇。

何夕的脸色比楚琴更加苍白：“连你也这样问……”他喃喃地道，“你难道也不能确定我是谁吗？我们已经交往了两年多，而且还计划下个月四日就举行婚礼。”

“你怎么知道我的婚期？”楚琴稍稍镇定了些，“这是刚刚才商量好的事。”

何夕只有苦笑：“不仅如此，还有很多事都是只有你和我才知道的。这还不能说明我就是何夕吗？不信的话，你可以拿这些问题来验证我的话。”

楚琴紧张地转动着眼珠：“我来问你，我们计划到哪里去度蜜月？”

何夕想都不想便开口道：“复活节岛，这是我先提议的。”

楚琴轻轻地吁出口气：“可是怎么会出这种事？我同你握手时，只感觉到一片空白，我得不到你的身份号，也得不到密码确认。那种感觉——”楚琴的神情变得古怪，“让人觉得害怕。这辈子我还从来没有碰到过这种事。”

“我也不知道是怎么回事。”何夕摇摇头，“不过我只想说一点，我真的就是何夕，这一点你该相信吧？”

楚琴还没有回答，车载收音机里的音乐播放突然中断了，一个急促的男中音传了出来：“现在插播新闻：现有一男子冒充联邦公民 015123711207，原始名何夕。此人长相与声音均酷似何夕本人，并且盗用了何夕的一些证件。唯一可供识别之处在于，此人不具有何夕的身份密码。警方分析何夕本人可能已被此人藏匿。此人曾被抓获，但之后又脱逃，现下落不明。请市民们小心防范。”

何夕绝望地看着楚琴变得恐惧的双眼，看着自己如何成为她眼里的陌生人。他纵身想抓住门上车再作解释，但这个动作起了适得其反的效果——他只抓到了小车卷起的一溜灰尘。“你听我说——”何夕边跑边嚷，“我真的就是何夕啊！”何夕身上的那层薄膜绊住了他的脚，他的身体平飞起来，然后重重地跌在了路上。

三

一阵痒痒的感觉将何夕从短暂的黑暗中唤醒，那是一股温热的气息。何夕睁开眼，映入视线的是一双充满友好的又大又黑的眼睛。

“原来是你，贼胖。”何夕一边挠挠隐隐作痛的头，一边撑起身。一只胖乎乎、圆滚滚的黑色小狗惬意地在他脚下撒着欢儿，这正是楚琴的宠物，看来是刚才从车里跑出来的。

“总算还有你能认得我，不枉我以前喂了你那么多骨头。”何夕喃喃地说道，心里说不出是什么样的滋味。何夕俯下身，贼胖温顺地任由他抱起，并且很亲热地舔着他的大拇指。何夕有些凄凉地将脸偎到贼胖那浓密的毛上，一滴泪水从他的眼角沁了出来。

“我是何夕！我就是何夕！”何夕突然神经质地朝着天空大吼几声，吓得贼胖一个翻身从他怀里跳到了地上。这时，一个大胆的想法从何夕的脑海里冒了出来，他想会不会真的有人打算冒充他，从而侵入“谛听”系统进行破坏呢？说不定过几天就会有一个同他长得一模一样的人冒出来，凭着篡改的身份密码占有原本属于他的一切。到时候，那个人就会代替何夕在这个世界上存在，而真正的何夕却失去了一切，成为一只丧家狗到处流浪。这个突然冒出来的念头如同一只鬼手般攫住了何夕的心脏，令他透不过气来。这个时候，何夕突然想起了他慈爱的母亲，这样的情形下，也许只有母亲还认得自己，但是她已经离开了人世。那是多久以前的事情了？七年，也许八年。当时，他正在一座陌生的城市里出差，突然收到信息称00132819014去世了，何夕对着这个数字看了半天才想起这是母亲的身份代码，而他的泪水这才不受抑制地流了下来。母亲的归宿同其他人一样都是电子公墓，在那里，她的编号仍然是00132819014，只要输入这个号码，关于她的一切资料便都会显现在屏幕上，供人瞻仰。但何夕很肯定，如果母亲地下有知，对此定不会高兴，就如同她在世时并不喜欢那个加在她身上的号码一样。她的这种观点并不奇怪，因为与何夕不同的是，那一代人是在人生过了一小段的时候才有了那个号。而何夕就不一样了，从他记事时起，身份代码已经完全普及，从小的经验便是对一个人的判断必须以身份代码确认为准。

何夕至今还记得在他四岁时发生的一件事情。那是一个雨天的傍晚，何夕在幼儿园里等待着母亲。后来，他见到母亲笑容满面地朝自己走来，他奔跑着朝母亲扑过去，带着满脸的委屈。但当他扑进母亲温暖的怀抱时，却突然觉得自己触摸到的是一块冰凉滑腻的石头，带着难以言说的空洞。他惊恐地抬起头，却看到一丝诡异的神色在母亲脸上掠过。几乎在一刹那间，何夕幼小的心灵就明白了这是一个阴谋，这不是他的母亲。后来的事实证明何夕是正确的，这只是一个精于易容术的试图拐骗儿童的惯犯。这件事给何夕的印象是如此之深，以至于二十多年后的今天，他仍然能够回想起那一天的雨声，空气里那种潮湿的味道，以及那种让人脊背发凉的空洞感觉。从这个意义出发，何夕完全理解楚琴的反应，如果是他处于那样的位置，也只会那样做，因为那是来源于人生最真实可靠的经验。

可问题的关键在于何夕居然弄丢了号，这个号越重要，何夕现在的处境就越糟糕。何夕弯下腰重新抱起贼胖——它是这个世界上唯一认得他的生灵了。何夕不知道自己下一步该去哪儿，他现在甚至不能回到自己位于檀木街十号的家，他根本就进不了门。

“我们去哪儿？”何夕望着贼胖说，他的语气里满是无奈。贼胖友好地看着何夕，目光里的信任一如从前，湿热的小舌头一伸一伸的。

“要不我们去找你的主人？”何夕建议道，他立刻便被这个提议所鼓动，是的，他应该去找楚琴，她说不定会给他一个解释的机会。再说，他首要的任务便是取得楚琴的认可，相对来说，这应该算是容易一点儿的，毕竟他们相处过那么长的时间。不过，楚琴刚才的反应无法让何夕感到乐观，因为他知道这实际上是在向楚琴与生俱来的世界观挑战。

四

下午的太阳依然保持了相当的热度。

何夕擦着汗，他的衣服已经湿透了。贼胖赖在他的怀里不肯下地，如果强行这样做的话，它便委屈地在地上呜咽着，蜷缩成一团。

也难怪，过去的一个小时它已经走了很长的路。何夕不敢坐车，幸好路面上没有装微型识别器（当初这种无处不在的令他生活舒适的东西正是他现在最大的敌人），否则他连路都没法走。

何夕的目的地是楚琴的家。他其实也没把握一定能在那里见到楚琴，但是他没有别的办法，他甚至无法预先打个电话了解楚琴的行踪。现在的情况是，他认得这个世界，但这个世界却压根儿不认得他。一句话，除了一双手两只脚之外，何夕此时没有任何可以仰仗的东西。

大约步行了一个半小时之后，何夕见到了楚琴，但何夕只能远远地站在对面墙边从窗外望着她，因为她身旁一直跟着一名高个子的女警，看来她报了警，这个发现让何夕感到泄气——楚琴真的将他当成了歹徒。这个发现让何夕有些不满，但他无法发泄这种情绪。

何夕苦恼地谋划着下一步的行动，他突然想起贼胖就在自己怀里，这下他有主意了。何夕拿出纸笔飞快地写下几行字，然后将纸条塞在贼胖的耳朵里将它放下地。贼胖高兴地吠了一声便蹿了出去。

太阳已经落山了，随之而来的黑暗正在逐渐笼罩这个世界。何夕这才觉得置身黑暗居然会带给人一种安全感，但他马上想到，这正是古往今来的诸如盗贼之类的人的感受。现在何夕一身臭汗，肚子里更是饥肠辘辘。但是他没有任何办法可以改变这种处境，他有生以来的全部人生经验都无法应付此时的状况。不远之外的街灯亮处，几家餐馆飘来阵阵诱人的香味，这更加深了何夕的饥饿感。现金钞票早就被淘汰了，所有的消费都依赖于个人信用度，而何夕现在的信用度就算还存在，也肯定接近于零。何夕咽了口唾沫，强行将目光从那个方向收回来。这时，浓浓的倦意逐渐袭上来，他倚着墙壁蹲下，头慢慢地垂了下去。

……

“何夕，是你吗？”

一个声音将何夕从短寐中惊醒，他本能地朝声音的来处望去。楚琴就站在离他三米开外的地方，怀里抱着贼胖。

“我知道你一定会来的。”何夕高兴地低呼，他撑起身，由于动作过快加上饥饿，竟然两眼发黑险些栽倒在地，他连忙扶住墙壁稳住身体。

楚琴关切地看着何夕，脚挪动了一下，但很快止住了，仍然站在三米开外。

何夕禁不住苦笑一声：“看来你还是信不过我。”他的目光瞟了眼楚琴的身后，“不过你总算没有带警察来。”

楚琴怔怔地看着何夕，声音小而颤抖：“我报了警，我实在不知道应该怎么办才好。你根本不知道当我碰到你的手时是一种什么样的感觉。”

何夕哼了一声：“感觉？我的手上有刺还是有毒？”

楚琴摇摇头：“不是那样的，比那更让人害怕。”她想了想，似乎在找一个词来形容，“就像是摸到了一团虚空，不知道那是什么。没有响应，没有任何可知的东西。我不知道为什么会这样。”

“你不会是说在你面前我就像一个幽灵吧？”何夕有些自嘲地说。

但是楚琴却立时僵住了，她的表情有些发呆：“幽灵……”她重复着这个词，“是的，就是这种感觉。”

何夕彻底愣住了。他不相信地看着自己的双手。它们很红润，肌肤也挺柔滑，而且很温暖。但现在有人却说它们摸上去就像是幽灵的双手，而且说这话的人是自己的未婚妻。

五

“这不是真的。”何夕痛苦地叹口气，“我真的是何夕，我不知道发生了什么事，但我的的确确是你认识的那个何夕。我记得我们之间发生的每一件事，你可以问我，我能证明给你看。”

“本来我也是这么想的。”楚琴说，“我对警察说，你似乎对我与何夕之间的一些秘密知道得很清楚，但他们说那可能都是你逼迫何夕告诉你的。”

何夕沉默了几秒钟。这时，贼胖急切地从楚琴的怀中挣脱下地，蹦跳着跑到何夕跟前热切地吠着，乐此不疲地朝何夕的膝头上一扑一扑地蹿动。何夕抱起贼胖，听任它湿漉漉的舌头舔着自己的手背：“只有它认得我。”何夕自嘲地笑了笑说，“幸好上帝没有让世上的狗学会数学。”

楚琴轻轻拢了拢长发，俏丽的脸庞显得镇定了许多。她看着贼胖在何夕身上嗅来嗅去，这曾经熟悉的场面让她觉得心里踏实了不少。这时，她才想起自己一直都忘了一件事。她拿出一个纸袋，一阵诱人的食物香味从中散发出来：“我给你带了吃的，吃吧。”她柔声道。

何夕一把接过，动作之粗鲁就像是抢劫。何夕整个头都埋进了纸袋里，大口咀嚼吞咽着，喉结一上一下就像是开足了马力的机器，而那种呼哧呼哧的不雅声音足以让贼胖也生出些优越感来的。

吃完这顿有生以来最香的晚餐，何夕的精神明显好了些。他这才发现楚琴的双眼竟然有些湿润了。何夕抹抹嘴，这才感到几分害臊。不过，楚琴的目光已经变了许多，不再像刚才那样充满了警惕和提防。两人的距离也从三米开外不知不觉地缩短到了一米左右。

楚琴摇摇头，仿佛做了决定般地说道："你真的很像何夕。"

"你到底要怎样才能百分之百地相信我就是何夕？"何夕带点怨气地说。

"百分之百？除非……你有何夕的'号'。"楚琴有些为难但是很坚决地说。

"那好吧。"何夕妥协地摆摆手，"不过你总算有些相信我了。只要你能帮忙，我很快就可以洗清冤屈。我现在什么都没有，哪儿也不敢去。说实话，如果没有人帮助，我要么活活饿死，要么就活活憋闷死。"

楚琴忍不住抿嘴一笑，至少到目前为止，除了号之外，这个何夕与她记忆中的何夕并无二致。"我当然会帮你。"她说，"不过今天太晚了，我想还是等明天吧。我给你带了一个睡袋，你先将就一晚再说。"楚琴看了眼时间，"我该走了，明天见。"

楚琴转身欲走，但又突然止住了脚步。她回过头有些迟疑地说："有件事……我还想试试。我想再同你握次手。"

"为什么？"何夕不解地问。

楚琴有点不好意思地低下头："也许那种感觉多几次就不会显得那么可怕了。我知道下午的时候我表现得很不好，当时，我从汽车后视镜里看到你摔了一跤，但是我不敢停下来。真对不起。"

何夕犹豫了一下但还是伸出手去："先说好，不许尖叫。"他很严肃地警告。

但是何夕没有想到，两手相握的瞬间发出惊声尖叫的人并不是楚琴，而是他自己，同时，他就像是一匹遭受火烙的野马般惊跳起来，立时一溜烟跑得不见了踪影。

六

雨声。空气里潮湿的味道。让人脊背发凉的空洞的感觉。露出诡异笑容的妇人。手。楚琴的手。红润的肌肤，光滑而柔软。但是——空洞，只有一片空洞。就像是一个人突然回过头来，脸上却空空荡荡的，没有面目。

四周一片黑暗。何夕停下已不知跑了多久的脚步，大声地喘息着，他的眼前一阵阵地发黑。出什么事情了？他在脑海里问自己，直到这时他才恢复了一点儿思考能力。他想起自己今天与楚琴或其他人接触时总是对方反应惊恐，但是自己却没有异样的感觉。何夕紧张地回忆着，不放过任何一个细节。是的，答案出来了，他一直都能认出对方。也就是说，他身上的识别器能够采集他人信息并做出对方的身份判断，所差之处只是自己的身份无法被别人确认。但是刚才，当楚琴与他握手的瞬间，他却突然无法做出判断了，他的感觉就像是握住了一块石头，如果说那是一双手的话，那也只能是幽灵的手。

大滴大滴的汗水从何夕额上淌下来，他感到呼吸困难。越是接近分析结果，他越是感到害怕。尽管他不愿相信，但事实已经摆在了他的面前，那就是——楚琴刚刚也失去了她的“号”！所以何夕才会有那种怪异的感觉。这是唯一合乎逻辑的解释了，但叫何夕如何面对这样的处境呢？本来何夕还指望楚琴的帮助，毕竟她是正常人，现在看来情况简直糟到了极点。楚琴还不知道这一点，她现在也许只是诧异何夕为何会突然跑开。何夕突然有些站立不稳——楚琴一定会回家，而那个警察现在就在她家中。不行，得阻止她，否则她会被抓起来的。何夕急急忙忙地转身朝来处奔去。谢天谢地，楚琴还站在原地。看来她也是被何夕的举动搞蒙了，不知道出了什么事。看到何夕重新露面，她有些埋怨地问道：“你又在搞什么花样？都什么时候了还开玩笑！”

何夕默不作声地盯着楚琴。她看上去和几分钟前并没什么不同，齐肩的黑发，小小的脸庞，白色的长裙。但是何夕忍不住上下打量她，总觉得仿佛有什么地方显得不大对。

“你干吗老盯着我？”楚琴的脸微微红了，目光也有些躲闪。

“你是谁？”何夕突然喃喃地道，他显得有点魂不守舍。

“你问我是谁？”楚琴吃惊地看着何夕，“什么意思？”

何夕回过神来：“噢，没什么。”他转开话题，“还是商量下明天的安排吧。”

“先等等再说。”楚琴依然关注着何夕之前的那句话，“我听见你问我是谁——你怎么这样问？”

何夕搔搔头皮：“我没问。你听错了。”

“我没听错。”楚琴很坚持，“你一定是有事瞒着我。”她紧张地回想着，突然她的脸色变得煞白，“难道刚才你跑开是因为……”

何夕无力地瘫坐在了地上，他的目光已经证实了楚琴的猜测。

“不会的。”楚琴摇头，她用尽力气露出笑容，“不可能的，你是在开玩笑。”

“我没有开玩笑。”何夕终于开口，“你很可能也失去了‘号’。刚才握手时，我得不到你的身份信息。”

“肯定是因为你自己的原因才会这样。”楚琴想了一下说。

“我只是无法被别人识别，但一直都能识别别人的身份。”何夕认真地说，“不过为了确定，你可以到一处安装有识别器的地方去试一下。对了，你打个电话试试。”

这句话提醒了楚琴，她掏出口袋里的手机——但是，尖锐的报警声立刻响了起来，伴随着一个发瓮的电子合成音：“身份不符。请将电话交还主人。”

楚琴立刻僵在了当场：“这不可能，这不是真的。”她反复地说着这句话，“我该怎么办？”她望着何夕说。

“让我想想。”何夕也有点乱了方寸，他死盯着楚琴的脸看，“让我来分析一下。你能肯定自己是楚琴吗？”

“那还用说？”楚琴急得顿足，“我当然是楚琴。”

“但是不能排除别的可能性。”何夕忙着分析，“谁能保证这一点呢？我今天下午跟楚琴握过一次手，当时那个楚琴肯定是真的，但她未必是你。从那之后我有一段时间没见过她，说不定楚琴今晚根本就没有来，来的只是一个……”何夕稍停了一下，声音很低但是很清晰地吐出三个字：“冒名者”。

楚琴急得要哭了：“你胡说！亏得我还给你带了晚饭来，早知道真该饿死你这个没良心的！”

“说的也是。”何夕深以为然地点点头，“你冒充楚琴来见我也的确没什么好处。好啦，我姑且相信你就是楚琴。现在该谈谈咱们俩的处境了。情况很明显，由于某种未知原因，我们两人的‘号’都丢了。如果不解决这个问题，我们肯定不会有好日子过，至于这种日子会有多坏我多少有点体会。”

“我还能回家吗？”楚琴问了个她最关心的问题。

“肯定不行。”何夕回答得很干脆，“门禁系统是最早引入身份识别器的，你只要走近家门，马上就会警声大作。这一点我最有发言权。”

“那我该怎么办？”楚琴可怜兮兮地望着何夕，两滴泪珠在眼眶里转啊转的。

楚琴的这副模样让何夕禁不住生出想要揽她入怀的想法，实际上，他真的这样做了。楚琴的头一碰到他的胸膛便立刻爆发出一阵地动山摇的号啕大哭，就像是一个受尽委屈的孩子：“我们怎么办呀？”她一边哭一边问，泪水在何夕的胸前濡湿了很大的一片。

“别这样……”何夕有些手忙脚乱，他不怎么会应付这种场面。他们以前几乎没有像眼下这样直接地交流过，在现代的身份识别模式下，人们已经很少有机会这样直接地表达情感，实际上也没必要这样做。何夕同楚琴成为恋人是出自中心计算机的匹配建议，作为身份识别系统的副产品，包括爱好以及性格等个人资料全部储存在计算机里。当一个人希望交友时，计算机将会提出合适的建议，实践证明这样做的效果远远好过一个人自己到处瞎撞，可以减少许多“恨不相逢未嫁时”的遗憾。比方说，何夕对于楚琴成为自己的未婚妻这件事情一直都是非常满意的。

何夕掏出纸巾擦拭着楚琴的脸，他感觉触手所及仿佛美玉，令他怦然心动。脑中照例是一片空洞之感，但何夕不想理会。而他的另一只手正与楚琴柔滑的小手相握，何夕心里此时只剩下奇怪——这样的小手居然会吓得自己落荒而逃。楚琴平静了一些，她泪眼婆娑地仰视着何夕，目光里充满信任。

七

“这样行不行啊？”楚琴害怕地左右四顾。在她面前并没有人，只有一辆车，有一双脚从车底伸出来。

“就快好了。”是何夕的声音，车下的人正是他，“嗯，弄妥啦。”何夕从车底钻出来，脸上很脏。

楚琴满脸狐疑地看着这辆古董汽车，“我们就坐这个？”

“不坐这个又坐什么？”何夕摊开手，“至少它上面的识别器全都不管用啦。看来是天无绝人之路，居然能在这个修车场里让咱们找到这么一辆。我已经给它加了点儿油，开始不能加多，怕出事。”

“我们去哪儿？”楚琴不安地问，她发现有一种陌生的神色在何夕脸上浮动着，这让她感到有些害怕。楚琴从没想到何夕身上还有自己不了解的东西。当她还没有见过何夕的时候，便已经通过全球数据库认识了他，当时，计算机将何夕推荐为她的朋友，他们拥有许多共同的兴趣爱好，自动匹配系统给出了95分的高分。后来与真实的何夕见了面，这不过像是计算机信息的实物化，因为这和楚琴在数据库里认识的那个何夕没有任何不同：高大，文雅，有教养，有稳定的工作和收入，还有偶尔的脸红。这些全都一样。但是现在，楚琴却发现何夕身上竟然还有一些自己不曾了解的东西，比方说他居然会——偷车？！尽管是辆值不了几个钱的破车。

“我们只能靠自己洗清冤屈。”何夕的目光紧盯着前方的路面，像是蛮有主意的样子。何夕的这副模样倒是同先前相比发生了很大的变化，也只有他知道这番变化的原因。他一直在思考不久前发生的那一幕：究竟是什么缘故会令他握着楚琴那又柔软又温暖的小手时会吓得落荒而逃？何夕觉得这真是一个越想越有趣的问题，他甚至一边想一边笑出声来。

“你笑什么？”楚琴不安地问，她不明白何夕为何一脸古怪表情，“你不该是这样的。”她小声地嘀咕。

何夕又笑了笑：“那你说我该是什么样的？”他看来很愿意谈这个话题。

楚琴想想说：“你的礼貌值是97，怪僻值只有4，不良记录为0。”

“对啊。”何夕一边开车一边点头，“你的记性不坏。对了，我记得你的智商值是109。”

“可是……”楚琴局促地说，“你居然会偷车，而且，还古怪地笑。当然，我知道这不算什么，我只是说你不该是这样的。”

何夕怔了两秒钟：“我懂你的意思了。看来这里有个问题你弄反了。”何夕认真地看了眼楚琴，“我是个什么样的人在先，计算机数据库里将我描述成什么样的人在后，我这样说没错吧？要说这中间有什么地方出了差错，那错也不在我。”

“可是，可是……”楚琴嗫嚅着不再往下说，但她眼里的疑虑却是一望便知。

何夕腾出一只手，猛地抓住楚琴的胳膊，动作近乎粗鲁。他感觉那一瞬间楚琴全身的肌肉都不由自主地颤抖了一下。“对，你的反应很正常。”何夕大声说，“不管你在心里多么愿意相信我就是何夕，不管你的情感怎么告诉你我就是何夕，但是这都控制不了你的身体发出自然的颤抖。但问题在于，你是愿意相信自己身上的识别器，还是愿意相信自己的心灵？我们是不是把一切都弄得反过来了？刚才我为什么会发笑？因为我实在不明白你的那双小手怎么会吓得我像是撞了鬼一样地逃走。我们认识很久了，知道彼此的爱好、资信程度、社会地位。不止这些，还有彼此的年龄、住址、电子邮箱、爱喝哪种牌子的咖啡、爱穿哪种品牌的服装。我们是一对恋人！《诗经》里描绘恋人的语句是‘执子之手，与子偕老’，可是，今天当我们握着对方的手时竟然会吓得惨叫……”

何夕突然止住，他已经没有力气往下说。楚琴目瞪口呆地盯着他，仿佛重新认识他一般。过了良久，楚琴幽幽开口道：“我有些明白你的意思了。是我不好，是我最先不相信你的。”

何夕稍愣，突然又大笑起来。

楚琴不解地望着何夕：“你又笑什么？我哪里又说错了？”

“不是不是。”何夕摆摆手，“我只是想起全球数据库里面说你性格很倔强，从来没有当面认错的记录。”

楚琴也禁不住笑了，她记得好像是有这么一条：“算啦，说正题吧，我们现在是往哪儿去？”

“找人问清楚这到底是怎么一回事。”何夕恨恨地说。

八

商维梓出门前照例会看看电视新闻。时间还早，他不用太急。这个周日过得真是愉快，周末的聚会让人回味。商维梓是那种能够将工作与生活彻底割裂开的人，也就是说，当他置身于朋友聚会时，能够完全忘记自己是一名行政人员，反过来也是一样。其实这也是一种长期锻炼后才具有的本领，对于像他这样常常面对繁重工作的人来说，如果不能在假日里尽情放松的话，那么人生就真的太乏味了。

近两天出了一桩与身份代码有关的事件。先是一名叫何夕的男子突然失踪，但马上就有一个人试图冒充他，却没有身份代码。当然，谁也不会去怀疑身份识别系统出了什么问题，虽然当前正在进行代码升级，但相同的操作在过去几十年中已经做过许多次了，从来都没出过差错。所以当昨天有人问到这个问题时，商维梓的反应是不屑一顾。

商维梓看看表，该动身了，还有几十千米路程。几分钟后，商维梓已经风驰电掣地朝办公地进发了。和许多人一样，他选择住在乡间，这让他能够时常欣赏到美景，即使在上班途中也不例外。乡间的道路一般很少堵车，但这次似乎是个例外，前面那辆车好像坏掉了。商维梓用力摁响喇叭，如果旁边不是靠河的话他就绕过去了。对方没有反应，商维梓只好下车去看个究竟，但他刚一下车便立刻被一只不知从哪里冒出来的拳头打倒在地，然后又像一只麻袋般被扔进了前面那辆车里。

“你们是什么人？”商维梓清醒过来后，才看到劫持自己的是一男一女，看上去并不十分剽悍，不大像是强盗，但刚才的手法却是干净利落堪称典范。

“我是何夕。”那个男人恶狠狠地回过头来，“你大概听说过我吧，这两天我的照片很上镜的。”

商维梓抚着隐隐作痛的腮帮子：“你不是失踪了吗？”他突然想起了什么，不自觉地往后瑟缩着身体，“你是——那个冒充者？”

“看来你也不怎么聪明。”何夕说，“如果没有何夕的身份代码又怎么冒充他？谁会这么笨？你为什么就不能设想一下我也许就是何夕本人，而出错的原因在你们那里，是你们的系统出了差错？”

商维梓哑然失笑：“这不可能，‘谛听’系统从来没有出过错。

像代码升级这种常规操作已经有了很多次实践经验，想出点儿错都难。你肯定是冒充者。”

何夕恨不得当场掐死这个冥顽不灵的家伙，他用尽全身力气才管住自己没有一巴掌扇过去：“去你的狗屁系统！”何夕大叫起来，“我是何夕，我是015123711207，这不需要证明，我生下来就是何夕。这事谁都知道！”

“你没有何夕的身份代码，”商维梓摇摇头，“你不是何夕。”

“你这头猪！”何夕恼怒地瞪着商维梓，“真该让你也遇到这种事情，到时你就会知道什么叫作后悔了，连这条狗都比你明事理。”何夕指着贼胖说，“亏你还是专家，你的判断力连动物都不如。你和那个什么系统都是傻瓜！”

商维梓并不恼怒，他不紧不慢地说：“你可以贬低我，但请尊重人类身份识别系统。这是值得载入人类史册的伟大成就，正是基于这个系统，我们每个人才真正成了唯一的一个，它提供给了世人无数的便捷，避免了无数的犯罪。同时也请不要拿我跟动物相比。其实动物大多具有自己的身份识别系统，只不过你们不知道而已。”

楚琴不相信地问道：“你说动物界有这样的例子？这怎么可能？”

商维梓有些倨傲地说：“大多数动物都同人一样有视觉、触觉、嗅觉，但它们常常将其中一种视为最高的依据。如果你走近一只带着小鸡崽的火鸡，它马上就会为了保护小鸡而攻击你。这时，你一定会因为它深厚的母爱而感叹。但是，我在实验中曾亲眼见到雌火鸡极其残忍地啄死了它的每一个孩子，原因很简单——我们破坏了它的听觉。雌火鸡对入侵者的判断是‘任何在自己巢穴附近活动却不能发出小火鸡叫声的物体’，这是奥地利动物学家沃尔夫冈·施莱特最先发现的。尽管那些小火鸡不仅看起来像小火鸡，动作像小火鸡，而且像小火鸡那样充满信任地跑向它们的妈妈，但却成为雌火鸡对入侵者所下严格定义的牺牲品。它为了保护它们，最终却把它们全部杀死了。”

“会有这样的事？”楚琴喃喃地说。

“这种事情在生物界其实非常普遍。”商维梓接着说，“在许多昆虫之间也会发生类似的事情。蜜蜂的触角上有一些感觉细胞对油酸很敏感，死去的蜜蜂尸体上会产生油酸，刺激蜜蜂把死尸从蜂巢中清除出去。实验者往一只活蜜蜂身上涂了一滴油酸，虽然这只蜜蜂明显活得挺精神，但还是蹬着腿挣扎着被拖出去，和死蜜蜂扔在一起。还有狼，这种动物对事物的判断总是以嗅觉为第一位。如果气味令它觉得陌生的话，它会毫不犹豫地咬断自己亲生孩儿的喉管。”

“等等！”何夕大叫着打断商维梓，“这不正好说明这些所谓的身份识别系统有问题吗？”

商维梓摇摇头：“问题在于，这是自然界亿万年进化演变的结果。火鸡也好蜜蜂也好，正是凭着这样的身份识别系统才延续到今天，如果没有这样的身份识别系统，这些物种也许早就灭绝了。就算这种系统偶尔会造成个别的悲剧，但是谁也不能否认它的合理性。如果一个物种没有一个有效的身份识别系统，那么对外将无法抵御侵害，对内则无法延续种族。这个道理你们还不明白吗？”

何夕的额上沁出了冷汗，他有种张不开嘴的感觉。可是这太荒谬了，自己是无辜的受害者，但却面临着被说服的境地。他回头看楚琴，发现她也是张口结舌目瞪口呆。

“所以，对包括人类在内的所有物种来说，有一种有效的身份识别系统是相当必要的。”商维梓不紧不慢地接着说，“现代科技的发展使得人类原有的那些相对低级的识别系统面临全面失效的危险，而‘谛听’识别系统正是在这种情况下应运而生的。其实正是因为‘谛听’系统的存在，我们的这个世界才能稳定地运行这么多年，否则早就因为秩序混乱而全面崩溃了。”

九

同所有的“谛听”二级节点一样，M206实验室具有相当大的自主权力。即使是市政府，也只能对它提出要求而不能直接下命令，在行政上，它只从属于更高一级的“谛听”节点。道理很简单，因为就连市长本人的身份也必须经由“谛听”确认后才有效，否则他立刻就会被人从办公室里赶出去。

早上八点，商维梓准时来到中心，脸上像往常一样不苟言笑。与往常不一样的是，这次他身后跟着两个衣着很奇怪的人，他们身上都罩着一层塑料薄膜。当然，由于商维梓作为严厉上司的形象给人留下的印象太深，所以没有一个人上前了解这是怎么回事。

办公室的门关上了，商维梓这才喘口气瘫坐在椅子上：“只能到这里了。”他对那两个正在脱掉塑料衣服的人说，“我早说过你们是不可能得逞的，靠那层薄膜你们最多只能够到达这里，想进入中心实验室根本不可能。”商维梓稍作停顿，目光变得有些调侃意味，“到时候会要求你们全裸通过五米长的检查走廊。”

但是商维梓没料到何夕突然笑了，这笑声令他心里发虚：“你笑什么？”商维梓有些不安地问。

何夕没有回答，而是径自开启了桌上的一台电脑。何夕偏头看着商维梓说："我估计这台电脑和本节点中心计算机是联网的吧。我知道这肯定有违规定，不过人总是想贪图方便的。"商维梓刹那间的脸红让何夕证实了自己的猜想，他有几分得意地舒了口气，"不用我再教你怎么联上中心计算机吧。"

"可这根本没有用！"商维梓大声说，"我们只是二级节点，不要说更改数据了，就连只读访问也是受到许多限制的。你们想让我更改数据库以便让你们具有合法身份，这根本是办不到的。"

"你在撒谎。"何夕打断商维梓的话，"我不相信这是真的，你肯定有办法。"但是何夕的声音渐渐变低了，几滴汗珠顺着他的额头往下淌。楚琴一言不发地愣立在一旁，看上去像是没了主张。

"我没撒谎。"商维梓苦笑道，"其实，'谛听'系统采用的是一种相当传统但却相当完善的加密算法 RSA，你们应该知道这种算法吧？"

"我只是听说过。"何夕老实地回答，"我的数学一向不大好。"

"看来我要多说几句了。"商维梓擦了擦头上的汗，"数学中的许多函数都具有某种'单向性'，这就是说，有许多运算本身很简单，但如果你想做逆运算就极其困难了。最简单的例子是除法比乘法难，而开方又比乘方难。在 RSA 算法中，首先要选择足够大的两个素数，也就是两个只能被自己和 1 整除的数，算出它们的乘积，再通过系列运算后得出两套数字，其中一套是公开密钥，另一套则是秘密密钥。用公开密钥加密的信息只有用秘密密钥才能解开，反过来也一样。每个人可以选择一个独有的公开密钥，并公之于世，而秘密密钥则只有自己知晓。当别人与你通信时则利用公开密钥将信息加密，你收信后便用秘密密钥将其解开。他人即使截取了密文也无关紧要，因为只有你自己才知道唯一能够将其解码的秘密密钥。同时，由于

RSA 算法具有的对称性，所以它还能用作数字签名，这实际上就是所谓的身份识别。在‘谛听’里正是这样做的。”

“我不太明白。”何夕插话道，“能说详细点吗？”

“我举个例吧。”商维梓理解地点点头，“比如说何夕的身份代码是 015123711207，这是我们大家都知道的。不过谁都可以宣称自己就是 015123711207，我们又该如何鉴别呢？其实只需任意选择一段信息，比方说指定‘12345’这个数，然后请对方用他的秘密密钥将这个数加密成密文。只要我用何夕所独有的公开密钥能够将密文正确地还原为‘12345’这个数字，则证明此人货真价实，否则就是一个冒牌货。这一点正是‘谛听’系统的基础，只不过为了方便起见，系统将很多操作都屏蔽在后台。比方说，何夕的公开密钥已经存放在了中心计算机里，同时，一系列的运算过程也是自动进行的，对一个人来说，完全察觉不到中间的过程。虽然从理论上讲，通过两个素数的乘积可以运用分解因数的方法求出这两个素数，但问题在于，对大素数乘积进行因数分解的计算量非常非常大，用最快的计算机也不可能在合理的时间内算出来。当前‘谛听’系统的密钥长度是 8192 位，中国人拍马屁的最高水平便是祝对方‘寿与天齐’，而现在看来，即使寿与天齐也无法攻破‘谛听’，因为就算以当今运行速度最快的计算机来破译这个密码，所需的时间也超过已知宇宙的寿命。”

何夕点点头，表示自己还跟得上。楚琴却已然是一头雾水。

“每个人的秘密密钥都被嵌套在了部分血细胞的空白基因链上，这是相当安全的。”商维梓接着说，“这些知识你们如果平时稍有留意的话应该听说过一些。当然，对于另一些个体来说会有些差异。比方说，对于机器人的身份识别也基于同样的原理，只不过密钥的载体不同而已。”

“如果有人输入了他人的血液，会不会造成混乱？”何夕插话道。

“不会。现在医院里都是使用人造血液，而即使发生你说的情况也不会出现差错。因为那时，人体内将出现带两种不同密码的血细胞，系统将自动做出正确的取舍。也就是说，在这种情况下，仍然只有人体原有的密码被作为判断依据。”商维梓的语气变得像是宣判，“我说了这么多其实只是想强调一点，那就是‘谛听’的正确性绝对不容置疑。”

十

屋子里真正地安静下来了，几乎能够听到每个人的心跳。

应该说，商维梓具有相当不错的讲解才能，在这么短的时间里让何夕这样的门外汉也懂得了不少有关“谛听”系统的知识。但是，何夕却宁愿自己一点儿都不懂才好，因为他发现自己对“谛听”的了解越多，就越是感到绝望。何夕到现在才真正理解为何商维梓会那么自信地嘲笑任何更改系统数据的企图，因为那的的确确是一种痴心妄想。

何夕的脸色白得像纸，精神看上去很虚弱，如果此时他手里有武器的话，他肯定会毫不犹豫地把所有的子弹都朝着“谛听”节点所在的方向疯狂射去。他转头凶狠地瞪着商维梓，像是在诅咒他。楚琴依旧不知所措地愣立着。商维梓有些害怕地朝椅子上靠了靠，他不知道这个正在失去控制的冒名者下一步会做些什么。这时，一个奇怪的念头从商维梓脑海中冒出来，他想，眼前这个人也许真的就是何夕本人。如果说这真是一个冒名者的话，那么他的演技就太精良了，简直是大师级的水平。但是，立刻有一个坚定的声音从商维梓脑子里传出来并且盖过了其他的一切：这个人没有何夕的密钥，他不可能是何夕。商维梓突然有些自惭，为自己片刻间的动摇——怀疑“谛听”？！还是等自己活到宇宙终结那一天再说吧。

何夕一语不发地面朝着计算机坐下，注视着屏幕上的画面。过了一会儿，何夕转过头来看着商维梓，用目光示意他来操作。商维梓无可奈何地走上前，嘴里嘀咕着：“你应该相信我，这是根本做不到的事情。”

何夕拿出口袋里的手机，电话立刻发出报警声。何夕面无表情地对商维梓说：“我不管你用什么方法，反正你必须让我能够像以前一样安静地使用这个家伙。”

商维梓再次苦笑，“我肯定办不到。除非你是015123711207本人，或者‘谛听’系统的中心计算机学会了像人一样贪赃枉法。”

“我再问一句，”何夕的声音已经有些变调，“难道那个所谓的什么系统就真的不会出现误认的情况吗？我敢保证这一次它真的弄错了。你不要啰唆了，快做该做的事！”

“这样做是没有意义的。”商维梓加上一句，然后开始操作。但这一次他并没有说实话，因为试图非法入侵的举动并不是无意义的，这样做会触发反入侵系统。只需几秒钟的时间，“谛听”系统便能测知非法入侵行为的发生地，虽然从理论上讲，这种试图闯入的行为不可能得逞，但按照法律将会受到严厉的惩罚。

四下里看不出异样，但商维梓知道反入侵程序很可能已经启动，全副武装的警察此时正在向这间办公室的四周集结，说不定此时这间屋子里的每个人已经处在几十支武器的瞄准之下。商维梓尽力让自己镇定，不露出任何让人起疑的神色。现在看来，那两个人似乎都未意识到危险已经临近，他们只是眼睛一眨不眨地盯着屏幕，目光里充满了渴望。尤其是那个何夕的冒名者，他的双手一直合十，就像是在祈祷。商维梓急速地扫视了一眼左方，透过百叶窗的缝隙，他看到有几个人影一闪而过。看来事情正如他预料的那样，胜券已经稳稳地握在了他这一边。但是商维梓突然想到一件事，他张口惊呼了一声。

“什么事？”何夕被吓了一跳。

“没什么。”商维梓镇定了些，“我刚才差点触发报警系统，不过总算绕过去了。”

其实只有商维梓自己才知道他为何发出惊呼，按照法律，对于公然危害“谛听”系统安全的行为，警察有权采取任何必要的措施，包括击毙入侵者。本来像这种最极端的措施是不大可能用上的，但是现在的情形却很难说。因为这两个人没有密码，警察将无法确定他们的人类身份，而这在“谛听”时代就意味着他们将不会被当作人来看待。商维梓无法确定室外的警察是些什么人，但他知道现在有超过半数的警察是机器人。对于人类警察来说，开枪射击一个人形的个体多少会有些犹豫——即使他没有身份，但对于机器警察来说，这根本就是用不着考虑的事情，甚至在它事后的作战日志里也不会留下曾经射击过人类的记录：在它看来，这只不过是击中了一个会动的物体而已。

商维梓想到这里时禁不住冒出了冷汗，尽管以他的知识可以判定这两个人就是冒名者，但一想到他们被打成马蜂窝后血肉模糊的模样，还是感到阵阵心悸。这时，窗帘方向突然传来一阵轻微的机械的咔嗒声，商维梓悚然一惊，他大喝道：“谁？”

“你们已经被包围了。”屋外立刻传来喊话声，听上去是一名机器警察的声音，“请立即交出武器投降。”

何夕被这突如其来的喊话声惊得蒙了，他第一个反应是拿枪指着窗户的方向。

“不要这样，快放下武器！”商维梓惊叫道。但是已经晚了，受控于“谛听”系统的严密逻辑之下的某一名机器警察手里的武器发射了。何夕手里的枪当的一声掉在地板上，巨大的震动让他的整条右手臂都麻木了。楚琴发出尖叫，不顾一切地向何夕扑过去，她要帮助他。

何夕很奇怪地竟然没有感到害怕，像所有受到攻击的人一样，他的反应是弯腰去捡枪，这只是一个本能的行为，但他根本没有意识到这个举动实际上是在自杀。商维梓想要阻止但是却来不及了，他眼睁睁地看到何夕的左手已经抓住了地上的枪，而就在这时，楚琴也正好扑在了何夕的身上。商维梓无奈地低叹一声闭上双眼，不忍目睹两个冒名者横尸当场。

他看得出，他们是一对恋人。

十一

警铃声大作。

商维梓睁开眼，他看到两位冒名者脸贴着脸紧紧拥抱在一起，他们似乎并不在乎周围发生了什么事。商维梓不知道此时他们心里是什么感受，就商维梓的经验而言，与一个没有“号”的人发生身体接触是一件相当可怕的事情。眼前的两个人都没有“号”，但却抱得那么紧，似乎要把自己的身体融入对方的身体里面去，他们看上去很亲密——亲密？商维梓愣了一下，是的，就是这个词。原来这就叫作亲密。

百叶窗帘已经掉在了地上，可以透过窗户看到屋外的情况。至少有 20 名警察守在各个角落，其中大约有一半是机器人。但是不知为何，他们都僵在了当场，震耳欲聋的警报声是他们手中的武器发出的。

“身份不符。请将武器交还主人。”

“身份不符。武器无法使用。”

“不符……”

“不符……”

商维梓有些发呆地看着这一切，他不明白出什么事情了。这时，一阵近在耳畔的警报声惊动了他，那是他的手机发出的。

“身份不符。请将电话交还主人。”

商维梓撑住额头，大颗的汗水从他的脸上滴落下来。呆若木鸡的警察面面相觑，让人发疯的警报声此起彼伏，巨大的声浪几乎要将整幢大楼淹没。

“不符……”“不符……”“不符……”

不仅是这幢大楼，包括整个街区、整座城市在内的世界都已经被这种声音淹没了。武器、工具、办公室里的桌椅，还有每个人随身携带的各种小玩意儿都不约而同地发出了警报声。惊慌失措的人流开始向大街上拥去，而原本在街上的人群却又朝建筑物里挤进来，谁都不知道发生什么事了。相识的人们本能地想走到一处，但身体刚一碰触便立刻白日撞鬼般弹开，脸上也是一副撞鬼般的神情。

你是谁？满世界都响着同一句话——你是谁？

银行账户全部失效了。一大半的人都被关在了自己的家门外（其余的人则被关在了家里）。工厂瘫痪了，商业活动也全部终止。全球每一条公路上都挤满了失灵的汽车，交通全面堵塞。亿万富翁转眼间一文不名，而负债累累的人却陡然浑身轻松。无法支付费用的急诊病人死在了医院里。一些正在服刑的犯人冲出失常的监狱大门，肆无忌惮地趁火打劫，由于武器失灵，警察对此无能为力。食物锁在了装着钛合金门的仓库里，而门外的人却饿得发昏。

你是谁？所有人都声嘶力竭地问遇见的每一个人。你到底是谁？是谁？！

世界成了一个巨大的问号。

唯一与众不同的一幕是一对亲密的恋人依然沉浸在拥抱里，他们浑然忘记了身外的一切。是的，他们没有“号”，他没有，她也没有。可这又有什么关系呢？他们的胸膛都很温暖，他们的头发散发出阵阵幽香，他们的脸庞很光洁，他们的嘴唇又湿润又柔软。她知道他是何夕，他知道她是楚琴，尽管这得不到承认，但是这并不重要，只要他们自己知道就行了。他的气息灌进她的鼻孔，她的容颜刺激着他的视网膜细胞，他们几乎同时明白了一件事情，那就是从这一刻起，他们才是真正的相识相知了，而从今往后，他们各自的心灵里将再也无法抹去对方的身影。

商维梓注视着眼前这反差强烈的一幕，一时间他的大脑不能思考，更不能判断，只剩下一片空白，这在他的专业生涯里是从未有过的事情。

你是谁？你是谁？谁？

……

这场史称“密钥之乱”的意外事件持续了三个小时，根据事后的调查，造成此次事件的原因是“谛听”系统升级中的错误。此次升级有一个与以前很不一样的地方，即除了例行的密码升级外，还应绝大多数公众的要求，增加了取缔个人原始名这项内容，由于相应的操作没有设计周详，终于酿成了这场大事故。据估计，全球当年的经济总量将因此降低百分之七，何夕与楚琴的遭遇只是整个灾难事件中小小的前奏。

不过，一切还是慢慢平静了下来。“谛听”中枢以最快的速度排除了故障，三个小时后秩序开始恢复。父母认出了自己的子女，丈夫找到了妻子，正在打官司的不共戴天的仇人也重新揪住了对方。人们争先恐后地察看自己账户金额。重新装备上武器的警察很快便收拾了那些逃犯。办公室里的同事们开始热烈地相互拥抱，庆幸灾难已经过去，同时用最夸张的语言表示对彼此的关心。

事件的相关责任人均被判以重刑，以此来保证今后不再发生类似事件。整个“谛听”系统重新进行了最严格的安全测试，任何细微的地方都没有放过，按照验收专家组的测评，改造后“谛听”系统的年事故发生概率为10^{-11}，这意味着1000亿年才可能有一次事故，这个时间已经数倍于宇宙的年龄。

世界重新归于和谐，就像什么事都没有发生过，而且看起来再也不会出什么事情了。

尾声

檀木街十号是一幢稍稍显得老式的房子。

从街道的一侧能够看到院子里一家人正在享受他们的幸福时光。一个胖嘟嘟的男孩兴奋地提着浇花的水壶疯跑着，嘴里咯咯笑着，全然不顾水淋得一身都是。好脾气的祖母宽容地看着后辈，脸上带着满足的笑容。已经上了岁数的男主人惬意地蜷在躺椅上，头上戴着耳机，眼睛盯着面前的袖珍电脑，口里念念有词，皱纹密布的眼角蕴含着笑意。一些带着货币符号的数字从屏幕上闪过，看来他是在抽空打理财产。

这时，一辆车开了过来，下来一个穿绿色制服的邮差。他四下瞅了瞅，将一沓东西放进了信箱。

男主人冲着那个疯跑的胖男孩嚷嚷："128013644103，去把报纸拿过来。"

但是胖男孩正玩儿得起劲，没有理会祖父的安排。男主人无奈地起身，朝信箱走过去。他的手轻放在编号为015123711207的信箱上，信箱门立刻自动打开了。男主人伸手进去拿出一摞报纸。这时，一封信从报纸中滑落到了地上。

男主人有些意外地捡起这封表面已经变得发黄的信件，邮戳上的日期是好些年前了，看来这是封补投的死信。地址很模糊，但仔细辨认能看出写的是檀木街十号，这应该没错，但问题出在收信人上。

"何夕……"男主人有些拗口地念叨着信封上的这个名字，花白的头发在微风中晃动着。

"何夕是谁？"他茫然地看了一眼四周，低声自语道。

七重外壳
王晋康

刺不穿的虚拟世界

1997年8月23日，小甘和姐夫乘坐中航波音747客机到达旧金山。姐夫斯托恩·吴，中文名叫吴中，自己买的是单程机票，给甘又明买的却是往返机票，因为小甘必须在七天后返回北京，去上他的大学三年级课程。

在旧金山他们没出机场，直接坐上了西方航空公司去休斯敦的麦道飞机。抵达这座航天城时已是万家灯火了。高速公路上的车灯组成流动跳荡、十分明亮的光网，城市的灯光照彻夜空，把这座新兴城市映成一个透明的巨大星团。飞机开始下降，耳朵里嗡嗡作响，那个巨大的亮星团开始分解出异彩纷呈的霓虹灯光。直到这时，甘又明才相信自己真的到了美国。

下了飞机，他们乘坐地下有轨电车来到一个停车场。吴中找到自己那辆银灰色的汽车，用遥控器打开车门。十分钟后，他们已来到高速公路上。吴中扳动一个开关后便松开方向盘，从随身皮包里取出一个小巧的办公机，开始同基地联络。

“我在为你办理进基地的手续。”他简短地说。

甘又明惊讶地看着无人驾驶的汽车在高速公路上疾驶。路上，除了对面的汽车刷刷地掠过去之外，百里路面见不到一个行人和警察。在这条机械洪流中，甘又明真正体会到为什么“汽车人”在美国的动画片中大行其道。他们的汽车离前边汽车车距太近时，甘又明免不了心中忐忑。

斯托恩·吴猜到了他的心思，从办公机上抬起头，平淡地说：“放心，它有最先进的防撞功能。”

甘问：“它是卫星导航？我见资料上介绍过，说这种自动驾驶方式是下个世纪的技术。”

姐夫微微一笑：“国内的资料常常有五至十年的滞后期。我带你去的B基地又是美国最超前的。你在那儿可以看到许多科幻性的技术，它可以说是21世纪科技社会的一个预展，比如这辆汽车，你知道它是什么动力吗？”

如果不是姐夫问，他还真没想过这个问题。他看看汽车，外形和汽油车没什么区别，车速表上的指针已超过了210英里，汽车却行驶得异常平稳。他猜道：“从外形看当然不是太阳能汽车，是高能电池的电动汽车？氢氧电池的电动汽车？高容量储氢金属的氢动力汽车？在我的印象中，这些都是公元2000年以后的未来汽车。”

斯托恩·吴摇摇头：“都不是。这辆汽车是惯性能驱动，它装备有十二个像普通汽车汽缸大小的飞轮，秒速30万转，所以储能量很大，充电一次可以行驶一千千米。飞轮悬浮在一个超导体形成的巨大磁场里，基本没有摩擦损失，使惯性能在受控状态下逐步转化为电能。这是代替汽油车的多种方案之一，但还不一定是最好的方案。”

甘又明半是哂笑地说：“也许，B基地里还有能给植物授粉的微型昆虫机器？有克隆人？有光弧粒子通信？有激光驱动的宇宙飞船？”

斯托恩·吴扭头看他一眼，平静地说：“没错，除了激光驱动的宇宙飞船还限于‘后理论’研究外，其他的都已开始小规模试用。”

这之后他就不再说话，在自己的办公机上专心致志地办公。甘又明不由得再次暗暗打量他的侧影。他的相貌平常，身体比较单薄，大脑门，犹如女性般的纤纤十指在电脑键盘上翻飞自如，时而停下，在屏幕上迅速浏览一下从基地发来的数据。

如鱼得水。甘又明脑子里老是重复这几个字，这个文弱青年在科技社会里真是如鱼得水，无怪乎姐姐是那样爱他、崇拜他。这种人正是21世纪的弄潮儿，在女性心目中，他们已代替了那些筋腱凸出的西部牛仔英雄。

七天前，三十四岁的斯托恩·吴突然飞回国内，第三天就同三十一岁的星子举行了婚礼。婚礼上，新娘满脸的幸福，新郎却像机器人一样冷静。

刚从老家返校的甘又明借着三分酒气，对姐夫说：“谢天谢地，我姐姐苦苦等了八年，你总算从电脑网络里走出来了。你知道吗？很长时间，我认为你已经非物质化了，或者只剩下一个脑袋泡在美国某个实验室的营养液中。”

斯托恩·吴平静宽厚地笑笑，同小舅子碰碰杯，一饮而尽。甘又明对他一直非常不满，甚至可以说是抱有敌意。八年来，至少是从他考进清华大学计算机系的三年来，他极少在姐姐那儿听到吴的消息，最多不过是在网上发来几句问候。甘又明曾刻薄地对姐姐说：“你的未婚夫是吴先生，还是一个ZHW@07.BX.US的网络地址？别傻了，那个人如果不是早已变心，就是变成了没有性别程序的机器人。”

姐姐总是笑笑说："他太忙，现在是美国B基地虚拟实验室的负责人。"

即使婚礼过后，甘又明仍对姐夫深怀不满。客人走后，他悻悻地对姐姐说："他为什么不接你去美国？这位上了世界名人录、名列美国二十位最杰出青年科学家的吴先生养不活你吗？姐姐，我担心他在那边有了十七八个情人，甚至已成了家。我知道你是个高智商的学者，但高智商的女人在对待爱情上常常低能。用不用我再提醒一次，那个国度既是高科技的伊甸园，又是一个世界末日般的罪恶渊薮？"

星子已听惯了弟弟的刻薄话，她笑着说："你不是说他是没有性别的机器人吗？这种机器人是不需要情人的。"

"那他为什么不接你去美国？"

"他说这儿有他的根，有他童年的根，人生的根。他说在光怪陆离的科技社会里迷失本性时，他需要回来寻找信仰的支撑点，就像古希腊神话里的英雄安泰需要地母的滋养。"她在复述这些话时，脸上洋溢着圣洁的光辉。

甘又明禁不住喊起来："姐姐呀，你真是天下最痴情最愚蠢的女人！这都是言情小说中的道白，你怎么也能当真！"他看看表，9时40分，是科技影视长廊节目时间，这个时间他是雷打不动的。他打开电视，嘟囔道："反正我把该说的都说了，到时你莫怪我。"

那晚的科技影视节目是《电脑鱼缸》——正是它促成了他的美国之行。"电脑鱼缸"是一种微型仿真系统，电脑中储存了几百种鱼类图像，你只要任意挑选几种，按下确认钮，它们就开始在屏幕上遨游。每秒48帧画面，比电影快一倍，所以看上去甚至比真鱼还逼真。不仅如此，这些鱼还会生长，会弱肉强食，会求偶决斗，会因鱼食的多寡而变肥变瘦。雌雄配对完全是随机的，一旦某对夫妻结合，它们的后代就兼具父母的基因，因而兼具父母特有的形态习性。一句话，这个鱼缸完完全全是一个鱼类社会的缩影，但只是虚拟状态。

新婚夫妇来到客厅时，甘又明正在击节称赞：“太奇妙了，太奇妙了！”每次看到类似的节目，他常有“浮一大白”的快感。这会儿他完全忘却了对姐夫的敌意，兴致勃勃地对姐夫说：“很巧妙的构思。如果把节奏加快——这对于电脑是再容易不过了——是否可以在几分钟内预演鱼类几千万年的进化？甚至还可以把主角换成人，来模拟人类社会的进化。比如说模拟第三次世界大战的进程，把所有的社会矛盾、各国军力、民族情绪、宗教冲突、各国领导人的心理素质等输进一个超级虚拟系统，推演出二三十种战争进程，我想它对军事统帅的决策一定大有裨益。”

吴中看了甘又明一眼，他发现这个清华大三学生的思路比较活跃，不免对这位小舅子产生了兴趣。他坐到甘又明的面前，简捷地说：“你说得不错，这正是虚拟技术诸多用途之一。不过这个电脑鱼缸太小儿科了，我们早已超过了它，远远超过了它。”

甘又明好奇地问：“发展到什么程度了？能否给我讲讲，如果不涉及贵国利益的话。”他有意把“贵国”两个字说得语气重些。

吴中笑笑，接过妻子递来的两杯咖啡，递给小舅子一杯，然后说：“我想你已知道，在虚拟技术中，人也可以‘进入’虚拟世界。”

“对，通过目镜和棘刺手套，人可以进入电脑鱼缸和鱼儿嬉戏。”

吴中摇摇头：“那是二十年前的老古董了。我们现在使用的是一种被称作‘外壳’（SHELL）的中介物，通过它，人可以完全真实地融入虚拟世界。我们的技术已发展到这种程度：进入虚拟系统的某人，如果没有系统外的帮助就无法辨别出所处环境的真假，正像一个密闭飞船里的乘员，若没有系统外参照物，就无法确认自己是否在运动。”

甘又明笑嘻嘻地说：“那个‘某人’是否服用了迷幻药——科克、快克、哈希什？”

吴中看看他，心平气和地说：“没有。”

甘又明大笑起来：“那你就有点儿吹牛了！我想，一个神智健全、头脑清醒的人，肯定能从虚拟环境中找出破绽来！要不，是美国人普遍智力低下？也难怪，在美国，全民性的吸毒泛滥至少已延续了一百年，难免引起智力退化。”

吴中冷冷地说：“说几句俏皮话很容易，不过献身科学的人一般都已经摒弃了这种爱好。你想试试向我的虚拟技术挑战吗？”

甘又明两眼发光，跃跃欲试地说：“这可搔到我的痒处了！我天生喜欢这样的智力体操，从小至今，乐此不疲。不过，我恐怕暂时去不了美国吧？”

吴中笑笑，对妻子说：“我给他安排一次为期七天的短期访问，不耽误他回校上课。”

甘又明很快领教了姐夫的地位和能力。三天后，吴中告别新婚妻子，匆匆返回美国时，甘又明也怀揣着一张往返机票、一份特别签证坐进了一千美元的特等舱里，享受着空姐的微笑和茶几上的新鲜水果。

一条公路沿着海滩穿行，再往前是广阔的滩涂。这儿人烟稀少，雪亮的灯光刺破夜色，展现出一个茂密安静的绿色世界。自然的蛮荒和嵌入其中的现代化建筑相映成趣。天光甫亮，他们赶到一个营地。营地占地不大，在做工粗糙的铁栅栏里面散布着十几座平房。虽然途中已经联系过，但警卫没有收到对甘又明放行的命令。吴中面色不悦，拿起内线电话，节奏很快地说了一通。甘又明的英语水平已经可以听懂他们的谈话。

吴说："我与贵国政府签订了合同，我自然会恪守它，包括其中的保密条款。实际上，只要这次我回国七天而未泄密，你就不必担心了。"从这几句话中，甘又明听出了他的傲气。

他还在电话中说："实际上这位中国青年是作为临时雇员来基地的。你知道我们一直在招募挑选那些最有天资的美国青年，让他们去寻找虚拟世界的漏洞，以求改进设计。成功者还要发给一万元的奖金。这位甘先生也是一个很合适的人选，他思维灵活，天生是个怀疑派，而且是在一个完全不同的文化背景中长大的。我们的技术只有经过不同文化背景的人士的检验，才是万无一失的。当然，甘先生没有经过例行的安全甄别，但我的话是否可以作为担保呢？"

对方显然犹豫了片刻，然后又和他交谈了几句，吴中笑道："谢谢，我记住你的这次人情。"

他把话筒递给警卫，警卫听完后殷勤地说："头儿说，对两位先生免除一切检查。我送你们过去。"

现在，在他们面前是一条巨大的圆形管道。吴中按动一个电钮，管道上一道密封门缓缓打开。他们走进一节圆筒状的车厢，车厢内相当豪华，摆着四只真皮转角沙发。吴中同仅有的两名乘客打了招呼，安顿甘又明坐下，打开酒柜门，问："喝点什么，威士忌、橙汁、咖啡？"

“橙汁吧！”

吴中倒橙汁时，车非常平稳地启动了。甘又明只是在看到橙汁水平面向后倾斜时，才察觉到车厢在加速。他从窗户向外望去，看到飞速后掠的旷野，一群海鸟在眼前掠过，随即出现在后边的窗外。但他敏锐地发现，所谓窗户只是一幅液晶屏幕上的仿真画面。他笑着用手敲敲假窗户，“也是虚拟的？”

吴中微笑着说：“你的感觉很敏锐。这种管道是全封闭的，它是饱和蒸汽管道。车厢行进时，前方蒸汽迅速凝为水滴，车厢经过后又迅速汽化，所以几乎没有空气阻力，可以达到两马赫的高速。磁悬浮和驱动，让它成为一种效率极高的运输方式，相信在下一个世纪中叶，它将在很大程度上代替火车。当然啦，因为是封闭环境，旅客容易感到压抑郁闷，所以我们搞了这些仿真窗户。”

磁悬浮车已达到最高速，正保持着这个速度无声地疾驶，窗外景物的后掠也越来越快。按方位和地图推算，这时头顶已经是浅海了。

吴中严肃地说：“还有十分钟时间。我想简单地介绍一下我们的虚拟技术，希望你不要过于轻敌。像你这样的青年志愿者我们已接待过上千人次，只有六个人挣到了奖金。此后我们堵住了所有的漏洞，再没人能挣到这笔钱了。我很希望你能成为第七个成功者，但首先你要彻底清除你的轻敌思想。”

吴中略微沉吟，又平缓地说：“你要知道，人在一个封闭系统中时很难对自身所处环境做出客观的判断。当宇宙飞船达到光速时，时间速率就会降为零，但光速飞船内的乘员感觉不到这个变化，仍然认为自己是在正常地吃饭、谈话、睡眠、衰老。再比如，我们说宇宙在膨胀，也能用光线的红移来测出膨胀速率。但这种膨胀只是天体距离的膨胀，天体本身并未膨胀。如果所有天体连同观察者本身也在同步地膨胀，我们能拿什么不变的尺度来确认宇宙的膨胀？绝无可能。”

甘又明笑道：“我信服你的理论，但进入虚拟环境中的人并未完全封闭，至少他们的思维是在虚拟系统之外形成的，自然带着它的惯性。我完全可以以这种惯性作为参照物来判断环境的真实性，就像刚才用水面的倾斜来判断车辆是否加速。”

吴中凝眸看着他，良久才笑道：“我没有看错你，你的思维确实非常敏捷，一下子抓到了关键。但请你相信，我们也不是笨蛋。我们已能把受试者的思维取出来，并即时性地反馈到虚拟环境中去。比如说，尽管我们的虚拟系统与全球信息网络相通，可以随时汲取几乎无限的信息，但它肯定不能囊括你的个人记忆：你母亲二十年前的容貌啦，你孩提时住的房舍啦，童年时的游戏啦，你对某位女同学的隐秘情愫啦，等等。但是，”他强调道，“凡是你在自己的记忆库中能提取到的东西，立即会被天衣无缝地织进虚拟环境中，所以你仍然没有一个可供辨别的基准。”

甘又明微笑不言，对自己的智力仍然充满信心。吴中也不再赘言，简捷地说：“我的话已经完了，你记着，我们将让你在虚拟世界中跳进跳出，反复进行。何时你确认自己已回到真实世界中，就向我发一个信号。如果你的判断是正确的，你就会怀揣一万美元回国。”他又加了一句，“不要轻敌，小伙子。喏，已经到站了，下车吧！”

他们在地下甬道里走了一段路，碰到的工作人员都尊敬地向吴中致意，这使甘又明又一次掂出姐夫在这儿的分量。他们来到一座空旷的大厅，四周是天蓝色的墙壁和屋顶，浑然一体，大厅中央有两把测试椅。这座大厅不算豪华，但建筑做工十分精致，每一处墙角，每一寸地板，都像象牙雕刻一样光滑严密，毫无瑕疵。

吴中拿上一个遥控器，带甘又明来到大厅中间，说："先让你对虚拟世界有一个感性认识。让你看看哪种环境呢？"他略为思考了一下，"你先看看我们的电脑鱼缸吧。"

他按动电钮，大厅中瞬间充满了清澈的海水，波光潋滟，珊瑚礁壁立千尺，有的呈伞状，有的呈蘑菇状。一只一米长的蛤蜊垂直嵌在珊瑚里，半露的身体犹如彩色的丝绒；还有彩色的螯虾、五条手臂的星鱼、漂亮的石斑鱼。突然，前边冒出一只巨大的八足章鱼，它的小眼睛阴森地盯着前边，诡秘地缓缓爬过来。甘又明本能地蜷起身子，但章鱼熟视无睹，缓缓从他的身体中穿过，消失在幽蓝的深海中。

甘又明喘口气，笑问："激光全息仿真技术？确实可以乱真。"

吴中点点头，按一下快进，眼前又立刻变成深海海底景色：火山口冒着浓烟，就像地狱中的烟囱。两米长的蠕虫在海水里轻轻摇动着，管端血红色的羽状触手缓慢地开合；熔岩上铺着一层细菌，犹如白色的地毯。一只奇形怪状的细菌蟹贪婪地一路吃过去，有时还去啃食蠕虫的肉质羽毛。这是加拉帕戈斯群岛海底依靠硫化氢为生的太古生物群。甘又明看呆了，虽然他明知这是个虚拟世界，但似乎能感觉到那深海海水的阴冷和沉重。

忽然幻觉在一刹那间消失得干干净净。甘又明一时跳不出视觉的惯性，呆愣愣地立在那儿。

吴中淡淡地说："这只是虚拟技术的开场锣鼓。下面我要为你套上所谓的外壳，使你与虚拟环境融为一体。跟我走。”

他们走进大厅旁的一间屋子。甘又明第一眼就看到一个光脑袋的女性人体模型，几个工作人员正在它周围忙着。看见他们进来，那个人体模型竟然也扭过头来——原来是一个真人！

甘又明傻望着这个脑门锃亮的裸体姑娘，自我解嘲地说：“我已经进了虚拟世界？这个一丝不挂毫无羞耻的漂亮姑娘到底是真是假？”

吴中微笑着，没有接腔。几个工作人员开始小心翼翼地为那个姑娘套上“外壳”，那是一件色泽纯白、很薄很柔的连体服。她把双腿蹬上后，工作人员小心地展平外壳，使上面的神经传感乳头与她的身体完全贴合。吴中低声解释，这些乳头将把虚拟信号传到相应的感觉神经，比如你“踩”上火炭时，脚底神经就送去烧灼感的信号。外壳已套到肩部，只有头盔还未戴上，它比较笨重，与黑色的目镜相连。

姑娘在套上头盔前微笑道：“我叫琼，琼·比斯特。很高兴做你的向导。”

甘又明疑惑地看着吴中，吴中点点头：“对，这是你在虚拟世界里的向导，心理学和逻辑学博士，会三国语言，包括汉语。需要了解什么信息尽管问她。但她是完全超脱的，绝不会帮助你做出判断。现在请你脱光衣服，剃光头发。”

一台自动理发机无声地移过来，几秒钟内就把他变成了脑门锃亮的和尚，同时把发屑也吸走了。工作人员为他穿上一件洁白的衣服。这种衣服又薄又柔，弹性极好，穿在身上几乎变成了自己的皮肤。他和琼来到大厅，面对面坐在两把椅子上。甘又明听见送话器中吴中用英语说：“虚拟系统即将启动，请你睁大眼睛寻找它的漏洞吧！

你想从哪儿开始？是海洋、太空，还是台风眼之中？我们都可以为你办到。”

甘又明稍稍想了一会儿，说：“还是从海水中开始吧，既然这一切都是由那个电脑鱼缸所引发。而且，我没有告诉你，我是北京高校百米自由泳纪录保持者。”

吴中在屏幕上笑笑：“在虚拟世界里不会游泳并不是一个问题，电脑很容易为主人公加上令人信服的校正。不过，就按你的意思办吧！现在我要按电钮了。”

甘又明在一刹那间被抛入水中。他看见自己和那位琼姑娘都穿着潜水衣，身后背着两个小小的黄色氧气瓶。他用力浮上水面，透过面罩远眺，海面十分广阔，只有后方隐约可见一线海岸。他甚至能感到海水的浮力和温暖，海浪轻轻地推揉着他，他在水中做了几个滚翻，他的前庭器官感觉纤毛依旧精确地给出重力变化的方向。他知道这些都是假象，他身上穿的是白色的SHELL（壳），而不是黑色的潜水服，他是坐在空旷的大厅里，而不是在水中。但由那件外壳传给他的视觉、听觉和触觉效果实在太逼真了，使人没办法不相信。

他取下头盔——他真的感觉到把头盔取下了，能呼吸到海面上略带咸味的空气，感觉到清凉的微风。琼从他旁边冒出来，甩着水珠。他喊道：“琼！这儿是什么地方？”他笑着有意强调，“或者说，这是模拟的什么地方？”

琼也取下了头盔，抖抖长发。她的长发如瀑布般散落，发出耀眼的金黄，这和他记忆中的光脑袋姑娘形成强烈的反差。他随口问道：

“这是你的真实形象吗？”

琼奇怪地问：“你说什么？”

“你在剃光脑袋进入虚拟世界之前，就是这个模样吗？”

琼笑笑，只回答了他的第一个问题：“我想这儿就在我们基地上方，这儿是阿查法拉亚湾附近海面，离墨西哥不远。近年来，这儿贩毒活动很猖獗。”

不远处海面上有一艘快艇，上面没有人——按照虚拟系统的逻辑，这当然是他们带来的。他忽然看见南边海面上出现了一个三角形的背鳍，划破水面迅速逼近，他惊慌地喊道：“鲨鱼！”

琼挺直身子看看，笑道：“不要慌，那是海豚。”

他们戴上面罩潜入水中，果然看到十几只海豚。它们的皮肤是鸽灰色的，十分光滑，嘴里有整齐的白牙，呼哧呼哧地喘息着，喷水孔一张一合。它们排着队向西北方向游去，很快掠过两人的身边。甘又明甚至感觉到了海豚所搅起的湍流。他兴致勃勃地追过去，扭头笑道：“琼，如果是在虚拟世界里被鲨鱼吃掉，会是什么后果？”

“你当然不会真的死去，但系统会‘死机’，只能重新进行冷启动。另外，你会真正感到鲨鱼利齿切断身体的痛苦。所以劝你不要尝试。”

在那群海豚之后，甘又明忽然又发现两只。它们的体型相当大，在飞速游动中严格保持着相对方位。当海豚靠近时，甘又明发现它们身上套着挽具，身后拖着一个流线型的容器，他大声喊：“看哪，海豚邮递员！”

琼在水下通话器中听到了他的喊声，她也看到了那对海豚，它们像是受过严格训练的军马，目不斜视，以极快的速度掠过他们的身边。琼饶有趣味地说：“我看到一些资料，说军方在着力培训海豚代替蛙人，让它们咬断敌方通信电缆，或者给深海作业的潜水员递送工具。噢，对了，听说贩毒集团也开始利用海豚和信鸽越境贩毒，这是最廉价又最难发现的方法。”

甘又明似笑非笑地看着她，他想琼这几句话一定是预定情节中的台词。他嬉笑道：“要不，咱们追过去？”

“好的。”

他们迅速爬上快艇，瞅准那片背鳍追过去。海豚的速度很快，甘又明看看速度表，已超过每小时20海里。好在海豚必须浮上水面换气，所以他们一直没拉开距离。马上就到岸边了，前边有一个狭长的海岛，海岸警备队的快艇远远向他们驶来。那两只海豚忽然昂起头——甘又明本能地感觉到它们在做一次深呼吸，然后潜入水中，倏然不见。琼急急地说：“恐怕它们不会再浮出水面了，下水追踪吧！”

两人迅即下水，听见海岸警备队快艇上有喊叫声，似乎是在命令他们待在船上听候检查，但两人都没理会。海豚的速度很快，一会儿就失去踪影了。两人在岸边的红树林中和乱石中徒劳地寻找了十几分钟，终于失望了。琼懊丧地说：“找不到了，回航吧！”

就在这时，甘又明忽然发现前边有一个狭窄的洞口。那两只海豚正一前一后从洞口钻出来，径直向大海游回去。它们身上已没有了挽具和那个流线型的物体，但他分明觉得它们就是原来那两只。从它们从容不迫的神情看，似乎已经完成了邮递任务。甘又明拉着琼游近观察，洞穴非常幽深。他问琼：“进洞看看？”

琼犹豫着，甘又明鼓动道：“不会有危险的。既然海豚都能游进去又能游出来，何况咱们还带着氧气瓶。”他笑着补充，“更何况只是虚拟世界。”

“好吧。”

两人把面罩戴上，费力地钻进洞穴。进口相当狭小，但里面越来越宽，也越来越暗，几乎成了漆黑一团。他们继续前行，大约两千米后，前边出现了暗蓝色的微光。再往前游一会儿，海水逐渐变成清澈的天蓝色，浮光摇曳，色彩斑斓的各种鱼儿在蓝光中遨游。

琼惊喜地说：“太美啦，我在这儿当向导已经五年了，一直没发现这个神奇的蓝洞。”

蓝光逐渐变淡，两人同时钻出水面，摘下面罩，好奇地打量着。这儿很像一个天井，水面离岸有几米高，头顶上方仍然是岩顶，岩洞四周卧着两三幢小房子。

忽然有人高喊：“水下有人！”随即响起凄厉的警报声，十几个人一下子冒出来，从岩边探下身，端着枪向他们瞄准。

两人知道这儿不是说理的地方，迅速戴上头盔，一个鱼跃，疾速向水下潜去。后边如开锅一样，无数子弹搅着海水。琼在通话器中气喘吁吁地说：“一定是贩毒分子！否则不会不问情由就开枪的！我们赶快返回！”

他们尽力向来路游回去。眼看快到洞口了，忽然唰拉一声，一个秘密栅栏门从洞壁上伸出来，把洞口封得严严实实。甘又明用力摇晃，粗如人臂的铁栅栏纹丝不动。琼惊惶地喊：“后边！他们追来了！”

十几个蛙人已经悄无声息地游过来，他们手中的长矛和弩箭闪闪发亮，有如鲨鱼口中的利齿。他们透过面罩阴森森地盯着两人，慢慢把包围圈缩小。

在这生死关头，甘又明忽然长笑一声，大声喊道：“暂停！吴先生，场上队员要求暂停！”

眼前的景象呼啦一下子消失了，甘又明和琼仍坐在椅子上。甘又明抬起胳膊想去掉头盔，两个工作人员急忙过来帮助他。头盔取下后，面前仍是那间空旷的大厅，两人仍穿着那件白色的外壳。他大笑着站起身：“太奇妙了，太逼真了！我虽然明知道它是假的，但却看不出一丝破绽。我能感觉到海水的波动、子弹的尖啸和死亡的恐惧。那个蓝汪汪的洞穴实在美极了，还有那两个海豚邮递员！吴先生，真难为你编出这么生动的情节。”

琼也取下了头盔，笑问：“你在哪儿看出了破绽？”

甘又明微笑道：“你不要拿我的智力开玩笑。这是个非常逼真的故事，可惜没有开头——我们是突然跌入海水中的。稍有逻辑判断力的大脑，自然能做出正确的结论。”

从控制室出来的吴中一直没有说话，笑着看他，这时才问了一句：“什么蓝洞？”

甘又明惊奇地说：“你是开玩笑吧，你构思的情节会不知道？”

吴中微微一笑：“你太小觑我的系统了。告诉你，系统的信息来源是完全真实的，也几乎是无限的。但究竟把哪点信息用于这一次的虚拟环境——比如你在海水里看到的是海豚还是噬人鲨——却是完全随机的。电脑根据这些信息随机地进行构思，所以系统内的情节绝不会重复。”他开玩笑地说，“我说过，我一直不忍心把这套技术公开，我怕它砸了所有小说家、剧作家的饭碗。”

“那么，我们在虚拟世界里游逛时，你并不知道我们的经历？”

“当然可以知道，不过我们一般懒得监视，你的进入只是千百个普通试验中的一个。”

这话使甘又明的自尊心颇受打击。他简要讲了当时的情形，吴中似乎对海豚和蓝洞的情节很感兴趣，盯着问了几个问题。然后他说：

“今天到这儿结束。让琼陪你去逛逛美国吧！你已经只剩下六天了。”

甘又明点点头，从身上慢慢剥下那件白色的外壳，穿上自己的衣服。从外壳的禁锢中解脱出来，他顿时觉得十分轻松。

尽管在电影、电视中对美国的夜生活已是耳熟能详，但只有亲身置于夜总会的环境中，才能真切地感受到那种世纪末的气氛。大厅里光线幽暗，烟雾腾腾，紫色、蓝色、血红色的光柱一波波扫过人群。高高的屋顶上垂下一架秋千，一个近乎裸体的妖艳女郎咯咯笑着，一下下荡过人群。大厅正中是一个高台，一对身穿白色紧身衣的男女疯狂地扭动着，做出种种猥亵的动作，他们的紧身衣颇似B基地里的外壳。甘又明不由得想起裸体的琼套着外壳时的情形。他扭头端详琼，她今晚的打扮也很性感，裸露的肩头和脊背十分润泽，穿着短裙，大腿修长白皙。

两人找到位置坐下，甘又明问：“喝点什么？”

“来杯威士忌。”

甘又明为自己要了三瓶矿泉水，一杯杯地往肚里灌。他解嘲地说：“早就渴坏了。”

琼呷了几口威士忌，问：“跳舞吗？我在等你邀请呢！”

甘又明说：“我去一趟洗手间。”他在挨肩擦背的人群中费力地挤过去。洗手间是男女合用的，便池各自独立，两名女子正对镜整妆。他拉开一间便池的门，忽然吃惊地后退一步，一个四十岁左右的黑人男子侧卧在便池上，眼睛像死鱼一样翻着，胳膊上的静脉血管插着一支注射器。

不用说，这是过量吸毒引起的猝死。那两名女子出门时也看到了尸体，但她们只漠然地扫了一眼，便若无其事地走了。甘又明厌恶地看着这个吸毒者，他一直生活在中国，对席卷全球的吸毒狂潮只有三个字的感受：不理解。他不理解竟然有数千万人屈服于这种诱惑，莫非末日审判的钟声已经敲响了？

他回到柜台前，向侍应生问清了报警电话，把电话打通。警察局的值班人员听了后回答："谢谢，我们将在十分钟内赶到。请问你的名字，我们在哪儿可以找到你？"

"我叫甘又明，十分钟内不会离开这家夜总会，你可以到第七号餐桌前找我。"

回到桌旁，他看见座位已空，琼正同一个陌生男子跳舞，狂热地扭动着臀部和肩部。她的眼光仍留意着这边，见甘返回，向他做了一个抱歉的手势。甘又明向她摆摆手，坐到原位。

两个中年人忽然出现在他的面前，他们身着便衣，一个身材矮胖，手背上长满金色的软毛；另一个是瘦长个子，耳朵很大。矮个子彬彬有礼地问："你是中国来的甘又明先生？"

甘又明狐疑地看着两人："两位来得太快了吧，这不像是真实世界的速度。"他有意把这"真实"二字咬得特别重，"我报案才一分钟。再说，我在电话里并没说我是从中国来的呀？"

这下轮到那两人纳闷了："你说什么报案？"

"你们不是警察？"

“我们是联邦警察，”两人出示了证件，“我们是联邦调查局派驻 B 基地的警官汤姆和戈华德。但你说什么报案？”

听了甘的解释，大耳朵的戈华德警官匆匆去洗手间处理那桩吸毒致死案。汤姆笑道：“一场误会，我们是为另一件事来的，要占用你一点时间，你不会介意吧？”

“我不会介意，但我首先要确认自己是不是在梦中。”他笑着问，“请二位向我解释一下，你们是如何在一个远离 B 基地的繁华小镇一下子就找到了我，一个刚来美国的外国人？”

“很容易。我们知道琼经常来这儿玩儿，又在停车场发现了她的汽车。”

甘又明“噢”了一声，觉得自己多疑了。他说：“那么请讲吧，什么事情我可以效劳？”

汤姆开门见山：“听说你和琼无意中发现了一条贩毒通道？”

甘又明哑然失笑：“先生，你是 B 基地常驻警官，难道对他们的虚拟技术一点儿也不了解？对，我们是发现了一条通道，还差点儿丧了命。但那只是一个虚拟的故事。”

汤姆微笑着说：“恐怕你本人还不了解虚拟技术。你是否知道，虚拟环境中所涉及的信息都是真实的，是从间谍卫星、水下拾音器、水下摄像机传输到电脑中的。海岸警备队在南部海岸线确实设了许多秘密摄像机，以便监督无孔不入的贩毒分子。所拍摄的数千英里长的胶片都经过电脑的处理，把有用的资料甄别出来，送到联邦缉毒署署长的办公桌上。但是，电脑不是万无一失的，它也有可能漏掉很重要的一段，又偶然被组织进那次的虚拟环境中去。我们尚未在浩如烟海的背景资料中查到这一部分，为了稳妥，请你帮我们复查一下。这也是吴先生的意见。”

“现在就去？”

“越快越好。”

“好吧，”他把最后半瓶矿泉水灌进肚里，“需要琼一块儿去吗？”

“当然。”

甘又明把琼从舞池中唤回来，戈华德正好也返回了。甘又明说：“我们走吧。”

琼迷惑地问：“到哪儿？”

“上车再说吧，走。”

警用快艇上已经备好了四套轻便潜水服和水下照明灯。甘又明很有把握地说：“我想我会很快找到的。当时我仔细记下了岸上的特征和水下岩石的特征。”

果然，不到一个小时，他已经在黝黑的水底找到了那个洞口，但洞口却看不见栅栏。甘又明低声说：“就是这儿，不会错的。余下的工作由你们去做吧，我可不想再被关进这个捕鼠笼子里被人捅死。”

戈华德游近洞口察看，他略带怀疑地低声问：“是这儿吗？洞口处没有安装栅栏的痕迹呀。甘先生，琼小姐，请你们再辨认一下。”

甘又明不相信自己会弄错，他和琼游过去，一眼就看到栅栏缩回的两排小圆洞。他猛然惊醒，但不等他做出反应，两名警官忽然用力把他们向洞里推去，同时按下一个按钮，铁门唰拉一声合拢了，把两人关在里面。

琼惊呼道：“上当了！他们一定和毒贩有勾结！”

两名警官在外面狞笑着："聪明的姑娘，可惜你醒悟得晚了点儿。回头看看吧！"

后边刷地射来一道强光，两人本能地捂住双眼。等眼睛稍微适应了光亮，他们看到五六个蛙人正迅速逼近，手中的水手刀和水下步枪像鲨鱼的利齿。琼失声惊叫着，甘又明迅速地把她拖到身后。

但他知道这是徒劳的。蛙人正慢慢逼近，身后是坚固的栅栏，栅栏外面是虎视眈眈的敌人。甘又明用身体把琼压在栅栏上，忽然厉声喝道："汤姆警官，临死前我有一个要求！"

汤姆戏弄地说："请讲吧，我乐意做一个仁慈的行刑者。"

甘又明忽然笑起来，油头滑脑地说："我想撒泡尿。"

汤姆愣了一下，恶狠狠地说："我佩服你死到临头还有心情幽默，动手吧！"

几支长矛正要捅过来，甘又明急忙高喊："暂停！吴哥，我要求暂停！"

两人又突然跌回现实中，他们仍坐在那两把椅子上，甘又明的双手还保持着篮球比赛的暂停动作。琼取下头盔，看着他的滑稽样子，扑哧一声笑了。

吴中从控制室走出来，微笑着问："你真是个机灵鬼，从哪儿看出了破绽？"

甘又明也取下头盔，笑嘻嘻地说："我是否可以不回答？我不想削弱自己取胜的机会。"但一分钟后他就忍不住了，笑道，"很简单，我在夜总会有意猛灌几瓶水，可是一小时后还不觉得膀胱憋胀。这可不符合常情。所以我理所当然地得出结论：那几瓶水并没有真正灌进我的肚里，也就是说，我仍是在虚拟世界里。”

吴中忍不住大笑起来，琼和几名工作人员也笑个不停。吴中忍住笑说：“你很聪明，用一泡尿戏弄了超级电脑。不过，我要给你一个忠告，实际上电脑里有尽善尽美的程序，可以根据你的进食或饮水等情况，及时发出饱胀感或憋尿感信号。这只是一次丢脸的疏忽，我再也不会让它出这样的纰漏了。现在你可以脱下外壳，让琼真的领你去看看美国社会。”

甘又明忽然想到一件事：“顺便问一句，在这次的虚拟场景中，汤姆警官说的是真实情况吗？那个蓝洞真的有可能存在吗？”

“他说得不错。我的确在十分钟前向汤姆警官通报过这件事。”吴中笑着说，“而且，这两位警官也确实是你在虚拟环境中见过的尊容。既然身边有现成的模特儿，我何必舍近求远或凭空臆造呢？”

工作人员小心地帮他们脱下外壳。这种由银丝和碳纳米管混织而成的白色连体服是世界上最昂贵的衣服，甚至超过了每件价值三千万美元的太空服。甘又明斜睨着裸体的琼，咕哝道：“我一定还没跳出虚拟世界。在真实世界里，我绝不敢这样坦然地看着一个姑娘的裸体。”

琼慢慢地穿着衣服，也一直在斜睨着他，她的脑袋泛着青光。甘又明受不了她目光的烧灼，尴尬地说：“你为什么一直盯着我？想和我比一比谁的脑袋更亮吗？”

琼含笑不语，突然说：“谢谢，甘，谢谢你。”

“为什么？”

“谢谢你在危急关头总是把我掩藏到身后。纵然只是在虚拟世界里，也能看出你的骑士风度。”稍停她又加了一句，“我希望能有机会让我给予回报。”

甘又明笑嘻嘻地说：“你上当了，那时我已经判断出我们是在虚拟环境中，乐得冒充一下好汉。”

琼摇摇头说：“你何必装得比实际上坏呢？”

甘又明有点儿尴尬，忽然笑道：“你愿意回报吗？现在就可以。”

琼误解了他的意思，吃惊地说：“现在？在这儿？”

甘又明把赤裸的左臂伸过去：“喂，咬上一口，狠狠咬上一口。这就是你的回报。”

琼迷惑地笑道：“你怎么啦？”

“老实说，我对这种虚拟世界已经心怀畏惧了。在刚才那层虚拟中，我分明感到我已经脱下了外壳，可是实际上它仍然紧紧地箍着我。现在我又把它脱下了，谁知这回是真是假？你咬我一口，看我知道疼不，用力咬！”

琼笑着，真的用力咬了一口。甘又明疼得大叫一声，低头看看，胳膊上四个深深的牙印，略有出血。

甘又明笑道：“好，好，这下子我真的脱下那层外壳了。你说对吗，琼？”

琼含笑不语。甘又明苦笑道：“我知道你只能做一个超然的向导，不会帮我做出判断。我也知道自己是自我安慰。即使这会儿外壳仍套在身上，也同样能造出这样逼真的痛觉和视觉效果。”他把琼的手臂拉过来，用手摩挲着。姑娘的皮肤光滑柔软，滑腻如酥，他感到有一种麻麻的电击感，“真希望我现在触摸到的是真正的你，而不是那种比真实还要真实的虚拟效果。”

琼被他话中蕴含的情意所感动，轻轻握住他的手。突然甘又明的目光变冷了，他紧盯着琼的臂弯，那白皙的皮肤上有两个黑色的针孔。那分明是静脉注射毒品的痕迹。他没再说话，默然穿上衣服，走出大厅。

琼自然感觉到了他突然的冷淡，走出大厅后她说："愿意逛逛夜总会吗？"

甘又明客气地说："不，谢谢。我今天累了，想早点休息。"

琼犹豫好久，抬起头说："请到我的公寓里坐一会儿，好吗？我住在基地外的一所公寓里，离这儿不远。"

甘又明犹豫着，他不忍心断然拒绝琼的邀请，他知道琼是想对他做一番解释。他迟疑地说："好吧！"

琼驾着汽车开了大约十五分钟，前边又出现了辉煌的灯火。琼放慢车速开进这个小镇。她告诉甘又明："这儿是红灯区。基地的男人们在周末常到这里寻欢作乐。"

街道很窄，勉强可容两辆车交错行驶。琼耐心地在人群中穿行。左边一个白人男子在大声吆喝着，对过往车辆做着手势。他头上的霓虹女郎慢慢地脱着最后一件衣服。琼告诉他，这里面是表演脱衣舞的地方，老板和演员都是法国人。甘又明瞥见几个年轻人聚在街角唧唧咕咕，有黑人也有白人，他们的头发大都染成火红色，蓄着爆炸式的发型。琼告诉他，这是吸毒者和毒品小贩在做生意，对这些零星的贩毒，警方是管不过来的。忽然一个人头出现在他们的车窗旁，这是一个眉清目秀的白人青年男子，但戴着耳环，嘴唇涂着淡色唇膏，对着车内一个劲儿搔首弄姿。甘又明知道这是一个同性恋者，厌恶地扭过了头。

汽车终于穿过红灯区，甘又明觉得汽车似乎又掉头开了一会儿，停在一幢整洁的公寓楼外。几个小孩儿在绿草坪上骑自行车，暮色苍茫中，听见他们在兴奋地尖叫。琼掏出磁卡打开院门，停好汽车，又用磁卡打开公寓门。

公寓很大，也很静，只洗衣房里有一个女佣在洗衣。琼把他安顿到客厅，告诉他，公寓里的客厅、洗衣房、健身房是公用的，这里住客很少，几个护士又常上夜班，所以今晚只剩下她一个人。

她端来两杯咖啡，坐在他对面的沙发上，笑问："今天我有意绕了一段路，领你去看看红灯区。有什么观感吗？"

甘又明沉吟一会儿，说道："浮光掠影地看一眼，说不上什么观感。我对美国的感情是很矛盾的：一方面，我非常敬慕美国的科技，羡慕美国人在思想上永葆青春的活力，常常觉得美国的精英社会已经提前跨入了21世纪；另一方面，我又非常厌恶美国社会中道德和人性的沦丧：吸毒、纵欲、群交、同性恋……简直是世界末日的景象。这种堕落是不是和高科技密不可分？因为科学无情地粉碎了人类对自然的敬畏，对生命的敬畏。如果美国的今天就是其他国家的明天，那就太令人灰心了！"

琼沉默了很久，冷淡地说："不必那么偏激吧？我知道中国南北朝时，士大夫就嗜好一种毒品——五石散；明清的士大夫盛行养娈童。中国人比西方人摩登得更早呢！"

甘又明冷笑道："我很为那些不争气的祖先脸红！差堪告慰的是，我们早已把这些抛弃了。美国呢，据统计，全国服用过一次以上毒品的有六千六百万人！对了，你刚才还忘了提中国清末的嗜食鸦片呢！那是满口仁义道德的西方人一手造成的，现在他们的子孙吸毒成癖，也许是冥冥中得到了报应！”

琼久久不说话，一种敌意在屋内弥漫。很久之后，琼走过来坐在甘又明旁边，握住他的手说：“请原谅，我并不想冒犯你。坦率地讲，从一见面我就很喜欢你，你的清新质朴是我不多见的。我不瞒你，我确实偶尔也服用毒品，这在美国是很普遍的事。在西班牙等国家，吸毒甚至已经合法化。不过，我知道你在以礼仪著称的国度长大，对此一定很反感。如果……我答应你从此戒掉毒品呢？”

甘又明听出她话中的情意，很感动，但他最终用玩笑来应付：“那首先要确定我自己是否仍在虚拟环境中。谁知道呢，也许你是假的，我也是假的，你身上的针孔连同这会儿说的话都是假的。怎么样，能不能在这上面偷偷帮我一点儿忙？”

琼笑了：“我不能违反自己的职业道德。”

甘又明笑着站起身，琼却没有起身，微笑道：“你可以不走的。”她补充道，“你可以睡沙发，或者我为你另开一间。”

“不，我还是走吧，我怕抵挡不住诱惑。”

两人都笑了。甘又明又说：“你不必送我，我可以叫一辆出租车。”

“不，还是我送你吧！”

两人刚打开房门，正好两个警察用力挤进来，把两人挤靠在墙上，他们出示了证件：“警察！请退回房间中去！”警察把两人逼回客厅，甘又明立即认出这正是在虚拟世界里见过的汤姆和戈华德。

汤姆冷冷地说：“琼小姐，据线人说你屋里藏了大量毒品，我们奉命搜查。”

琼和甘又明吃惊地面面相觑，琼说：“不，我从来没有藏过大宗毒品！”

汤姆用力扳过她的胳膊，厌恶地说：“那么，这些针孔是怎么回事？”他不再理会琼，径自进卧室去搜查。十分钟后，他提着两袋白色药品走出来，怒气冲冲地说：“是高纯度的快克，足有两公斤！”

琼非常震惊，瞪大眼睛盯着他手中的药品，忽然愤怒地嚷道：“这是栽赃！这两袋毒品一定是你刚放进去的！”汤姆走过来，狠狠抽了她一耳光。鲜血从她嘴角沁出来。

她又转身对甘又明说：“请你相信我，他们一定是栽赃，一定是为了那个蓝洞报复我！”

戈华德奇怪地问：“什么蓝洞？”

甘又明蓦然惊觉，他急忙问戈华德：“你不知道蓝洞吗？就是贩毒集团的秘密通道。是我们无意中发现的，吴中先生说他已通知了汤姆警官。”

戈华德警觉地回头看看汤姆，但晚了一步。后者已从腋下拔出一把旋着消音器的手枪，一声轻微的枪响，戈华德警官的额头上钻了一个洞，鲜血猛烈喷射，他沉重地倒在地上。琼惊叫一声，第二颗子弹已击中她的胸膛，立时她的T恤衫一片鲜红。甘又明猛扑过去，把她掩在身下，抬起头绝望地面对枪口。

汤姆狞笑着说：“谁知道蓝洞的秘密，谁就得死！你那位吴中也活不过今天晚上。”他把枪口抵在甘又明的嘴里。甘恐惧地盯着他，忽然口齿不清地喊：“暂停！斯托恩·吴先生，暂停！”

工作人员为两人取下头盔，两人都面色苍白，惊魂未定。琼下意识地用手按着胸部，甘又明也提心吊胆地紧盯着那儿。不过，当白色的外壳慢慢脱下后，那儿仍然白皙光滑，并没有一丝伤痕。

吴中已经站在他们身后，笑问：“小甘，你这个鬼灵精，这次又在哪儿看出了破绽？”

甘又明喘息了一会儿，才苦笑道：“不，我只是侥幸。我并没有完全确定自己是在虚拟环境中。我只是想，如果戈华德先生是一个循规蹈矩的警官，他就不会到不是自己值勤区域的地方去办案；汤姆如果想杀我们灭口，就不必拉着并非同伙的戈华德同去。不过，这段推理并不严密，很容易找到其他解释。”

琼的灵魂仍未归窍，甘又明勉强打起精神问：“琼，你是虚拟世界的向导，你怎么也会相信它呢？”

琼苦笑道：“有时我也难辨真假。”

甘又明分明觉得，他所经历的虚拟环境中的阴暗气息正逐渐渗入他的心田。他压着怒气冷嘲道：“吴先生，虚拟世界是从好莱坞请的导演吗？我看这里怎么尽是好莱坞的暴力、血腥、毒品和美女！”

吴中摇摇头：“不，我们不必请什么导演，我说过，虚拟技术很快能抢他们的饭碗。该系统的超级电脑有很强的学习能力，我们只需把近二十年来美国每年的十大畅销片输进去，它就能学会他们的导演手法，并远远超过他们。”

甘又明刻薄地说：“怪不得这些情节十分眼熟呢！”那层无影无形的SHELL似乎一直在裹着他，箍得他无法喘息，他疲倦阴郁地说，“我要休息了，想睡个好觉再干下去。我的住处在哪儿？”

“就在对面的白领人员公寓里，103号。”

“你在那儿吗？”

“对，118号，我们离得不远。琼，今天的工作就到这儿结束吧，谢谢。”

琼同甘又明告别，披上外衣走出大厅，她还要赶回自己的公寓。

晚上，甘又明在床上辗转难眠。倒不是因为下午“身历”的血腥场面，而是因为他不敢确认自己身上那件外壳是否真的已经去掉，他对姐夫的虚拟技术已有深深的畏惧，就像害怕一个摆脱不掉的幽灵。比如说，这会儿吴中没有邀请他去屋里做客，就不符合真实世界的常理，毕竟他是万里之外来的客人呀！

不过，也许这是西方世界的习俗，也许是吴先生的屋里还藏着一个情人，也许……还有别的秘密。

他一跃而起，他要去姐夫的屋里看一看才放心。尽管知道自己的决定有点神经质，他还是来到118号房前。门铃响后很久，姐夫才打开房门，问：“是你，还没有睡吗？”

姐夫穿着睡衣，脸上是冷淡的客气，分明不欢迎他进屋。他佯装糊涂，径自闯进去。没有等他的侦察工作开始，卧室中就传来嗲声嗲气的声音：“亲爱的，快进来吧！”

一个浓妆艳抹的裸体男人扭着腰肢从浴室里走出来，一只硕大的耳环在耳垂下游荡，正是在红灯区拉客的那只兔子！甘又明扭头瞪着姐夫，他十分痛心姐夫的堕落，但最使他痛心的甚至不是这件事情本身，而是姐夫那种冷静的厌烦的神情，他肯定是讨厌这位多事的小舅子。甘又明狂怒地喊道：“我知道这不是真的！暂停！”

工作人员为他取下头盔，吴中微笑着走过来，没等他开口说话，甘又明已经愤懑地喊：“我退出这个游戏！我要回家去！”

吴中和刚取下头盔的琼都吃惊地看着他，想要劝阻，但甘又明厉声喝道：“不要说了，我要回国！”

看来吴中很不乐意，他冷淡地说："这是你的最后决定吗？那好，我让秘书安排明天的机票。"

第二天，琼陪着他坐上了中国民航的波音747班机。甘又明曾冷淡地执意不让琼陪同。琼小心解释："甘先生，这是我作为向导的职责，只有在你确定自己回到了真实世界的时刻，我才能离开你。"

十八个小时的航行中，甘又明一直紧闭双眼，不吃也不喝。直到出租车把他送到北京芳古园公寓，他才睁开了眼。

他急急地敲响了姐姐的房门。姐姐惊喜地喊："小明，这么快就回来了？这一位是……"

甘又明不回答，在屋里神经质地走来走去，目光疑虑地仔细打量着屋内的摆设。琼只好向女主人做了自我介绍，两人时而用英语时而又用汉语亲切地交谈着。甘又明在博古架前停住，突兀地问："姐姐，我送的花瓶呢？"

姐姐迷惑地问："什么花瓶？"

"你们结婚那天我送的花瓶！"

"没有啊，那天你是从老家下火车直接到我这儿，只带了一些家乡的土产。"

甘又明烦躁地说："我送了，我肯定送了！"在他脑海中，对几天前的回忆似乎隔着一层薄雾。他清楚地记得自己送过一只精致的花瓶，那是件晶莹剔透的玻璃工艺品，但他又怕这只是虚拟的记忆，是逼真的虚假。

这种无能为力的感觉使他狂躁郁闷，他忽然冷笑道："姐姐，非常遗憾，那位吴先生不是什么好东西……不不，我和他没什么实际接触，这几天实际我一直是在虚拟世界里和他打交道。但仅凭虚拟环境中的阴暗情节，我也可以断定创作者的人品。”

姐姐沉默很久才委婉地说：“小明，你怎么能这样说姐夫呢，你和他一块儿相处总共不过五天。五天能了解一个人吗？再说，虚拟世界是超级电脑根据美国高科技社会的现状为蓝本构筑的，他即使是首席科学家也无能为力。”

甘又明立即胜利地喊道：“这不是你的话，是吴中的话！我仍是在虚拟世界里，暂停！”

工作人员为两人取下头盔，甘又明一直紧闭双眼，不断地重复着：“我要回国，回我的家乡。”

吴中和琼担心地交换目光后，说：“好吧，我们马上送你回国。”

破旧的大客车在碎石路上颠簸着。车里大多是皮肤粗糙的农民，他们一直好奇地盯着那位漂亮的金发白人姑娘。她身旁是一个脑袋锃光的中国小伙子，他一直闭着双眼，似乎是一个病人。姑娘小心地照护着他。

直到下了车，走进那个山脚下的小村庄时，甘又明才睁开眼，他指点着：“看，前边那株弯腰枣树下就是我家。”

琼饶有兴趣地打量着这个农家院落，大门上贴的春联已经褪色，茂盛的枣树遮蔽了半个院子。墙角堆着农具，墙上挂着苞米穗子，院里还有一口手压井。甘又明比她更仔细地端详着院子，他的目光中是病态的疑虑和狂热。

他妈妈从后院喂完猪回来，看见他们，惊喜地喊：“明娃，你咋回来啦？哟，你咋成了光瓢和尚？”她欢天喜地把两人让进屋，不眨眼地盯着那个洋妞。停了一会儿，她冲了两碗鸡蛋茶端出来，瞅空偷偷问儿子：“明娃，这个美国妞是谁？”

甘又明一直表情复杂地看着妈妈，既有亲切，更有疑虑。听见这句问话，他立即睁大眼睛，劈头盖脸地问：“你怎么知道她是美国人？谁告诉你的？”

妈妈让这质问弄蒙了，她怯生生地问：“我说错话了吗？打眼一瞅，任谁也知道她不是中国妞啊。”

甘又明不禁哑然失笑，他知道自己多疑了，他忘了妈妈的习惯：凡不是中国人，她都叫作美国人。他和解地笑道：“没错，妈，你没说错。这位姑娘的确是美国人，她叫琼。你问我们回来干什么？琼想听你讲讲我小时候的事儿，一定讲那些我自己也忘记了的事儿，好吗？”

妈妈笑嘻嘻地看着儿子，他们巴巴地从北京赶回来就是为了这事儿？不用说，这个美国妞是儿子的对象，是他的心肝儿宝贝，哼一声也是圣旨。她笑着说：“好，我就讲讲你小时候的英雄事儿，只要你不怕丢面子。姑娘能听懂中国话吗？”

“她能听懂中国话，听不懂的地方我给她翻译。”

“你八岁那年，在洄水潭差点丢了命……”

“这事我知道，讲别的，讲我不知道的。”

妈妈想了半天，嘴角透出笑意：“行，就讲一个你不知道的，我从来没告诉过你。小学六年级时，有一天你在梦中喊李苏李苏。我知道李苏是你的同班同学，模样儿很标致，对不？”

甘又明如遭雷击，他一下子想起来了。李苏是个性情爽朗的姑娘，一笑便露出一口白牙。那时他对李苏的友情中一定掺杂着特别的成分，但他把这种感情紧紧关闭在十二岁小男子汉的心灵中，从未向任何人泄露过。他一直不知道自己在梦中喊过李苏的名字，也不知道大大咧咧的妈妈竟然能把这件事记上十几年。

李苏在初二时就患白血病去世了。同学们到医院去和她告别时，她的神志还清醒，她那双深陷的大眼睛里透着深深的绝望。当时甘又明一直躲在同学们后边，隐藏着自己又红又肿的眼睛，也从此埋葬了那段称不上初恋的情感。

妈妈看见儿子表情痛楚，两滴泪珠慢慢溢出来。她想一定是自己的话勾起儿子的伤心，忙赔笑道："明娃，你咋啦？都怪妈，不该提那个可怜的姑娘。"

甘又明伏到妈妈怀里，哽声道："妈，现在我才相信你真的是妈了。"

妈妈又是好气又是好笑又是担心："你发魔怔了？我不是你妈，谁是你妈！"

甘又明没有辩解，他回头对琼说："琼，现在我可以确认了，我已经跳出了虚拟环境。"

琼笑着掏出一张支票，"祝贺你，你终于用思维的惯性证实了这一点。吴先生说，如果你能确认，让我把一万元奖金交给你。"

从这一刻起，两人都如释重负。妈妈开始做午饭，她在厨房里大声问："明娃，你能在家住几天？"

甘又明问琼："我娘问咱们能住几天，看你的意见吧！你是否愿意多住几天，领略一下异国情调？"

"当然乐意。我还在认真考虑，是否把根扎在这儿呢！"

甘又明当然听出了她的话意。自打摆脱了外壳的禁锢，他觉得心情异常轻松，几天来对琼的好感也复活了，他笑着把琼拥入怀中。妈妈端着菜盘进屋，瞅见那个美国丫头偎在儿子怀里，翘着嘴唇等着那一吻，她偷偷笑笑，赶紧退回去。

甘又明把手指插在琼金黄色的长发里，扳过她的脑袋，在她嘴唇上用力印上一吻。琼低声说："你把我的头发揪疼了。"

在这一刹那，她觉得甘的身体忽然僵硬了。他不易觉察地然而又是坚决地把怀中的姑娘慢慢推出去，他的身体又明显地套上了一层冰冷的外壳。琼奇怪地问："你怎么了？"

甘又明勉强地说："没什么。"停一会儿，他把目光转向别处，低声用英语问，"琼，请告诉我，你吸毒吗？"

琼看看他的侧影，平静地说："我不想瞒你，几年前我曾偶然服用过大麻，现在已经戒了。这在美国的青年中是很普遍的，不过我从来没有静脉注射过快克。喏，你看我的肘弯。"

她白皙的肘弯处的确没有什么针孔。甘又明仅冷漠地扫一眼，又问："斯托恩·吴……真的是一个同性恋者？请你如实告诉我。"

琼摇摇头："我不知道。我不是瞒你，我真的不知道。在B基地，除了工作上的交往，我和他没什么接触。同性恋在美国是普遍的社会现象，有公开的同性恋组织和定期的公开集会，某些州法律已经承认同性恋为合法。但华人中尤其是高层次的华人中，有此癖好的极少。吴先生大概不会吧？"

甘又明阴郁地沉默了很久，突兀地问："你的头发不是假发？在进入虚拟世界之前，在套上那件SHELL之前，我看见你剃光了头发。"

琼迟疑了很久才回答："这是一个复杂的技术问题……"

甘又明烦躁地摆摆手，不想听她说下去。他清楚地记得，光脑壳的琼是他在进入虚拟环境之前看到的，也就是说，这件事情是真实的。那么，他就不该在这会儿的真实世界里看到一个满头金发的姑娘。他苦涩地自语：“我已经剥掉了六层 SHELL，谁知道还有没有第七层？也许我得剁掉一个手指头才能证实。”

琼吃惊地喊：“你千万不要胡来！我告诉你，你真的已经跳出了虚拟世界，真的！”

甘又明冷淡地说：“对，按照电脑的逻辑规则，一个堕入情网的女向导是会这样说的。”

琼唯有苦笑。她知道两人之间刚刚萌生的爱情之芽已经夭折了。午饭后，她很客气地同甘又明的母亲告别。

甘的妈妈极力挽留了很久，但姑娘的去意很坚决，儿子冷着脸，丝毫不做挽留，似乎是一个局外人。她十分纳闷儿，不知道这一对年轻人为什么无缘无故地翻了脸。

两个小时后，琼已经坐上了到北京的特快列车，并在车站邮局向北京机场预定了第二天早上去旧金山的班机。她还给斯托恩 · 吴先生打了一个越洋电话，说甘已赢得了一万元奖金，但对甘又明在赢得奖金之后对自己态度的变化，她未置片语。

她听见吴先生在大洋彼岸语调平淡地说：“谢谢你的工作，再见。”便挂上了电话。

爱做梦的小鸟

刘维佳

重压之下“卡夫卡”走入科幻世界

古人的话通常被认为是颇有道理值得一听的，这是因为我们现在所能听到的古人的话，都已经经受住了时间的考验和筛选，其合理性已不易被动摇，普遍被认为是客观现实的真实反映。

有这么一句话：“林子大了什么样的鸟都有。”这话就有道理得很，尤其是在如今这年头。现代都市文明最主要的特征之一就是价值取向多元化，因而人们的思想、性格、行为也就顺理成章地变得千差万别，真正是什么样的人都有……

埃弗拉特就是现代都市水泥丛林中的一只毫不引人注目的小鸟。是的，不引人注目，他一直毫不起眼，确为红尘之中的碌碌之辈，绝非不凡人物。如果你与他在都市街头的人流中擦肩而过，会跟穿透空气的感觉差别不大，但这并不是说埃弗拉特是一具行尸走肉，事实上埃弗拉特在接触过他的人心中还是能留下印象的，而且这印象还不错：注意仪表，总是干干净净，衣着无可挑剔，头发从来一丝不乱油光可鉴，就像他的皮鞋一样锃亮；他总是面带微笑，文质彬彬，待人接物极为小心翼翼……更了解他的人，都明白他可不是什么伪君子，他是个真正表里如一的人：他从来不做改变世界的梦，也从不读哲学或社会学之类的书，除了幽默故事和一些格调轻松的时尚杂志之外什么书也不看，因而他的思想真的如白雪一般纯洁，实实在在是一个标准的现代都市文明制造出的“乖宝宝”。

不过，这个“乖宝宝”不是没有愿望没有理想的机器人。埃弗拉特是个很正常的人，因而有理想也有追求，只是这理想这追求既简单又标准：他渴望拥有一个漂亮温柔的妻子和一个美丽可爱的女儿，拥有一个温馨的家，一个温暖的怀抱，从此幸福安宁地打发完自己生命的剩余时光……就这么简单，这么天经地义，这么理所当然，这么无可指责，也这么可望而不可即。

埃弗拉特在一家庞大的公司里任职，其职位也还算是属于管理层，但却是在管理层的最底层。他的这个职位决定了他两头不讨好的命运，也决定了他的理想与追求是那么的可望而不可即。谁都知道风箱里的老鼠日子最难熬，而埃弗拉特的处境正是如此这般：在他下面，工人们个个如野兽般难驾驭；在他上面，各级官僚个个比太上皇还难侍候。埃弗拉特就夹在这两股力量之间，两头受气，度日如年。像他这种处境，如果哪位有受虐狂倾向的话，倒是个理想的去处；而如果是个狠角色的话，也可以待得住。可事情坏就坏在埃弗拉特心理太正常，更不是个狠人，相反，他性格温和柔弱、总想和所有人都和睦相处，这就没法不出现理想美好而现实残酷的问题了。在公司里，埃弗拉特几乎被每一个人视为异己，无法获得理解。面对工人，埃弗拉特受到敌视和孤立，但他还是得费尽心思和他们沟通，一声不吭地听他们发牢骚，然后再拐弯抹角地让他们接受公司上层的意图。饶是他万般小心，却还是经常躲不开被工人饱以老拳的苦楚。面对上司，他得一个劲地点头哈腰，不停地说“是”，甚至被骂得狗血淋头还得面带微笑……

埃弗拉特进入这家公司六年以来，他一直在过着这样的生活，但他是不适合过这种生活的，他的性格与大官僚机构的要求格格不入，是一条可怜虫。在这种硕大无朋高速运转的机器里求生存，绝非一件令人心旷神怡的事，对此埃弗拉特心知肚明。他看清了自己与环境之间的不协调，但问题是自己的这种“乖”性格无法改变。是的，改不了，他试过。他尽可能地避开与他人接触，用孤独和距离感把自己裹起来，一头扎进公司的各种没有多少创造性和价值可言的工作之中，想以勤补拙，早日脱离苦海。然而由于他寡言少语不善交际，又不会逢迎拍马，结果总升不了职。在公司所有人的眼中，他似乎只是一个幻影、一台电脑，而没有附着一点儿人性。因此，同事们对他视而不见、姑娘们更是看都不看他一眼，也就在情理之中了。

其实埃弗拉特也发现自己变得厉害。在这种奇怪生活的重压下，埃弗拉特的个性和欲望早就如流沙一般消逝了。生活将他的性格如面团般乱揉一通之后，塑成了另一副模样。他已经没有冲劲，没有激情，没有棱角，没有主见了，他也不会再发怒了。他整天都被莫可名状的恐惧包围着，早已失去了感觉，他已不觉得自己的生活有什么不正常，也不觉得自己在这现代官僚体制的牢笼中与真正身陷囹圄有什么不同。只有照镜子时，他才能感到一丝惊异：自己脸部的肌肉再也松弛不下来，平日那做作的笑容已永远地焊在了脸上。只有在这时，他才能觉出自己正在改变。

埃弗拉特虽然已没多少个性可言，但他还有个爱好，这爱好与他的工作多少有些关系。埃弗拉特从来就对毒品、烈酒和赌博没有什么兴趣，他的爱好是：武器。从小他就像大部分男孩子一样，着迷于形形色色的武器装备，他费尽心思地收集各类武器的资料、图片和模型。基于自己懦弱的性格和单薄的体质，他尤其迷恋轻武器，各种黑光闪闪面目狰狞的枪支和单兵作战武器系统令他神魂颠倒浮想联翩。关于武器的幻想占去了他童年和少年时代的大部分时间。

进入公司之后，埃弗拉特对轻武器的迷恋愈发强烈了。他说不清这与自己的工作究竟有什么关系，但能肯定确有关系。他已经不满足于只收集图片、模型了，他开始试着收集实物。几年下来，他还真收集了不少货真价实的硬家伙，既有三支猎枪、七支各种型号的手枪，还有一支感觉最棒的崭新的“卡利科”冲锋枪。埃弗拉特对这些宝贝爱不释手，没事就拆了擦，擦了拆，玩个没够。每过三四天，埃弗拉特就会带上一两支手枪到地下靶场去玩上一次。在那儿，随着一声声清脆的枪声，看着人形靶一点点地被子弹撕碎，他就能感觉到郁闷已久的心情得到了些许释放。渐渐地，埃弗拉特发现自己已无法割舍这种“运动”，他必须定时到靶场去干上一阵，方觉过瘾，不然就很难受。埃弗拉特自己也不知道这是怎么了，反正就得这么干。

埃弗拉特其实也曾想过跳槽，但他对自己有几斤几两太清楚了，知道自己在这弱肉强食的世界上可以说是毫无竞争力，有碗饭吃就是大大的幸运了，辞职后天晓得会怎么样，说不定到那时连活下去也会大成问题。赫拉克利特说过：“一个人的性格，就是他的命运。”这又是一句古人的话。所以埃弗拉特认命了，决定就这么装聋作哑浑浑噩噩地混下去，为了保住生存的权利而放弃上帝所赋予的生命应有的尊严。

然而也许是上帝不忍见自己所抛下的珍珠被不知好歹的猪所践踏，于是在他的安排下，那则篇幅不大的广告就让埃弗拉特看到了，从而使他的生活发生了重大的改变。

广告上是这么说的：本公司研制生产的最新产品“造梦机”具

有人机沟通功能，可以探知使用者深藏于其潜意识之中的深层愿望，并反馈于机上主电脑，这样就可让使用者主观控制住梦境的内容。如果拥有一台本公司的“造梦机”，您就能实现自己内心最深层的愿望，拥有现实生活中不曾拥有的东西，做到现实生活中做不到的事情。您可以在梦乡中与倾慕已久的人相爱，去向往已久的仙境神游，可以成为独行天下的侠士，可以成为纵横捭阖的将军，甚至做做皇帝也毫无问题……总之，在本公司最新产品所营造的美妙梦境之中，您将可以做出您内心最深处最想做的事情……

这则广告令埃弗拉特足足有五分钟没眨一下眼皮。下班后，他立刻前往银行，尽管广告上标明的价格相当不菲，但埃弗拉特还是毫不犹豫地从自己账户中那本来就不多的储蓄里划出了足够的钱，寄给了生产“造梦机”的那家公司。事后他才为自己在决断时所表现出的前所未有的果敢而感到惊异。

两个星期后，一个很大的邮包送到了埃弗拉特的家中。

“究竟有没有说的那般奇妙呢？”埃弗拉特一边将各色各样的电极和传感装置按说明贴在头上和手臂上，一边自言自语着。

一切准备就绪之后，埃弗拉特在床上躺下，照说明书上说的那样：什么也不想，全身放松，睡着了……

“这就是梦境？”埃弗拉特望着四周五光十色的招牌广告和夜色中明亮的街道以及行色匆匆的人流，疑惑地说，“这不就是普通的城市夜景嘛！”埃弗拉特信步四处走着，漫无目的地看着这个世界。“我内心深处最想做的事是什么呢？”他边走边寻思。

在一家酒吧门口，埃弗拉特不知为何停住了脚步。他突然感到很口渴，嘴里又干又涩，有一股沙漠的味道，实在难受。想干什么就干什么，这是说明书上说的。埃弗拉特深吸了一口气，鼓起勇气走进了以前从未进过的酒吧间。

酒的味道出乎意料的好，两杯血般鲜红的液体下肚，埃弗拉特只觉得一股灼热的活力注入了自己体内，他有些飘飘然了，想笑的感觉油然而生。他不明白以前自己为什么不喝这种美妙的东西。

埃弗拉特于飘然间扫视在不停晃动令人眼花缭乱的斑斓色块照射下扭动不止的人群。他发觉所有的人此时似乎都发生了某种难以言状的变化，不再与以往相同。他笑了，体内的欣快感如水面的油迹一般飞速扩散。

蓦地，透过人群，埃弗拉特看见了一位明显与众不同的姑娘，她正微笑着盯着埃弗拉特看呢！那女孩当然是出众的漂亮，但最令埃弗拉特吃惊的是她像极了四年前自己追求过的公司里的那个电脑打字员。这一发现令埃弗拉特的心如同被石块击中一般颤抖不止。当年埃弗拉特曾为那个打字员神魂颠倒，而那姑娘似乎对他也有好感。埃弗拉特还记得他与那女孩子目光偶然相对时她那慌乱的眼神中隐藏的喜悦，他与她同乘一间电梯时自己狂乱的心跳……那种感觉，埃弗拉特永生难忘。然而就在双方之间的距离逐步拉近之时，一位部门经理横插了进来。埃弗拉特默默地后退了，他眼睁睁地看着心上人成了人家的太太……这事埃弗拉特一想起来就感到一阵悲哀，但此时，他没有感到悲哀，只感到一阵愤怒和一种克制不住的冲动猛然腾起。他起身向那女孩走过去。

“小姐，我可以请你跳支舞吗？”连埃弗拉特自己也吃惊于自己话语的流利。

那女孩没有回答，只歪着头笑眯眯地看着埃弗拉特，也不知她在笑些什么？

埃弗拉特突然感到右肩被人猛拍了一下，他急转过身，正看见一张阔脸横眉怒目地悬在自己面前。一个大汉一边卖弄着自己的一身肌肉，一边向他逼近。

“你刚才对我女朋友说什么？”那大汉的语调充满了火药味。

埃弗拉特只觉得喉头发颤说不出话来，熟悉的恐惧感塞满了他的内心，他的手控制不住地抖动起来。但他居然还有多余的思维空间觉出对方极像公司运输队里那个天天与自己作对的粗野司机。

“胆子不小啊，敢动我的女朋友！”话音刚落，一记重拳就击中了埃弗拉特的小腹，埃弗拉特捂着肚子瘫倒在了地板上。“你小子也不支起狗耳朵打听打听我是谁……伙计，记住今天的教训和这一拳，还有这一脚！”那大汉又是一脚踢来。

埃弗拉特疼得龇牙咧嘴。他努力抬起头用求助的眼神四处看着，只见自己头顶聚了一圈人。“噢，噢，打呀，打呀，兄弟，别手软呀，不见血哪成……”人群发出一阵阵莫名其妙的邪性的起哄声。

那大汉走上前，蹲下来，伸手去翻埃弗拉特的口袋。找出钱包之后，他站起身来，又狠狠踹了埃弗拉特一脚，才转身离去。

埃弗拉特的全身抖得厉害，他觉得自己简直要疯了。此刻他的心中终于喷发出了几乎他出娘胎以来就一直没有体验过的熊熊怒火，这怒火夹杂着刻骨的仇恨向全身弥漫着，宛如流动的岩浆，所过之处改变一切。他的手越抖越狠，终于握成了拳头。

埃弗拉特突然感到手中多了一件什么东西，扭头一看，只见自己手中不知怎么竟多了一支冲锋枪！埃弗拉特马上将枪移到了自己眼前，不错，手中的家伙正是自己那支视若生命的“卡利科”。埃弗拉特对它的性能了如指掌，他熟悉这支枪的每个部位给予他的触觉的感觉。埃弗拉特看着它，泛着黑光的枪身令埃弗拉特的血液温度一下子升高了好几倍，他感到有一种什么东西正悄然爬进自己的手指，接着顺着手臂爬进了心里。一时间埃弗拉特觉得手指控制不住地痉挛起来。

想做什么就做什么，一个声音轻轻地对埃弗拉特说。这声音轻柔和缓犹如仙乐，令人无法自已，而它所负载的信息更犹如魔咒，使人心血狂涌。埃弗拉特抖得更厉害了。

好！片刻之后，埃弗拉特把牙猛一咬。这不过是在梦境中罢了，随着这个念头，埃弗拉特猛地举起冲锋枪，对准了那大汉的背影。

“去死吧，混蛋！”与这一声吼叫同时响起的是一连串的嗒嗒声。埃弗拉特觉得这枪声听上去宛如一只不知疲倦的啄木鸟在啄木，这与往日的体验完全一样。

在酒吧间的灯光下，埃弗拉特看见那大汉的背上爆出了一个又一个的血洞，他那猩猩似的庞大身躯在子弹的撞击下猛地向前一冲，撞翻了一张酒桌。

埃弗拉特松开手指，枪声停了，可怕的沉寂笼罩住了整个酒吧间，埃弗拉特只听见自己沉重的呼吸声。此刻埃弗拉特感到了前所未有的畅快，其感觉犹如刚走出铁笼的困兽，畅快得头晕目眩，但这畅快感并不足以消解他心中的怒火。埃弗拉特站起身来，缓缓扭头扫视着四周。周围刚才还幸灾乐祸的人群，此刻全大张着嘴僵在原地不动了，那模样简直难看至极。埃弗拉特越看越气，胸中一股怒气勃发，终于又大声吼道：“见上帝去吧，你们这些卑鄙的小人！”

随着哒哒哒的枪声，人群像炸了窝的老鼠一般四散逃窜。“卡利科”喷着火舌四下横扫，埃弗拉特兴奋得大声尖叫。一时间整个酒吧间碟飞碗碎、人仰马翻，哭喊声、惨叫声、枪声混合着埃弗拉特的狂笑声，响作一片。埃弗拉特不停地扫射着，将一切完好的东西全打烂了。他手中的“卡利科”喷出的子弹是没完没了的，因而他得以尽情地喷吐他心中的仇恨与怒火。埃弗拉特不停地打呀，射呀，笑呀，喊呀……

埃弗拉特醒来时，天已经亮了。他取下头上臂上那些拉拉杂杂的玩意儿，呆坐在床上，慢慢理顺了思维。他现在感到了前所未有的轻松。这玩意真是太妙了，不能再有比它更完美更合适的东西了，他望着旁边的那台床头柜似的“造梦机”自语着。这东西似乎完全就是为他而设计的，他现在深信，以前自己的生活就是因为缺少了它才沉闷无比的，以前全都是错误……好啦，现在我要开始真正的生活了。埃弗拉特跳下床，拉开房门走到阳台上，他现在很想看一看真实的世界。

站在阳台上，埃弗拉特觉得今天的太阳简直如同红宝石一般可爱，而在它照耀下的城市显得金光闪闪，可爱极了。只见黄金般的光辉披罩在如林的雄伟的摩天大厦上，各种风格的建筑物在瑰丽云层的映衬下极似他童年时所看的科幻片中的宇宙都市风光，令他大发怀旧之幽情。童年时，那些壮丽的宇宙都市激发了他多少的幻想啊！曾几何时，它们抛下他远去了，现在，它们又回来了！世界竟是如此的美丽，简直跟仙境一样。

这才是真实的世界……埃弗拉特自语道，深深地吸了一口气，清新的空气涌进他的肺叶里，使他快活得几乎要飘起来了，他真想使劲地大喊。此时他感到一股活力在自己体内迸射激荡，他的世界观在这一刹那完全改变了。

埃弗拉特满怀信心地开始了新的生活。

他准时来到了公司，兴致勃勃地向同事们问好，把所有人弄得目瞪口呆，然后他劲头十足地投入了工作。这一天，他的工作效率起码提高了一倍，使他的顶头上司惊疑不已。

当天晚上，埃弗拉特在梦境中用一柄大扳手把那个经常讹他车钱的计程车司机打了个满脸开花。

第三天，他用自己那支心爱的格洛克自动手枪将两个劫过他钱的强盗打得血肉横飞。

第四天……

第五天……

……

渐渐地，埃弗拉特将梦境当作了自己生活中不可或缺的一部分，第一天曾有过的“这不过是在梦中罢了”的念头已彻底从他脑中消失了。他每晚都无比投入地沉浸在梦境之中，在其中尽情地发泄着自己的不满、怨恨和委屈，尽情地打击在生活中给自己施过压的人。这收到了极为显著的效果，埃弗拉特的心理承受能力明显增强了，工人们的粗俗玩笑他已能接受，还能思维敏捷地跟着诌几句。不多久工人们和他的关系明显缓和了，伸手不打笑脸人嘛，埃弗拉特的热情劲儿让工人们对他多了好感，他们在心理上对埃弗拉特产生了认同感，而埃弗拉特工作效率的提高也大大减少了上级向他发火的频率。许多同事还满面笑容地和他打招呼，这一切都让埃弗拉特感受到了做人的尊严和生活的乐趣。他激动不已，他感到上帝赐予自己的珍珠终于开始发光了。

当然，生活肯定不会一帆风顺，挫折与不快是生活的重要内容，但这一点现在已不重要了。不论白天有多糟，埃弗拉特都能承受下来，到了夜里，他就会在梦境中站在大街上对看着不顺眼的人给上一枪，见一个给一枪，很快就将现实世界施与他的压力给发泄得一干二净。

使用了三个多月，埃弗拉特越来越觉得“造梦机”这个东西实在妙不可言。他按捺不住地坐下来给生产“造梦机”的公司写了一封信，对“造梦机”大加赞赏。他在信中称“造梦机”实乃现代都市人调节心理平衡的绝好工具，是具有快刀斩乱麻之奇效的“精神按摩器”，有了它，人们就可以极为有效地补偿在如今日益沉重的现实生活中因遭到压抑而造成的心理失衡。由于在梦境之中人们可以为所欲为，所以每个人的本性就都不会再受到压制，因而也就不会再出现那些五花八门的心理疾病了。十九世纪著名作家史蒂文森曾在他的名著《杰基尔博士和海德先生奇案》中提出过“双重人格”的概念，他指出人性中的善与恶是同步增长的，一个人心中的善有多大，他内心中潜藏的恶就有多大，因此必须给善恶都找到合适的能量放释形式，心理才不会失衡。善自然好说，恶可怎么办？自古以来人们为此焦头烂额，但却没找到真正有效的方法，世界一直以不完美的形态存在。现在可好了，“造梦机”的出现终于给恶找到了理想的能量放释场所，每个人从此都可以将自己的不满、压抑以及仇恨、嫉妒、邪恶等人性之中恶的品性，在“造梦机”所营造的虚无缥缈的梦境中以自己喜爱的方式尽情发泄出来；而现实生活中从此将只余下善，自古以来人与人之间的那些令无数圣贤头疼不已的矛盾冲突将从此得到彻底解决，人与人、人与社会的关系从此将变得和谐无比，令人厌恶的“内耗”现象将成为历史名词，看来人人和睦相处的“天下大同”的时代就将到来，世界将归于完美，贵公司实在是功德无量……云云。

此后埃弗拉特愈发迷恋“造梦机”了，他觉得自己已彻底离不开它了，就像一个老烟民不可能离开香烟一样。他觉得自己在“造梦机”的帮助下终于可以从容地将自己一分为二，一半放在现实的白天，一半放在虚幻的黑夜。现实与梦境的相互补偿作用使他终于可以不再受困于现实生活中的压力了，适应环境不再艰难了。多么奇妙啊，就这么一分，一切痛苦不再属于自己了……在现实生活中，埃弗拉特简直如同一位功力深厚的太极高手，稳接八面来风，将各方面的压力悄没声息地化于无形。现在公司里上上下下都对埃弗拉特时时刻刻挂在脸上的梦游症患者似的笑容产生了好感，每个人都不再疏远他。而埃弗拉特也变得相当灵活，他越来越乐于助人，非常热心地尽力帮助别人解决生活和工作中的各种麻烦，成了公司里出了名的热心人。现在同事们都惊讶于埃弗拉特那似乎永不消减的热情。

然而热情并不能保证永远不犯错误，有时，热心反而会帮倒忙。

这一天下班时，埃弗拉特路过公司软件开发部，正看见该部的几个人在你推我让的。原来，这时候他们还有好些文件需要处理、拷贝，但谁也不肯加班，都是一帮“懒虫”。埃弗拉特非常热心地主动接下了这项工作，他完全没有别的什么意思，只是想帮帮别人，以便搞好关系而已。

但埃弗拉特实在不是一个摆弄电脑的高手，他忙得满头大汗，足足折腾了三个小时，方才干完了那堆工作，忍着饥饿拖着疲惫的身躯回到了家中。

第二天下午，正当埃弗拉特在堆积如山的文牍中忙得不可开交时，总经理秘书的一个电话，将他拽到总经理办公室去了。

原来，昨天晚上他处理拷贝软件时，不知怎么稀里糊涂地将硬盘里的一套软件部费了好大劲才设计出的商业软件给折腾得无影无踪了，结果把软件部的一干人心疼得几乎死过去，总经理更是大动肝火，亲自来过问此事了。

埃弗拉特自从得到“造梦机”以来，头一次感到心脏缩紧，久违了的恐惧又一次攫住了他的内心，不过他的脸上还是本能地挂着那梦游症患者似的笑容。

埃弗拉特的笑脸对总经理的怒火没有起到一点儿缓和作用，总经理高声呵斥着，拍起桌子喝骂着。四周软件开发部的人围了一圈，时不时发出一两声嗤笑。

埃弗拉特像根木头似的站着不动，低着头承受着总经理嘴里喷出来的子弹般的骂声。

总经理越骂越起劲，越骂越兴起，一点儿不嫌累，真不知他是从哪儿来的这么一股子劲头。也许正巧他今天不顺心；也许埃弗拉特今天犯的错实在太大了点；也许总经理许久没找到理由训斥埃弗拉特了，早已技痒难熬；也许三者兼而有之……反正总经理的“骂兴”越来越浓，埃弗拉特近来越来越出名的好脾气也助长了总经理的骂兴。总经理今天可过足了一把训人的瘾，但他丝毫也没注意到埃弗拉特脸上笑容早已消失，脸色胀成了猪肝一般，手指还在微微抽动。

“想干什么就干什么。”

听到埃弗拉特的这一声嘟哝，总经理一愣。他对正在挨训的手下突然发出一句自语的情况实在是有点儿不适应，而他对于这句话的意思也不清楚，所以一时竟愣住了。

“去死吧，混蛋！”

随着这一声大吼，总经理的双眼“倏”地瞪圆了，他无比惊恐地看见埃弗拉特熟练地撩起风衣的衣襟，从腰间抽出一支锃亮的手枪来！

接着就是一声清脆的爆响。

总经理的胸前喷出一股血泉。

又是两枪打来。总经理肥胖的身躯在子弹的撞击下向后一仰，从他那考究的真皮扶手椅上翻了过去，滚落到地上。

可怕的沉寂笼罩住了整个办公室，能听到的只有埃弗拉特那沉重的呼吸声。周围刚才还幸灾乐祸的人群此刻全大张着嘴僵在原地不动，那模样简直难看极了。埃弗拉特缓缓扭头扫视着四周，他越看越来气，终于又大声吼了起来："见上帝去吧，你们这些卑鄙的小人！"

随着重新响起的枪声，人群像炸了窝的老鼠一般四散逃窜。埃弗拉特一边开枪，一边用左手从腰间又抽出一支手枪来。两支手枪喷着火舌四下横扫，埃弗拉特兴奋得大声尖叫。一时间，哭喊声、惨叫声、枪声，混合着埃弗拉特的狂笑声，响作一片……

在随后的一刻钟里，埃弗拉特杀气腾腾地提着枪满大楼乱走，遇谁打谁，一边打还一边睁着血红的双眼嘟哝着"想干什么就干什么"这一句话。他一直没察觉出来自"造梦机"出现在他的生活后，他的忍耐力实际已大不如从前了。他本来以为在"造梦机"的帮助下自己已轻轻松松地完成了人格的彻底分裂，可到现在他才发现他那该死的人格根本就还没有分裂，所谓的分裂只不过是虚幻的感觉而已。今天，总经理那没完没了的恶毒滥骂，终于把这个"乖宝宝"的那平日只在梦境之中才会裸露出来的本性给撩拨得彻底大爆发了。

公司总部大楼的人全被埃弗拉特吓得魂飞魄散。聪明一点儿的呢，挨上一枪后不管伤势如何绝不再动；智商低一点儿的呢，还满地乱滚，结果引得埃弗拉特又送来几颗子弹……枪声沉闷地响着，间或换一下弹夹。那场面惨绝人寰，令人作呕……

当尖厉的警笛声传到埃弗拉特的耳中之后，他像被按了开关似的不动了。十几秒钟之后，他慢慢转身走进了电梯间，来到大楼天台上。

埃弗拉特站在天台的护墙上，风猛烈地拂动他的衣服。大街上，一长串警车恶煞般驶来。埃弗拉特怔怔地望着它们，突然鼓足力气大声吼道："你们来干什么？他们不过是些不知道痛苦的梦中幻影罢了！"话音刚落，埃弗拉特无比吃惊地发现自己原来竟能发出这么巨大的吼声。

沉默了片刻，埃弗拉特慢慢抬起了握着枪的右手："这一切只是个梦而已，这一切只是个梦而已……"他喃喃念叨着。埃弗拉特将枪顶在了自己的太阳穴上，扣动了扳机。

大街上的人们只听见一声微弱的脆响，然后就看见一个人像只在林子上空被猎枪击中了的鸟儿一样栽了下来。他连续翻滚了好多圈才落到地上，发出了沉重而巨大的闷响。

埃弗拉特，这个一生潦倒的可怜小职员，这只现代都市森林里的爱做梦的小鸟，就这样结束了他现实与梦境中所有的美梦与噩梦。

刘维佳

售梦者

一些事你不要太当真

一

长空寥廓，一片朗然。我抬头认真看了看，没有一片云彩，六月的阳光毫不费力地洒满大地。沐浴在阳光之下，这座庞大的自然公园显得生气勃勃。

现在我的视野之内除了蓝天，便是宽阔得令人感到寂寞的绿色草坪，远处的树林浓密得给人以深不可测之感。这座公园大得惊人，我估计若要绕着它走上一圈，非从日出走到日落不可。虽然如此之大，但却从未显出失控的迹象。这公园名为自然其实并不自然，在这儿，自然的力量被恰到好处地控制在不致对人造成伤害的程度之内，绝不会滋生毒虫猛兽，断不会让过于茂盛的茅草扎伤人的皮肉——人的力量早已将自然界驯服了。

我深深吸了一口气，肺叶扩张的快感令我惬意地闭上了双眼，我感到浓郁的草香正在渗入血液，沁人心脾。

我吝啬地轻轻呼出肺叶里的空气，将后背顶在长椅的靠背上，使劲儿伸了个懒腰。真舒服，我感到全身每一个细胞都浸泡在了松弛舒畅的感觉之中。很多天以前，我就渴望到这里来享受一下松弛和安宁，但直到今天才得遂心愿。真是不容易。

我将手伸进身边的食品袋里，里面的爆米花已经不多了。我抓出一把撒在草坪上，七八只雪白的鸽子伞兵一般降落在地，开始啄食起来。我又抓了一把给自己。爆米花我从小爱吃，现在一吃它就想起小时候的事，那时候可真是无忧无虑啊……

然而那些日子已经一去不回头了，自从我步入坚硬的都市，柔软的过去就离我远去了，只留给我一些记忆的碎片。我抬头望了望天空中的太阳，心头一阵怅然。盛宴终有散时，纵然松弛、安宁还有回忆是那么令人留恋，太阳落山之时我还是必须离开它们，回到我所居住的那座宛如巨大蚁冢般的都市中去，回去生存……

可是我打心眼儿里不想回去。一旦踏上那坚硬的水泥地面，我就感到双肩滞重，似乎那儿的空气都沉重异常，沉重的压力无时不在、无处不在，令我举步维艰……只需稍稍想象一下，就会明白，在将近四千万人猬集一起的巨型都市里，谋生是件多么不易的事。都市化是历史潮流，生产力的不断进化最终淘汰掉了乡村，而太空资源的大规模开发也挤垮了本土传统工业，人们纷纷拥入大型都市中寻找机会谋求发展，结果小城市和乡村几乎绝迹，大都市却越来越大，人口上亿的超级大都市已然出现。这么多人拥挤在一起，生存的压力之大可想而知。

尤其麻烦的是，如今这时代，创造财富的任务实际已被机器所包揽。在日新月异的智能机械的冲击下，人类从各个行业节节败退，业主们若不是慑于法律之威，只怕连一个人也不肯雇用。大多数人可以说已经被排除在了经济结构之外。可是，上帝说过，每个人都得劳动才能活下去。上帝说得当然没错，每个人都在拼命努力。如今的行当真是五花八门无奇不有，只要有需要，就会有人发明出满足这需要的工作，几乎什么都可以用来交易……就拿我来说吧，我以出售我的梦来求得在都市中的生存。

每年我都必须售出七八个梦，才能保证衣食无虑。上帝保佑，自从我20岁时干上这一行，每年“收成”都还过得去，最好的那一年，我曾售出了21个梦。那是在我23岁那一年。那年我体内激情充溢，总觉得未来之路的前方，希望之光在清晰无比地闪烁，因而做的梦也饱含激情、美妙动人，自然卖得很顺畅。不过当时我还未悟出“激情是不可靠”的这一真理，只以为自己是天才，将来事业会更顺利，因而很是大手大脚了一阵子。等我认识到这不过是一种错觉后，钱已所剩不多……好在后来我终于掌握了做出合乎要求的梦的诸般诀窍，谙熟了这一行当的规律门道，可以不再依靠激情来做梦了。毕竟现在我已是而立之人，已明白要活下去，只有不断学习、掌握、控制、利用……

装爆米花的袋子见了底，我端起放在身边的纸杯，仰头喝光了杯中剩余的碳酸饮料。该回去了，都市生活固然艰辛，但除此我也没有什么别的选择，倘若对此不满，似乎只能从都市里那些遍地皆是的碑林般的摩天大楼上跳下去。回去吧，那儿才是我唯一现实的生存之地，我早已学会适可而止、收放自如，轻易不会为留恋之情付出什么了。

我站起身将食品袋口朝下抖了几下，将幸存的几粒爆米花和碎屑尽数留给鸽子们，然后把空纸杯放入空食品袋，揉成一团扔进垃圾箱。再一次深呼吸，我回首四顾，打算最后再让自己的视觉神经享受一下。

然而我的目光就此被攥住。

二

我将刚买来的果汁汽水放到人造大理石桌面上，然后坐到石椅上。桌上，两只纸杯沉默地彼此面对，而它们的主人也彼此沉默地面对。

我注视着对面的女子。这女子气质不俗，二十五六的岁数，黑色长发披肩，身上穿着一件整齐得棱角分明的海蓝色西服套装，颈上戴着一条细细的银色项链，侧头望着远方，眼神若有所思，似乎心事重重。通常人的侧面像是最美的，可以掩饰脸型的缺陷，而她又很有眼光地选用了一对淡雅的单穗式菱形人造水晶耳环，所以很快就令我对自己心跳的频率失去了把握。心脏无规律的悸动令我高兴，心灵的这种跃动之感一直是我可遇而不可求的，这种感觉非常宝贵，我得好好利用它……我瞥了一眼她的双手，十指纤纤，没戴戒指。

对面的女子终于不能对我的注视置之不理了。她转过头，迎住我的视线，回望着我。

我们就这么相互注视着。

“看见了什么，你？”她突然开口问道，声音轻柔好听。

“孤独。”我说。然后我反问：“你又看见了什么？”

“不怀好意。”她说。

我嘴角一缩，笑了一下。她的正面也很好看。“不怀好意的人也会孤独。”我说，“能和我聊一会儿吗？”我向她发出请求。

“想聊天？上网去吧！”她说。

“那么给我你的网址吧！”我望着她的双眼笑着说。

她无可奈何地叹了口气：“好吧……你想聊点什么？”

“不知道……”我说的是实话，“我一直想和什么人面对面地聊上一聊，可我总不知道该聊些什么，我也不明白这是怎么了，或许，我过于孤单了一点儿吧！”我叹息一声，垂下双眼，盯着桌面上云雾一般的纹路。

“你这孩子，病得可不轻呢！”她的话轻轻飘入我耳中。

我抬起眼皮：“你愿意给我治病吗？”

“这方法好像不怎么高明呀！”她笑着摇了摇头说。

“很抱歉，我就只会这一套。”我也笑着说，“你愿意替我……治病吗？”我再次发问。

“乐意效劳。”她说，然后她又不出我所料地说，“但是今天不行，我没时间了，我得回去了。”说完她站起身来。我觉得空气都因她优雅的身姿而为之一颤。

“那么，改天行吗？”我伸手向她递过去一张名片，“帮帮我吧，我需要你……的帮助。”我的手和名片凝固在空气之中，我的眼神充满真诚的渴求。我希望这是我最为真诚的眼神……希望如此。

她犹豫了一下，还是伸手接过了我的名片，看也不看就顺手扔进手提包里，就仿佛那名片是她自己的一样。

她的背影亦十分动人。我的目光随她而动，不愿移离。等她消失之后，我就对自己说：行了，你也该回去了。

三

现在是夜晚。我总觉得夜晚的城市笼罩在一种冰冷璀璨的光芒之下，但我一直无法将这都市想象成一颗闪烁在无边的黑色绸缎上的硕大宝石，轻松的郊游亦无法令我做到这一点。

不远处就是我所居住的街区。上百幢摩天大楼在夜色中分外显眼。那些亮着灯的窗口使这些庞然大物看上去颇似鳞片斑驳的巨鱼，它们身体上的光芒咬破了黑夜，使黑夜更为破碎。这种百余层的摩天大楼在夜晚看上去还比较壮观气派，但白天不行——粗制滥造的大楼被阳光一照，其简陋粗糙完全无法掩饰，光是看上去就令人丧气。从前，摩天大楼曾是地位与财富的象征，但现在，它的身价一落千丈，成了贫民区的代名词，里面塞满了闲暇时间过于丰富的人。

这种大楼的建造方法真可谓“萝卜快了不洗泥”：每套单元房都是在自动化工厂预先制好的，届时只需用直升机吊运到打好的地基上一层层“码放”好、固定好，再将各种管道线路连接好，就成了。它除了成本很低外，别无优点。这种租金极低的公寓楼是政府福利制度的产物，好歹也算让街头的无家可归者数量减少到了最低限度。平心而论，政府当局已为广大百姓的生计问题忙得焦头烂额了，也还颇有成效，但它怎么也没法彻底解决问题，只能竭力进行补救。这是这个时代的痼症，将来或许会好起来，但身处此时此地的我们除了忍耐别无良策，只能艰难地在生存之河中竭力逆流行走。

回到我那间位于五十二层的狭小公寓里，我也不开灯，就借着从窗口透进来的对面大楼发出的光，坐到了沙发上。墙上映出我头部的影子。我在认真回忆这一天的经历。在没有灯光没有音乐没有笑声没有饭菜香气的幽暗冷寂之中，白天的记忆一遍又一遍地在我脑中穿行。我希望今夜能收获一个可以出售的梦。

收集梦的仪器就安放在我那张水床旁边。它的工作原理并不复杂，就是将人的大脑的放电方式巨细无遗地扫描下来，然后将这些电脉冲信号转换成数码存贮起来就成了。说白了，这种仪器就是将人在睡眠时的大脑活动完完整整地记录下来——梦，这人类唯一可以反复出入的天堂或地狱，它都可以代为保存。需要重放时，只需通过特殊的信号输入装置将那些数字信号再转换为电磁脉冲信号输入人的大脑神经网络，就可以故梦重游。因为它的发明，“售梦”这一行就诞生了。

可不要小看了我们这一行，现如今它已称得上是一种支柱产业了，因为现在人们对梦的需求欲很旺盛。一般说来，有什么样的心情就会做什么样的梦，心情郁闷之人做令人压抑的梦，悲哀之人做伤心欲绝的梦，只有心情愉快的人才可能做美梦。可如今这年岁绝非令人心旷神怡的时代，人们的生活因承受着越来越大的精神压力而沉重异常，于是美梦成了稀罕的东西。我们提供的美梦至少能使人们在夜间心情愉快，因而销量一直很可观。人们都已认识到，美梦确实有益于身心，医学和心理学研究也证明，好梦存在着很大的情绪鼓舞作用。好梦可以促使大脑脑干中央部分的网状神经结构的蓝斑分泌出大量的去甲肾上腺素，从而使人的情绪兴奋舒畅。人体自然分泌的去甲肾上腺素具有强烈的兴奋作用，不仅可以使神经活动处于积极活跃的状态，而且也可引起丰富的情绪，因而梦可以帮助人们从各种不利情绪中超脱出来。目前，很难有能取代售梦业的娱乐方式，因为梦中的情绪体验极为独特。在梦中人一般很难意识到自己在做梦，因而能无比投入。时至今日，美梦已成为人们生活中如油盐酱醋一般的必需品，它所带给人们的乐观情绪是社会稳定的重要保障。很难想象，没有美梦的世界会是什么样子。

当然，有人旱路不走偏要走水路，所以噩梦也有些市场，不过市场不大，因为有钱人从来都是少数。普通人的生活已不比噩梦强多少，怎肯再花钱买罪受？莫名其妙、不知所云的怪梦也有点儿市场，只有平淡无奇的梦没有销路。说到底，要刺激顾客的脑干分泌出足够的去甲肾上腺素，这是硬指标。

我起身走进狭小的卫生间，打开灯。明亮的灯光刺得我几乎睁不开眼，我赶紧调小亮度，就着昏黄的灯光洗漱起来。

洗漱完毕，眼睛也缓过劲儿来了。我打开房间里的灯，走到书桌前，拿起药瓶开始吃药。干售梦这一行，没点儿手段是不行的，我们都吃些这种那种的药丸帮助做梦，这是行业传统。从前疯了傻了的人当然比现在多，因为我们已从他们身上吸取了经验，用药准确多了。我所吃的药丸是双层结构的，外层为镇静剂，可令我快速入睡。等外层溶释完了，内层才开始溶释，它是一种抑制剂，可抑制脑干中线处的“缝核”细胞分泌释放具有致睡作用的5－羟色胺，从而使大脑活动活跃一些，有利于做梦。至少现在我还没发现有什么后遗症，至于将来……管他呢，将来再说吧，反正人都是要死的，没有任何东西可以永存于世。

我换上睡衣，上了温控水床。温乎乎的水床柔软至极，让我只觉得全身连皮带肉外加灵魂仿佛全飘浮在空中。我们这种人对睡眠环境是颇为讲究的，不能轻易让外部刺激干扰了我们的造梦作业。

我将扫描仪在头上罩好，仰望天花板，回想着白天的郊游，不一会儿就想到了公园里那个气质不俗的穿西装的女子。我会梦见她吗？在梦中我将怎样与她相遇……

四

第二天起床后，我发现自己已经错过了欣赏火红朝阳的时刻。无所谓，朝阳还会有的，我的时间还有许多。

我一边洗漱，一边将扫描仪收集到的梦境数据输入计算机，计算机里有种程序可将梦境转换为可以看得见的图像。这技术的原理说穿了也不值钱，就是让人先看某种物体，同时使用计算机分析其由视觉产生的脑电反应，再转换成数字，进而转换为点，组成图像，通过仔细对比图像与真实物体的差异来不断修正电脑程序。如此反复揣摩试验，终能编定正确的程序，可自动将人的脑电反应绘成图像。不过，这种方式只对人的形象思维起作用，对抽象思维就行不通了，并且浮现出的图像很是粗糙，只能勉强看明白其内容，以便供人审评、剪辑、整理。

我三下五除二凑合了一顿早饭，将它端到电脑显示屏前，一边吃一边观看昨夜我所收获的梦。我并不抱太大的希望。十年了，我已经不是初出道的毛头小伙子了，我已习惯了失望，失望对我来说是正常的，收获才是意外之喜。我想大多数人都有同感。

果然，昨夜一无所获。所做的梦统统紊乱不堪，一盘散沙，有的有头无尾，有的支离破碎，几乎都只是些没意思的片断，连一个脉络清晰的都没有。那个西装女子倒是出现了一次，但也只一闪而逝。看着这些杂乱无章的梦境，我照例颇为惊奇。这些梦我现在根本回忆不起来，难以想象它们全部诞生于我的大脑。

整个上午我坐在电脑前反复看那些梦，但总觉得没什么意思。临近正午时分，我索性将它们全部删除。就这样，昨天消失了，再无踪影可寻。没什么，一个毫无价值的日子，分文不值。我早就想明白了，人的生命没那么值钱，而且正变得越来越不值钱，所以我不感到遗憾。

中午我照常到第六十层的社区食堂吃了份廉价午餐。这种食堂每幢大楼都有十来个，也是政府福利政策的产物，微利保本，亏点儿也无妨。它不遵循利润最大化原则，因为它完全由智能机械管理，只服从政府的命令而不服从于利润。机器是没有难填的欲壑的，然而一旦落入贪婪的人手中，就也会变得无比贪婪。

下午，我在网上四处搜寻以前的老影片和旧小说。切莫以为这些老片和旧小说陈旧不堪，事实上现如今绝大部分的人从未看过——如今每年生产出的信息铺天盖地，人们哪有工夫念旧怀古？

不过我有这工夫。接受的信息越多，越容易做出丰富多彩的梦。我平日将大部分时间都用在阅读、观看这些玩意儿上了。经典之作我不常看，我不需要深刻之作，我只需要能刺激我的东西。我有经验，观看暴力、激烈、怪诞的片子后做的梦往往最生动、最富有想象力。十年了，我早锻炼出来了，不管这信息多糟、多令人反胃，我都能全身心投入进去，这并不困难，只需将自己的心训练得非常听话就成了。我从不考虑别的什么，只要做出的梦能卖掉就成。

干售梦这一行，形象思维能力至关重要，必须尽可能细致地将文字在大脑中转换为图像。我一直能做到全身心沉入小说之中，结果往往觉得时间走得飞快。这天下午，我只看了一部旧片子和一本不怎么长的小说，天就快黑了。于是我赶紧去食堂吃饭。这就是我的生活，一切围绕着梦转，梦就是一切。对我而言，白天不重要，夜晚才重要；现实不重要，梦才重要。我不在乎生活有没有价值与意义，只要能活着就不错啦！

吃完饭，我再接再厉，努力忍着恶心继续“欣赏”那些文化垃圾。也许在今天夜里，我就能收获一个将小说与旧影片的情节“元素”重组了之后的梦。折腾到十一二点，一天就结束了。

五

电话铃响了。

我正在犹豫是否将手头的这个梦删除了事。近来我运气实在不佳，夜夜落空，连着一个多星期颗粒无收，连个像样的片断也没有，真中了邪了。好像我的判断力也跟着受了连累，这时竟下不了决心删掉这个无甚创意的平庸之梦。

移动电话帮了我的忙。它叫唤到第四遍时，我一狠心下了“毒手”，然后腾出手抓起电话。

“还记得我吗？”一个女子轻若耳语的声音轻触我的耳膜。

“对不起，您是……”我一时没反应过来。

“医生。”她停顿了一下，“怎么？病好了没有？”

“呃，是你呀……”我心中一动。

“想起来了？”

“当然，印象深刻。”我说，“有什么事？”

“没有什么事，只是想……和你聊一聊。”

“乐意奉陪。”我吸了口气，“不过……”

“现在没有时间？”她似乎已准备迎接失望。

我笑出了声："你上当了，我有时间。在哪儿见面？"

她报出了一间餐厅的名字。

"好，等着我。"

一声叹息传入我耳中："我真不知道能不能治好你的病。"

"你能行的，我不会看错的。再说治不好也没什么，凑合着依然能活下去。别叹气，要有信心。"我说。

"对……你说得没错。我等着你。"

挂断电话，我的心仍在跳动不止。我没想到她真的会给我来电话，这可是很难遇上的好兆头，我不能够放弃，然而……我的心里有点儿乱。

六

"对不起，我来晚了。"我在她对面坐定，"我不太会收拾打扮，费了太多时间。"

"没关系，"她脸上似乎有表情，又似乎没有表情，"时间太多了。"

点完菜，我们开始聊起来。

"嗯……你告诉我，我为什么要给你打电话？你来说说理由。"她望着我说，指甲轻磕桌面。

"啊……我想是这样的。"我舔了舔嘴唇，"因为我们从前曾经相识，经常在学校图书馆幽会，彼此都中意对方，并彼此有了承诺。然而后来你患上了健忘症，于是忘却了承诺，忘却了我。可是在我的不断呼唤之下，你的记忆之光终于再次闪现，于是你尝试着想找回从前。要我说就是这样。”

她笑了笑：“你倒蛮会编故事的。”

我也笑了：“那是自然，我以此谋生。对了，你是干什么的？”

“我在从事一项非常古老的行当。”她这样回答。

“啊……值得尊敬。”我随口回答。

七

吃完饭出了餐厅，我们已俨然一对老熟人。席间我们畅所欲言，天上地下、古往今来地谈了许多，尽管我们差不多对所谈的任何一件事都难以施加影响，但看法却出奇地一致。这就足够了，我要的就是这个。相同的看法迅速将我们拉得很近，我已可以和她并肩漫步于大街之上。

我们慢慢地走着。可能是刚才谈得太久，这会儿都默不作声，于是我将注意力放在了别的地方。我看见远处的楼群沐浴着夕阳，橙黄的阳光在它们身上燃烧。壮丽的景观令我胸臆大为开阔，我已好久没在街上散步、没看到过这样的景观了。风穿过她的长发，将她的香味拂到我的脸上，不知为什么我突然一下子想起了小时候的事：小时候我放学回家时，就经常这么在大街上行走，偶尔买点零食，假日快要来临时，我的心情就会无比舒畅……心脏的悸跃令我眼眶发热。

“喂，”她突然用胳膊肘碰了我一下，“陪我去玩玩实感虚拟游戏好吗？”

“嗯，”我回过神来，“可以，没问题……不过我的水平很糟，只怕成不了你的好搭档……”我想起来自己已有好久没玩过这种游戏了，可小时候，我曾为它费尽心机地积攒过零用钱呢!

“没关系，有我呢！”她眉毛一扬，满面生辉，“没什么可担心的，这游戏妙就妙在，在它的领域里，失败是件无所谓的事。”

我点了点头，在梦的领域里也是如此。

“来吧，跟着我学，你会喜欢的。”她一把拉住我的手。

于是我随她来到了一间游乐厅。

游戏情节是老俗套，我们为了完成一项什么使命，必须挥刀扬斧与强壮凶恶的敌兵或怪兽搏战，必须费心破解复杂的机关，历尽艰辛奋力前进。这是一片简单的天地，我们都有明确的使命，不必茫然亦无须彷徨，自己知道自己该干什么，只管挥刃砍杀便是。这里没有复杂的生活，也没有什么压力，只要有足够的力量和技巧，你便可在此处游刃有余地应付一切——真是简单，我喜欢这儿。

她果然是个高手，陷阱和机关骗不了她，出招更刺得人眼花缭乱，大部分敌人都被她那柄利剑勾去了魂魄。而我则狼狈不堪，上来三四个敌兵我就手忙脚乱，到头只得向她大叫救命。完全是她在控制局势，夸张点儿说，我简直是在被她拖着前进。受女人的保护，这感觉我还是头一次体验。

不过很快我就喜欢上了在这儿当个弱者。她实在棒，较之砍杀虚幻的敌人，看她挥剑战斗更有意思。全身披挂银色盔甲的她，飘逸潇洒英气逼人，出手流畅华丽，充满美感，令人着迷。我常常因为只顾看她杀敌而被敌人砍得鲜血淋漓……不过这也不要紧，继续付钱就行了，在这个地方，只要肯付钱，时间可以倒流，死者可以复生，真正是金钱万能。

很快我惊异地发现，她似乎与那些虚幻的敌人有着不共戴天之仇。一场战斗打完，她总是要余兴未尽地咬牙咆哮着扑上去，举剑冲着敌兵的“尸体”乱捅一气。等我们冲进敌方老巢，大费一番周折将那大头目剁翻在地，她高兴地大叫着冲上去挥剑将他碎尸万段，那场面看得我张口结舌。

“真痛快！”出来之后，她深深吸了一口在夜色中闪光的清凉空气，高兴地说，“好久没这么胡闹过了，真是快活……喂，谢谢你了，谢谢你陪着我这么胡闹。”

“不用客气，我也有同感。”我也深深吸着气，我从未发觉夜晚的空气会是这么清新，“我也感到很痛快。有些日子没这感觉啦！”

“那好，改天咱们再好好玩它一场？”她望着我笑着说。

“当然可以。”我说，“不过，你刚才可够吓人的，干吗下手那么狠？死了你也不放过？”

“解气呗！”她随口说，“我玩游戏就图个痛快解气，若在游戏里还不能随心所欲，非憋出毛病来不可，日子简直熬不过去了。”

“还是你聪明。”我夸赞道。不过我不知道是什么样的压力把斯文的她弄得内心充满了腾腾杀气。看来我过得还不算太坏。

“要我送你回去吗？现在很晚了。”我望着她小心地说。

“谢谢了。”她微微一笑，轻轻摇了摇头，“不必为我担心。嗨……小意思。”

我怅然若失地望着她的身影消融于夜色之中，心中突感一阵空荡。转身回行的时候，我认真地回忆，回忆这奇妙的一天。

八

移动电话又在叫唤了。

我愉快地放下手头的美梦，抓起电话。

“喂，今天有空吗？”

“当然有。”我说。

“我是说整整一天。”

“一天？喂喂喂，你又要到哪儿去？”这两个多月下来，我发现她实在是个贪玩的女子，拖着我满城到处玩。我们到从未去过的街区散过步，在城市另一头的高楼之顶喝着啤酒观赏过迥然不同的都市夜景，在陌生的社区小公园聊过天……若不是遇见她，我想这些地方我只怕一辈子也不会来的，更没有如此的兴致来享受它们。这两个多月来，世界似乎悄然发生了一些改变，阳光的强度、风的气息、时间的流速，乃至温度、声音、重力，都与往日的体验不同。我果然没有看错。

“我想到咱们头一次见面的地方去玩一趟，和你一起。我已经在城里逛腻了。你说呢？”

“可以可以，随你，你想去就去吧！再说我也不讨厌去郊外玩。”

“那就这么说定了，我在老地方等你。”

声音消失了。我起身一边用自动剃须刀剃胡子，一边将工作设备收拾起来。近来我已可以不必再为工作而烦心了，这两个多月来我一发不可收拾，接二连三收获了不少美梦，每天都忙得不亦乐乎，小说和垃圾电影几乎不看了，光是观看整理夜间收获的梦就够一天忙的了。这段日子我的创作力比二十三岁那年还要旺盛。当然，她的邀请我一定不能拒绝，再忙也得抽出时间陪她去玩。我在心中很是感激她，真的十分感激。但是我爱她吗？不知道，真的不知道……

尽管两个多月下来我已对她的喜好和年龄了如指掌，但我仍没有能够深入了解她。我至今不知她姓甚名谁，住在何处，有何亲友，到底以何谋生求存。她不说，我也不问。她对我的了解程度也是如此，我们似乎都在小心地保护着彼此的秘密。我不知道她是因为什么而这样，反正我的原因我永远也不会向别人诉说。

收拾停当，我穿好衣服，梳了梳头，开门乘电梯下楼，走出了这个巨大冷漠的立体容器。

九

“鸽子哟，吃吧吃吧，尽情地吃吧，别客气。”她像个小女孩似的咯咯笑着，将手中的爆米花一粒一粒地抛给在草坪上一摇一摆地踱着步、嘴里发出“咕咕”轻叫的鸽子们。今天她穿着一件浅蓝色的短袖收腰连衣裙，耳环和项链也没戴，头上却多出个银闪闪的大发卡，所以今天她给我的印象与往日不同，让我觉得她活泼又可爱。

她又抓了一把爆玉米花。她和我不同，我是抓一把一下子全撒出去，而她却是一颗一颗慢慢地抛给鸽子们。得到了食物的鸽子埋头专注地啄食着，嗉里空空者则有礼貌地耐心等待着。真是有风度的生物，我想，比人类优秀多了。

我放松全身靠在椅背上，遥视远方，却并未观赏什么，我觉得心情舒畅极了，仿佛有股温泉在胸腹间流淌，真是享受。我闭目贪婪地品赏着，我知道现在每一秒钟都极为珍贵。

当我睁开双眼时，我发现她双眸凝滞，正望着鸽子在发呆。

我轻轻拍了拍她的手肘："在想什么呢？"

"我在想……我妈妈。"她回答，眼眸依旧一动不动，"她对我……真太好了，她是这个世界上我最亲的人……"她的声音仿佛来自很遥远的一个什么地方。

"你什么时候带我去拜访拜访她老人家吧！"我说。

"她死了。"她的声音一下子回到我身边。

"对不起，我……"我手足无措地道着歉。

"没什么……死并不比活着可怕多少……我只是在想，人死了有没有灵魂。喂，"她转头望着我，"你相信灵魂的存在吗？"

"很难说啊！"我轻叹一声，"不过，如果真有灵魂存在，我将会高兴地去死，因为那样我就有投胎转世再次选择的机会，就不必等待别人来选择我了。多好啊！"

"可我觉得……妈妈最好别去投胎，现在做人很难啊！"她将目光从我脸上移到鸽子身上，"做只鸽子多好。"鸽子们优雅地边走边点着头，脖子上的肉水波一般抖动着，似乎对她的观点大为赞同。

我默默地看着草地上无忧无虑的鸽子们。

"我想她在那边会过得很不错，至少，比我要好……"过了一会儿她轻声说。

又沉默了一会儿，她问我道："你知道在这个世界里我最喜欢的是什么吗？除了我妈妈以外。"

我心灵一动，不由自主地激动起来。"我不知道，是……什么？"

我期待着。

“是梦啊！”她说。

我心脏猛一收缩。

“梦就是自我的体现……”她喃喃自语，“这个美好的世界只是属于我自己的，它永远不会离开我。难以相信我身体里还有这么美的东西，上帝真是仁慈……人生还有救，因为我还拥有它……我真想生活在那个变幻无常的伊甸园里……”

我无言以对。

她也不再自语。

我们一动也不动地坐在长椅上，静谧笼罩着我们，安宁包围着我们，草香一点点沁入我们体内。这时我觉得，还是活着好。

太阳一点一点坠落，空气一丝一丝变红。

突然她将头靠到了我的肩上。

“抱着我。”她轻声说。

我大感意外，手足无措。

“冷。”她说，“我冷。”

“这才进九月份嘛……”我说。

“可我就是冷嘛……抱着我，好吗？”

于是我伸出手臂揽住了她。这是我第一次拥抱她，我心中一阵发颤，手也在抖动。

“哎，知道吗？”她仰起头对我说，“那天我第一眼看见你时，我就觉得你是个值得我信任、接近的人。你和我交谈时，我心里一点儿也不感到紧张，就好像在和一个多年的知心好友谈话，完全没有陌生感和防备之心。也不知道为什么，反正觉得和你可以畅所欲言，不用有什么顾忌。奇怪吧？对了，你呢？你见到我时在想些什么，嗯？”

“我吗？我当时在想……人生可真是灰暗真是不公平，为什么我就没有这么漂亮的女朋友呢？也许我一辈子都不可能拥有这么美的妻子。”我觉得我照实说了。

她笑出了声。

我们抱得更紧了。

“现在我感觉到了。”她轻声地说。

“感到了什么？”我问。

她没有回答，只将我搂得更紧。

我默然无言地抚摸着她柔润的长发。

十

回到城里，天空已透出夜晚的颜色，我和她依然相互依偎着在街道上行走。空气中仲秋时节傍晚的气息令人怦然心动。我们慢慢地走着，我觉得每一步都如踏在波浪之上。

“喂，带我去你家坐坐。”她轻声在我耳边说。

这是她头一次要去我的家，在这样的时刻、这样的境况下，我无法拒绝她。

于是我搂着她向我所居住的那条“巨鱼”走去。

走进我那小盒子般的家，屋内光线甚暗，我正欲开灯，她却予以制止：“别开灯。”

于是，我作罢。

她坐到了我的沙发上，我则坐到了床沿上。她坐下后就一言不发，我也只好沉默。

我们就这样在黑暗中沉默地木然端坐，对面大楼身上的灯光将我俩的身影映在墙上。

房间里没有一点儿声音。这房子虽然简陋，隔音效果却并不差，沉默犹如永远不会融化的巨大冰块，塞满了整间房子，擦面而过的时间都因此显得冰冷冷的。

突然，一种声音传入我耳中，这声音轻微得如同从冰块间的缝隙渗过来一般。我仔细倾听，听出是抽泣之声。是她在哭泣。

她像个小姑娘似的抽抽搭搭地哭泣着，间或夹杂着“妈妈”的低声呼唤。她的身体随着抽泣声一下一下地抽动着，头上的发卡也随之一闪一闪。

我没有去打扰她的哭泣。我知道她为什么而哭泣，至少我自认为我知道。

哭泣声在房间里回荡。

过了几分钟，我起身坐到她的身边，伸出左臂搂住她的双肩，用右手手指为她拭去颊上的泪水。我从未想到，泪水竟会是这么的冰凉。她的身体在我怀中像一只小动物似的颤抖着，我感到我的心正在融化。

十一

梦公司的大厅宽敞而明亮，装潢简洁明快，只是寂静经常会被来往的人的脚步声和等待者揿动打火机的声音所打断，这些平时总被忽视的声音此刻显得分外响亮。我歪靠在沙发里，仰头向天花板发出一声轻微的叹息。我在等待。

三天前，我从这三个月来收获的梦中仔细整理挑选出了三个美梦，将它们的数据送到了梦公司。如果能卖掉，它们就会被成批制成一次性光碟片，向广大市民出售。由于一次性梦境碟片的价格低得只及上几次公共厕所，所以这种碟片如今变得像口香糖一样无所不在。价格虽低，但由于销售量大，利润还是相当不错的，所以一个梦的收购价也算可观。销量超过法定数量的梦，创作者还可以提成。单从这点来看，售梦这碗饭蛮有吃头，但实际上只有很少的人能长期以此为业，因为许多人最终难以适应造梦生活，遵循不了造梦的规律。

今天是听取梦公司审评结果的日子，也是我心情最忐忑、情绪最为不安的日子。从某种程度上来讲，今天听取的结果将决定我能否继续生存，以及前一段日子是否有价值。坐在沙发上的我，总是觉得呼吸不畅，这间大厅里的空气似乎来自另一个星球，十年来总是不能令我完全适应。时间铅块一般沉重。

终于等到接待台后面那个短发女秘书叫我的名字了。我缓缓站起身来，膝关节“啪”地发出一声轻响。

我在古代帝王墓室般的公司走廊里行走，鞋跟在光滑的天然大理石地板上发出清晰的咔咔声。我在向受审台走去，一会儿之后，财富将宣判我人生的一部分是否有价值。

在收购部经理办公室坐定之后，我又一次面对经理的迷人微笑。这是一个目光和善的老人，和我一样也总能给人以值得信赖之感。

“怎么样？满意吗？”合作都十年了，我也不跟他客套了，开门见山直奔主题。

“还不错，这三个梦我都买了。”他微笑着说。

我长出了一口气，心脏重重地落回了胸腔，弹跳不止，颤得我头晕。好了，我可以继续生存下去了，我的那一部分人生是有价值的，它已换来了财富。空气又换成了地球的特产。

我接过他递来的支票，看了一眼，那上面的数目令我感动。梦公司的收购价浮动性很大，原则上是以质论价，从那数目上来看，我的梦质量还属上乘。

“这三个梦确实是很感人很美妙的优秀的梦。”他证实了这一点，“不过，有一点儿不足，为什么这三个梦的内容都是爱情？”他的微笑瞬间失踪。

我认真洗耳恭听，不打算申辩什么。我知道他的观点一向切中我的要害，听他的不会错，我一向是他怎么说，我怎么改。

“我很欣赏你，年轻人。”他轻轻指了指我，“你是我们的重点签约供应者，产量与质量一向不俗，这很难得。我个人亦十分喜欢你，所以我不得不……怎么说呢，我知道干这一行很不易，真的很不易，但是任何事情都不可能是不必付出就能成功的，自古如此，谁也没有办法。只要还想干这一行，那你就只有遵循这一行的规律，你必须……要像煮肉熬肥一样去掉一些自己的东西。你明白我的意思吗？”他望着我的双眼。

我心领神会。

十二

音乐在咖啡厅里飘荡。我是从不喝咖啡的，所以我要了杯果汁。

那杯果汁安静地立在桌上，耐心地等待着我来享用。然而我的注意力根本不在它身上，我在思考。

我一动不动盯着窗外，思考着。音乐和窗外的景致都如穿堂风一般穿过我的意识，飞向时间的深渊，连一点儿影子也没在我脑中留下。我思考得太认真了。

整个下午，我都在思考。

十三

搬家只花了半天时间。

我在网上没费什么事就找到了条件合适的换房者，相互看过房子后，我们一拍即合。

官方手续办妥，给搬家公司挂了个电话，一个下午就完了。

这哥们儿的房间布局确实和我的一模一样，但是陌生感怎么也挥之不去，甚至连空气中似乎也有一股陌生的气味。这感觉令我心神不宁。我茫然地坐在沙发上，什么事都不想干，也不想动。我原先那房子住了有五年多了，多少有了些感情，我还需要点儿时间来接受它已离我而去的现实。不过我相信用不了多长时间的，我毕竟不是孩子了——童年时我会为一件心爱玩具的丢失而大哭一场，但现在我已经长大了，早已经成熟，早已经学会了该割舍的时候就果断地一刀两断。

黄昏已近，是吃晚饭的时候了，但是我的胃没有一点儿感觉。我鞋也没脱，摊开四肢仰卧在我的那张温控水床上，双眼定定地望着天花板。这房间的天花板和我原来房间的天花板相比，颜色略新一些，看来换房的那哥们儿大概喜欢在天花板上贴些什么图片，我可没这爱好。

天花板看腻了，我就把目光移到了床对面的墙上。对面的大楼比我居住的楼层矮，所以阳光得以从窗口射入屋内。明亮的火红阳光令我很不习惯，我盯着那陌生的明亮图案，一动不动地静待时间一点点流走。

对面墙上的光的图案在悄然变化，屋内的光线在一点点消失。我等待着黑夜的降临。

我的移动电话响了，骤然响起的声音在寂静的房间里显得格外响亮。

我的身躯抖动了一下，但只是一下。我知道只有一个人会在此时给我打来电话，但现在这已经没有意义了。

铃声继续响着。我一动不动地躺着，不去理它，然而这铃声似乎永生一般顽强地固执地持续响个不停。在已显昏暗的小屋里，铃声孤独地鸣响着。

两分钟过去了，铃声还在鸣响，这时我感到这铃声简直如冰凉的湖水一般注满了我这间小小的蜗牛壳。我像一个溺水者，闭上双眼，屏住呼吸，竭力想把它挡在我的体外。这时的我，没有呼吸，没有话语，没有思想，只有心脏在轻轻跳动。

铃声不知疲倦地叩击我的耳膜，但这没有用，我不会去接电话的。我相信自己的选择，我有这个自信。

猛然间，铃声犹如被铁棍粗暴地猛力打断一般戛然中断，沉寂当即收复了全部失地。

我徐徐吐出肺里的空气，静卧良久，叹息一声睁开了双眼，只见黑暗已占领了我的新家。

这是永别吗？很有可能。我不知道她的姓名，不知道她的住处，不知道她的电话号码，我无法与她取得联系。而我搬家之后，她也无法再找到我——我嘱咐过换房的哥们儿，绝对不能透露我的新地址，就连这电话号码，我也已申请更换。不久之后，我们之间这唯一的联系也将中断，今生今世，我们怕再难相见了。

我是故意要离开她的。从我第一眼看见她的那一刻起，我就预料到会有今天的这个结局。是的，一开头我就知道了。个中原因我永远也不会向别人诉说，那就是：除了钱之外，我不会让自己得到任何自己想要的东西。因为我是一个售梦者，我是以我的梦来保证自己能够在这个世界上生存的。

梦，在很大程度上来说，就是愿望的达成。从心理学的角度来讲，梦总是由一定的现实需要和自然需要所引起的。因此，可以这么说，如果没有需要、没有愿望的话，那么也就没有梦了。由此之故，只要我还售一天梦，我就一天不能让自己除了生存之外的任何愿望与需要得到真正的满足！

这就是我们售梦者的生活。我们是一群永远生活在渴望之下的人，体内的饥渴感就是我们创作的源泉。

我决不能毫无节制地和她这么爱下去。一旦我对爱情的感觉麻木了，恐怕我就做不出有关爱情的梦了，这损失可非同小可。而且说不定，生活中没有了浪漫，我连一切美梦都做不出了——我可不能让生活的琐碎和无奈束缚住自己的心。我不知道一个女人的进入会使我的生活发生何种变化，十年的售梦经验使我明白，我一直以来所过的生活就是最适合造梦的生活，我不可以轻易改变我的生活方式。这三个月来我收获的梦全是爱情内容的，不能再这样下去了，经理已向我发出了警告，所以我必须适可而止。

然而我是不会忘了她的。是她使我的爱欲不至于枯死，使我心中那沉睡已久的对爱情的感受力增强了很多，我也因此而收获了十三个爱情美梦。我将一次一个把剩下的十个爱情美梦掺在其他内容的梦里分几年推销出，至少近两三年我不必太为生存着急。这是她给我的，我感激她，我会永远在心中为她保留一个位置，决不出售。

从窗外渗进来的对面大楼的灯光几乎可以忽略不计，街上的灯光也无力飘升至我这一层楼，加之今天没有月光，屋里是彻头彻尾的黑暗。我睁眼盯着黑暗的虚无，似乎看到她就坐在她那不知位于何处的家中，坐在她的移动电话旁。我可以清晰地看到她头上银闪闪的发卡，我甚至感觉到了她心脏的跳动。

她是个好姑娘，只是太天真了，她认为梦是不可剥夺的，认为自我是不可剥夺的。她错了。在如今这个时代，只要有需求有市场，没有任何东西是不可出卖的。梦确实是自我的体现，它甚至包括了人在清醒时所没有的无意识的自我部分特点。所以梦的真正创造者，是人的潜意识，是人的思维的主体性，是人的心。这正是机器目前还没有的，在这方面机器目前还没法取代人，情感现在还是一种稀缺资源。然而我不能确定这种状况还能持续多久，所以我必须抓紧时间尽可能地将我的自我一点一点掰下来卖出去，将我的心一片一片削下来卖出去，将我的情感一丝一丝抽出来卖出去。我只有这些东西可卖，除此之外我一无所有。只要有可能，我将一直卖下去、卖下去，直到我认为自己可以毫无问题安然无恙地走入坟墓为止。活着是天经地义的，虽然世上没有任何东西是可以永存于世的，我仍要竭力生存、生存……要活下去，不那么容易的……

她比我要幸运，我的顾客们比我幸运，对他们来说，梦是最后的一处世外桃源，他们可以在梦中找到自己想要的一切。可对于我来说，梦是我工作的地方，不是逃避的场所，也就是说，在这个世界上，我已无处可逃。

不！我不需要逃避！我早已不是孩子了，我要全力肩负起生存的重担。我无法选择时代，只能在其间生活，我还不想从摩天大楼上跳下去。我要直面这个世界，勇敢地为我的继续生存付出相应的代价。我的对手，是高度发达的人工智能信息制造产业，它生产的影片、读物、游戏、音乐均极为诱人，与它对抗竞争，我必须付出相当大的代价才能保住一席之地。但是我不在乎，为了生存，我不在乎付出任何代价。如果我的这种生存原则不幸伤害了谁，那我只能说“很抱歉”。是的，很抱歉……没有办法，我们售梦者都是孤星入命的人。我的职业决定了我的生存原则，我的生存原则决定了我的选择，决定了今天的这个结局。

我在寂静和黑暗中一动不动地仰躺着，我能感到悲哀的感觉在我体内流淌。它在我的胸腔、腹腔和四肢里缓缓流动着，无声，轻缓，冰凉。我不会动用精力去压抑它的，因为我要利用它。悲哀也是一种情感，它也是可以卖钱的。作为售梦者，必须学会利用心灵的每一丝颤抖、每一次抽搐。

我闭上双眼，慢慢感受着体内的悲哀。我感觉到这悲哀正在我体内缓缓翻滚、酝酿，一点一点地生长。我当然不会哭泣，我早已在自己颈上勒上了一条看不见的锁链，悲哀是流不进我的大脑的。我不会将能量浪费在无用的哭泣上。但是，当我今夜入睡之后，这条无形的锁链就会松动，那时悲哀就会流进我的大脑，侵入我的梦境，而这正是我所需要的。

十四

我这是在哪儿？

我费力地抬起头，在迎面劲吹的风中使劲儿睁开双眼，向前方望去。

两岸的峭壁如同两道平行的高墙，从远方的雪雾之中不断延伸出来。天空中，阴沉沉的浓云覆盖了一切，纷纷扬扬的霰雪使得天地间苍茫一片，我看不见远方究竟有些什么。

我低头向下俯视，汹涌的江水咆哮奔流，向我身后疯狂冲去。我扭头左右顾盼，看见了正在扇动的白色翅膀。我很吃惊，张开嘴大声呼叫，听到的却是酷似鸽鸣的“咕——咕——”声。恐慌涌上心头，我拼命用力挣扎，但结果只是翅膀扇动得更快，鸽鸣声在峡江里反复回荡，没有任何生物回应我的鸣叫。

我是什么？我这是在哪儿？我为什么要不停地飞翔？为什么天地间只我孤单单一个？我有同类吗？我肩负着什么使命？前方有终点吗？……这些问题我不得而知，但又不能停下来思考，如果掉进江里，我估计必死无疑。

我累极了，双肩酸痛无比，肺叶仿佛正在向外沁血，喉咙干涩冰凉，但前方依然一片迷茫。两岸峭壁之上看不见有任何可供落脚之处，光滑的石壁宛如黑沉沉的铁板。头顶雪云低垂，与峭壁相连，我仿佛是在一个前无尽头、后无起点的矩形盒子里飞行，不容我有停顿和退出的可能。

于是我鼓起勇气奋力展翅，继续迎风搏击长空。然而勇气的能量不一会儿便消耗殆尽，疲劳毫不留情地在身体里越堆越厚，我不知道自己还可以飞多久。望着苍茫的天地、纷飞的霰雪、汹涌的江水、黑沉沉的峭壁以及锥刺心灵的孤独，我大声悲鸣，想问一问这一切究竟是为了什么，然而我听见的只有“咕——咕——”的回声，于是我只好拼命飞行、飞行……一旦停顿下来，便是冰雪般冷酷的死亡。我感到悲哀，为自身这一存在而悲哀。

突然我心中冒出一个念头：这是在梦中吗？

对了对了，是梦！是梦！太好了，我又收获了一个梦！这个梦里没有爱情，而且应该可以算是噩梦，看来我已从爱情的陷阱之中挣脱。嗯……这个梦能卖掉吗？能卖多少钱呢？……

图书在版编目（CIP）数据

黑客横行/ 刘慈欣等著.—北京: 北京理工大学出版社, 2017.6（2021.8重印）
（虫·科幻中国）
ISBN 978-7-5682-3959-2

Ⅰ.①黑… Ⅱ.①刘… Ⅲ.①科学幻想小说-中国-当代 Ⅳ.①I247.5

中国版本图书馆CIP数据核字(2017)第081693号

出版发行／北京理工大学出版社有限责任公司
社　　址／北京市海淀区中关村南大街5号
邮　　编／100081
电　　话／（010）68914775（总编室）
（010）82562903（教材售后服务热线）
（010）68948351（其他图书服务热线）
网　　址／http: //www. bitpress. com. cn
经　　销／全国各地新华书店
印　　刷／北京欣睿虹彩印刷有限公司
开　　本／880毫米×1230毫米　1／32
印　　张／8
字　　数／178千字
版　　次／2017年6月第1版　2021年8月第6次印刷
定　　价／39.80元

责任编辑／闫风华
文案编辑／闫风华
责任校对／孟祥敬
责任印制／李志强